山东省社会科学规划研究项目文丛·基地重点项目

消费时代的中国女性主义与文学

孙桂荣◎著

中国社会科学出版社

图书在版编目（CIP）数据

消费时代的中国女性主义与文学/孙桂荣著．—北京：中国社会科学出版社，2010.9

ISBN 978－7－5004－8922－1

Ⅰ.①消… Ⅱ.①孙… Ⅲ.①女性主义－当代文学－文学研究－中国 Ⅳ.①I206.7

中国版本图书馆 CIP 数据核字（2010）第 137333 号

责任编辑　李炳青
责任校对　张玉霞
封面设计　回归线视觉传达
技术编辑　张汉林

出版发行　中国社会科学出版社
社　　址　北京鼓楼西大街甲 158 号　　邮　编　100720
电　　话　010－84029450（邮购）
网　　址　http：//www.csspw.cn
经　　销　新华书店
印　　刷　北京新魏印刷厂　　装　订　广增装订厂
版　　次　2010 年 9 月第 1 版　　印　次　2010 年 9 月第 1 次印刷
开　　本　880×1230　1/32
印　　张　10　　插　页　2
字　　数　242 千字
定　　价　28.00 元

凡购买中国社会科学出版社图书，如有质量问题请与本社发行部联系调换

目　录

下编　文学生态

导　言

消费时代的中国女性主义与文学

消费（consume）一词，按照威廉斯的说法，其最初的含义是“摧毁、用光、浪费、耗尽”。[①] 费瑟斯通在论及消费文化时指出，作为浪费、过度使用与花费的消费，在对资本主义社会和国家社会主义社会的生产主义强调中，表现的是一种自相矛盾的情形，因此，这样的消费必须加以控制和疏导。[②] 传统社会的生产只是艰难地满足生存的必需，而消费社会显然把生活和生产都定位在超出生存必需的范围，这样，在消费社会里，经济价值与生产甚至均具有了文化的含义。“消费文化”（consumer culture）这个术语就是用来强调商品世界及其结构化原则本身即具有文化意涵的。费斯通曾指出：“消费文化有双层的含义：首先，就经济的文化维度而言，符号化过程与物质产品的使用，体现的不仅是实用价值，而且还扮演着‘沟通者’的角色；其次，在文化产品的经济方面，文化产品与商品的供给、需求、资本积累、竞争

① 参见［英］威廉斯《关键词》，转引自陈晓明《表意的焦虑——历史祛魅与当代文学变革》，中央编译出版社 2003 年版，第 425 页。

② ［英］迈克·费瑟斯通：《消费文化与后现代主义》，刘精明译，译林出版社 2000 年版，第 123 页。

及垄断等市场原则一起，运作于生活方式领域。”费瑟斯通特别分析了新型中产阶级，即媒介人和文化专家的产生，促使消费社会的增长具有深远的动力，他们有能力对普遍的消费观念予以推广和质疑，能够使快感与欲望、浪费、失序等多种消费影像流通起来，而“这一切都发生在这样的社会中：大批量的生产指向消费、闲暇和服务，同时符号商品、影像、信息等的生产也得到急速的增长”。[①] 这样的社会便是消费社会，尽管以中国之幅员辽阔与人口众多，仍很难对它的社会性质下一个决然的全称判断，但从中国大中城市林林总总的摩天大楼、巨幅广告、超市、写字楼及琳琅满目的商品来看，不管我们承认不承认，一个蓬勃旺盛的消费社会正在中国兴起却是谁也无法漠视的现实。

消费时代也是一个美学和文化全新改版的时代。在鲍德里亚看来，消费社会的现实是超真实的，超现实主义的秘密是可以将最平淡的现实变成高于现实的东西，“日常的政治、社会、历史以及经济的整个现实都与超真实的仿真维度结合为一体，我们已经走出了对现实的‘审美’幻觉”，审美幻境到处泛滥，所有的事物都披上了一层不假思索的戏仿色彩，“这是一场策略性的仿真，技艺高超的审美愉悦，它附着于一场无法定夺的阅读的快感和游戏的花样……”[②] 在消费社会，生活本身已抹平了与艺术虚构的界限，艺术变成了生活本身，就像那些商业活动本身也搞得跟艺术虚构一样，美学界近年展开热议的“日常生活审美化”便由此而来。对于消费文化的时代特征的深刻影响，另一个西方思想家杰姆逊强调的是其“历史感的丧失”的一面，“在这种状态

---

① ［英］迈克·费瑟斯通：《消费文化与后现代主义》，刘精明译，译林出版社2000年版，第31页。

② ［法］鲍德里亚：《象征交换与死亡》（*Symbolic Exchange and Death*），1993，Sage，London，p. 75.

下，我们整个当代社会体系逐渐开始丧失保存它过去的能力，开始生活在一个永恒的现在和永恒的变化之中，而抹去了以往社会曾经以这种或那种方式保留的信息的种种传统”[①]。的确，消费社会的审美体验让永恒性的时间瓦解为当下的残缺片断，停留在“不要天长地久，只要曾经拥有”的快适伦理中。科洛克尔与库克（A. Krokeer，D. Cook）更是将之概括为“记号与商品的水乳交融”、“实在与影像之间界限的消弭”、“游移的能指”、“超现实”、“无深度文化”、“迷幻的投入”、“感觉的超负荷”及“情感控制的张力”。[②] 这些思想理论都促使我们去思考中国当下所体现出来的文化与美学特征，中国是不是也进入了这样仿真、破碎与只关注当下的美学时代？如果答案是大体成立的，那么它对我们所要研究的文学、性别，以及女性主义的诸种言说究竟有着怎样的巨大影响，又该怎样去把握这种冲击和影响呢？

面对消费时代裹挟一切的力量，文学并没有躲闪，事实上，当代文学似乎正努力成为消费社会的一部分。面对市场经济的冲击，大众文化在20世纪90年代以来畸形膨胀起来，文学的审美性正逐渐成为消费性的附庸。“大众”成为主宰文学命运的至高权威，作家的独立意识日渐淡化。为了使自己成为市场的新宠，作家们在文学运作方式上往往热衷于炒作，以往“以作品说话”的传统渐成绝响，很多人不惜以另类言辞，甚至出位的骂战叫板博得社会知名度；而在具体的写作内容上，不少人在刻意渲染性、暴力展示、文化猎奇来制造社会热点。消费文化的商业操作模式是“注意力经济”，追求商业化成功的作品每每通过“个性

① ［美］费雷德、里克·杰姆逊：《文化转向》，胡亚敏等译，中国社会科学出版社2000年版，第19页。

② 参见［英］迈克·费瑟斯通《消费文化与后现代主义》，刘精明译，译林出版社2000年版，第94页。

化”手段来出奇制胜，不过由于大众趣味总是在好奇与逆反之间摇摆，对于所谓的“个性”极易产生餍足心理，所以他们极力投大众所好的“个性化”事实上往往又极易演绎成一种毫无定性的“变色龙”，甚至在“用过即扔”的消费观念笼罩下，“个性”也变成了“一次性”的精神面具，在大众文化市场中一度曾“独领风骚”的王朔曾颇有心得地说：“这就是大众文化的游戏规则和职业道德！一旦决定了参加进来，你就要放弃自己的个性、艺术理想，甚至创作风格。大众文化的最大敌人就是作者自己的个性，除非这种个性恰巧为大众所需要……我想大众文化的底线就在这里——不冒犯他人。在这之上，你尽可以展示学问，表演机趣，议论我们生活中的小是小非，有时也不妨做愤怒状，就是我们常说的‘玩个性’，中国人一提正义总是很动感情，愤怒有时恰恰是最安全的。”[①] 女作家张欣也说：“普罗大众的背叛性风云突变，他们吃够了肯德基就一定会转向麦当劳……急就成篇的故事他们很快就会厌倦，但他们下一个的‘最爱’可能还是急就章……不少人终其一生的努力无非充当着文化便当的作用。”[②] 的确，短暂、即时、平面、清浅、粗糙、片面追求情节离奇、人为拉长篇幅，已成消费时代文学的最重要特征，像曹雪芹那样在“举家食粥酒常赊”的情境中耗费毕生精力创作《红楼梦》的行为已成绝唱，太多不甘寂寞的作家“语不惊人死不休”，为了不被浩如烟海的文字垃圾淹没，只能加入垃圾制造的文化狂欢中。

当然，上述说法或许有点太绝对，在当代社会讲求艺术良知的作家作品也会时有出现，但总的来说这不是一个产生文学经典的时代，也不是一个严肃学理思潮能够在文化艺术中得以充分发

① 王朔：《无知者无畏》，春风文艺出版社 2000 年版，第 9—10 页。

② 张欣：《慢慢地寻找，慢慢地体验》，见《中篇小说选刊》1995 年第 4 期。

展的时代。或者说，在消费时代的中国，对于任何一种理论潮流，我们都可以既考虑它的“在”，也可以考虑它的“不在”——“在”是从西方古典到现代的各色思潮均在中国历时性或共时性地粉墨登场这个层面来说的，“不在”则是从它们一旦与中国消费文化语境相遇便有可能被分裂、挪用、改写的现代性处境这个层面来说的。本书有关中国女性主义及其在消费时代的文本表达的思考便由此而来。

有关“女性主义在中国”的命题不少学人都曾努力探索过，像林树明《女性主义文学批评在中国》（贵州人民出版社 1995 年）、《多维视野中的女性文学批评》（中国社会科学出版社 2004 年），陈志红《反抗与困境——女性主义文学批评在中国》（中国美术学院出版社 2002 年），杨莉馨《异域性与本土化：女性主义诗学在中国的流变与影响》（北京大学出版社 2005 年）等，对西方女性主义在中国的“理论旅行”问题均做出了比较深入细致的分析，而且它们多是从梳理新时期以来的女性文学批评史入手，来系统阐释女性主义思潮如何为中国文学批评界所应用，及在这一过程中存在哪些问题的。本书有关消费时代的中国女性主义研究则与上述从女性文学批评史入手的思路有所不同，笔者不是系统梳理当代女性批评的发生、发展、流变，而是瞩目于消费时代的文学文本实践，对其所呈现出来的性别观、女性主义观念进行重点考察之后进行全新的学理总结。本书有关“后女性主义”的提法便是如此，这也是本书的核心命题，即研究“中国女性主义”的当下形态最主要需要把握的不是它在“出生地”西方的理论原貌，也不是，或不仅仅是中国学术界的阐释应用，而是其在消费时代文学文本中的具体表达方式，这种消费文化语境中的“中国女性主义”表达，与西方原创女性主义、与中国女性学界呼唤的精英化女性主义之间留有怎样的话语缝隙，至今似乎还是学界的一个盲点，也是本书的研究重点，本书“理论思潮”部分的主要内容便是围绕此而来。“文学生态”部分则全面透视消费时代的文学文本中所折射出来的性别意识形态问题，涉及文学文本中的女性形象分析、当代文学发展历程中的女性话语流变、20世纪现当代文学语境中的身体话语与性别、以20世纪六七十年代人为主体的女性主义写作的性别误区、“80后”一代的性别偏执等，当代女性文学的重要文学现象、作家作品几乎均囊括其中，笔者希望以“理论思潮”与“文学生态”这两部分的前后呼应相对完整地勾勒一幅中国女性主义及其在消费时代的文本表达的文化图景。

有人说，女性主义不是一种实用策略，它的意义不在于它解决了多少实际问题，而在于它揭示了许多或明显或不为人注意的文化现象，并以此潜移默化地影响一个时代的社会文化心理。不过对这一切的理解不能有着某种先入为主的成见，不能因为某种文学艺术打着“女性主义”的旗号，或以女性人物为叙述中心就妄自判断其中贯注了女性主义观念，正确的做法是对文学艺术进行细致的内部分析，在对语言、结构、修辞、意象等诸文学性要素做全方位考察的基础上来判定它的性别意识形态问题，不仅要关注其“是否”具有女性主义思想，还要进一步追问其所表现的究竟是“何种”的女性主义。著名解构主义学者希利斯·米勒曾抱怨人们对解构主义修辞分析的误读，他说：“文学研究同历史、社会、自我等大有关系，但这种关系并不是在文学范围内对这些外在于语言的力量和事实做主题的思考的问题，而是文学研究以何种方式提供鉴别语言性质的最佳机会的问题……在此，‘解读’在最留神、最有耐性的修辞分析这个意义上，乃是不可或缺的。否则，我们如何知道某一特定文本是什么？它说了些什么？它又能做什么？这些都不能在还未开卷阅读前就想当然，即使若干代前人对此文本的评论已经堆积如山了，也同样不能。”[①] 的确，对文学的解读首先应该是一种符码的解读，只有这样才能彻底了解它的文体属性，也才能在此基础上了解它与社会现实的关系，它的性别倾向性问题。这是笔者在进行女性文学、女性主义研究过程中时刻提醒自己注意的一个问题，也是贯穿本书的一个写作原则。当然，“消费时代的女性主义与文学”是一个很大的题目，本书所做只能是冰山一角，只希望它的出版能够起到抛砖引玉的作用，期盼更多学界同仁同笔者一道参与这一问题的研究。

① ［美］希利斯·米勒：《文学理论在今天的功能》，见拉尔夫·科恩主编《文学理论的未来》，程锡麟译，中国社会科学出版社 1993 年版，第 123—124 页。

上　编

理论潮流

第一章

溯源、发展与嬗变：女性主义的前世今生

女性主义思潮源于西方，它不是凭空迸出来的，而是建立在妇女长时间对自身处境的反思与具体行动实践所积累的成果之上的。在西方，它经历了 100 多年的历史，虽然女性学界习惯地称第一次、第二次女性主义浪潮，但实际上，迄今为止西方已形成了三次相互联系，但有更多不同的女性主义理论形态。

一 第一次女性主义浪潮

女性主义的第一次浪潮（The First Wave）通常是指 1890—1920 年英美等地妇女争取投票权与基本公民权的社会运动。"女性主义"一词就是在这一时期广为欧陆的妇女解放运动者拿来自我指涉的。当时组织争取妇女投票权运动的法国活跃分子雨蓓汀·欧克雷，于 1882 年在其出版的期刊《女市民》上首度自称是女性主义者（feministe）。10 年后，在巴黎召开的一个妇女议

题讨论会也首次冠以“女性主义者”之名。“女性主义”这个词大约在1894、1895年间传至当时的英伦地区。在美国，“女性主义”一词发展成为一个妇女运动者的自我命名，大约是在与美国妇女于1914年赢得投票权同时。

除了进行“女性主义”命名，女性主义的第一次浪潮所根据的思想基础不脱启蒙人道主义的理念，强调女性拥有同男性一样的理性天赋，而以男女平等为号召，为女性争取权利，一般被称为自由主义的女性主义（liberal feminism）。在“人”的发现的基础上大力张扬“女人”的发现、女性大写的“人”性，是这一自由主义女性主义的理论基础。早在18世纪后期，同男子一道参加欧洲资产阶级革命的部分知识女性敏感地发现，所谓自由、平等、博爱等“天赋人权”都是男性的，并不属于女性。1791年法国学者奥伦比·德·古日（Olympe de Gouges）的《女权宣言》、同年英国女学者玛丽·沃尔斯通克拉夫特（Mary Wollstonecraft）的《女权辩护》，均旗帜鲜明地表达了妇女强烈的权利要求：“不仅男女两性的德行，而且两性的知识在性质上也应该是相同的；女人不仅被看作是有道德的人，而且是有理性的人，她们应该采取和男人一样的方法，来努力取得人类的美德……”①另外，在19世纪妇女的投票权运动中，自由主义观点也得到了经典性的表述。它的要旨是，妇女的屈从地位植根于一整套社会习惯和法律限制，这一切妨碍妇女进入公共领域并在其中获得成功；在当代妇女团体，如“全国妇女组织”（National Organization for Women，简称NOW）中，依然可以看到对这一要点的强调。由于社会上存在的错误信念，即妇女的智力和体力生来就

① ［英］玛丽·沃尔斯通克拉夫特：《女权辩护》，王蓁译，商务印书馆1995年版，第48、34页。

不如男人，因此妇女被排除在学术、公共论坛和商贸领域之外。作为这种排斥政策的结果，许多妇女真正的潜能都无法实现。如果妇女和男人一样，有同样的受教育的机会和公民权利，如果在这种情况下，依然只有少数妇女在科学、艺术和其他职业里取得杰出成就，那也就罢了。然而自由主义女性主义者坚持，社会性别公正要求我们，第一，制定公平的游戏规则；第二，确定在追求社会财产和服务的赛跑里，任何参赛者都不会处于有系统的不利条件下；社会性别公正并不要求我们给胜负双方颁奖。女性主义的第一次浪潮为妇女争取了公民权，接受高等教育以及进入专业工作与其他公共领域的机会，为日后女性主义作更深入而精微的社会改造工作提供了条件。

但是，自由主义女性主义的纲要足够果断和激烈，从而能够完全解除对妇女的压迫吗？后来的激进女性主义者认为不行。她们指出，父权制度是以权力、控制、等级制和竞争为特征的。不能寄希望于改良父权制，而应该斩草除根。在妇女解放的道路上，不仅必须推翻父权制的法律和政治结构，还必须铲除它的社会和文化制度（特别是家庭、教会和学术）。也就是从对自由主义女性主义的继承和发展出发，女性主义思潮进入了它的“第二阶段”

二　第二次女性主义浪潮

现今女性主义文学批评理论的发展，一般都认为其滋养的土壤是20世纪60年代的西方妇女解放运动，即女性主义第二次浪潮（The Second Wave）。与当时在美国地区发生的争取公民权、反种族歧视与反战运动，以及欧洲地区风起云涌的学生运动、社会运动息息相关，女性主义的理论主张也变得更加具有鲜明的政治性，并衍生出不同的理论分支。

关于激进女性主义，罗斯玛丽·帕特南·童认为，“至少存在着两类激进的女性主义者”，即“激进—自由主义女性主义者”和“激进—文化女性主义者”。[①] 在和社会性别相关的问题上，激进—自由主义女性主义者往往推论说，如果只允许男人展示他们的男性气质特征，而这对男性自己有害；同时又要求女人展示她们的女性气质特征，这又对女性有害；那么，对这个问题的解决方案就是：允许每个人都成为雌雄同体性格的人，即每个人都可以充分展示所有的男性气质和女性气质。应该允许男人去探讨他们女性气质的诸方面，而女人也可以探讨她们男性气质的诸方面。每个人对作为人的整体性的感受都不应受到禁止，这种整体性来自男女个人将他或她的男性气质和女性气质的诸多方面结合为一体。激进—文化女性主义者不同意以转向雌雄同体作为妇女的解放策略。某些反雌雄同体论者认为，问题不在于有女性气质或女性气质本身，而是在于父权制分配给那些女性气质特点的价值不高，例如“温和、谦虚、恭谨、支持、同情、怜悯、温柔、抚爱、直觉、敏感、无私”这些女性气质的特点价值都不受重视；而更高的价值则被指派给了男性气质的特点，如“决断、进取、坚强、理性或逻辑思考、抽象思考和分析能力，还有控制情感的能力”。[②] 她们宣称，如果社会能够学会像重视男性气质一样重视女性气质，妇女的受压迫将成为不愉快的回忆。另一些反雌雄同体者不同意，她们坚持说：女性气质本身就是一个问题，

① ［美］罗斯玛丽·帕特南·童：《女性主义思潮导论》，艾晓明等译，华中师范大学出版社2002年版，第3页，本节有些内容参照该书序言部分，第3—11页。

② ［英］玛丽·维特尔林·布拉金编：《“女性气质”、“男性气质”与“雌雄同体”》，(Totowa，N.J. Rowman & Littlefield，1982)，第6页。

因为它是被男人建构出来、为父权制服务的。为了得到解放，妇女必须给女性气质以新的女性中心的意义。女性气质不应该继续被理解为那些与男性气质相悖的特质。相反，女性气质应该被理解为一种存在方式，它不需要外在于它的参照点。此外，还有一些反雌雄同体者回复到"本性理论"，她们指出，尽管父权制总在把虚假的、不真实的女性气质特性强加给妇女，但许多妇女还是发掘出了她们真实的，或者说真正的女性的本性。那么，女人充分的个人解放存在于她的能力，在于她有能力抛弃她虚假的女性自我而支持她真正的女性自我。

关于性的思考，激进—自由主义的女性主义者争论说，对一个解放了的女人，不应该把任何一种明确具体的性经验指定为对她来说最好的一种。每个女人都应该受到鼓励去和她自己、和其他女人、和男人进行性实验。正如在父权社会异性恋对妇女是危险的一样，对于女人来说，同样困难的还在于，例如难以知道在什么时候她真正愿意对男人的性要求说同意——她必须感受到自己是自由的，自由地遵循她自己欲望的引导。激进—文化女性主义者不同意这些观点。她们强调，通过色情作品、卖淫、性骚扰、强奸和殴打妇女；通过裹脚、殉夫自焚、不许外人窥其容貌的深闺制度、阴蒂切除、烧死女巫以及妇科学，男人已经控制了女性的性，以满足男性的快感需要。因此，为了得到解放，妇女必须逃出异性恋性欲的限制，并通过独身、自娱或女同性恋创造出妇女独有的性欲。单身或与其他女人共同生活，女人能够发现真正的性快乐。

激进女性主义思想在与生育相关的问题上同样表现出多样性，这正如在与性相关的问题上一样。激进—自由主义女性主义者宣称，生物性的母亲身份使妇女在身体和心理上都精疲力竭。她们说，妇女应该能够根据自己的主张，自由运用旧的生育控制技术和新的生育辅助技术——防止或终止不希望发生的妊娠或者利用那些技术作为选择手段，使她们在想要孩子的时候拥有孩子（更年期前或更年期后）、决定如何怀孩子（自己怀孕或者请代母怀孕）、跟谁有孩子（和男人、女人或者独自拥有）。某些激进—自由主义的女性主义者甚至走得更远，她们盼望着这一天终能到来，这时人们能够在人工胎盘上进行体外受孕，由体外的人工培育完全取代自然的妊娠过程。与激进—自由主义女性主义者形成对比的是，激进—文化女性主义者认为，生物性的母亲身份是妇女力量的终极源泉。正是妇女决定着人类物种是否延续，她们决定着生死存亡。妇女必须保卫和赞美这种赋予生命的力量，因为如果没有它，男人对妇女的尊重和需要甚至会比现在还要少。

马克思主义—社会主义女性主义体现出了与激进女性主义不甚相同的另一种思路。这一女性主义思潮认为，在以阶级为基础的社会，任何人特别是妇女根本不可能获得真正的自由；在阶级社会，由多数没有权力的人创造出来的财富，最后都是落到少数有权者手里。继承恩格斯的观点，她们坚持认为，妇女受压迫起源于私有财产的引入，这个制度彻底毁灭了人们从前所享受的社群内无论是什么样的平等。被少数人、最初是所有男人占有生产资料的私有制开创了阶级制度，它的现代表现形式就是集团的资本主义和帝国主义。对这种状况的思考显示，不仅是更大范围的社会规范赋予男人优越于女人的特权，而且，资本主义本身就是妇女受压迫的根源。如果要使所有的妇女——而不仅是“例外”的某些人——能够获得解放，就必须以社会主义制度取代资本主义制度；在社会主义制度下，生产资料将属于所有人。妇女不再需要在经济上依靠男人，她们就会像男人一样自由。所以，要结束妇女受压迫的状况，就要杀死资本主义父权制或父权制的资本主义（随你怎么说好了）这个双头兽。朱丽叶·米切尔（Juliet Mitchell）在《妇女地位》（*Woman's Estate*）一书中指出，妇女的处境是被多种因素决定的，这里有生产结构（正如马克思主义女性主义者所认为的）、生育和性（正如激进女性主义者所确信的），还有儿童的社会化（正如自由主义女性主义者所坚持的）。如果妇女想要获得任何最大限度接近彻底解放的事物，那么，在所有这些结构中，妇女的社会地位和作用都必须改变。

在某种程度上，自由主义的、激进的、还有马克思主义—社会主义的女性主义者，她们各自对妇女受压迫的解释都聚焦在宏观世界（父权制或资本主义），而精神分析和社会性别女性主义者则进入个人的微观世界。她们指出，压迫妇女的根源深藏在妇女的精神内部。对于精神分析的女性主义者们，她们所关注的在于受压迫妇女的性角色，这个关注点起源于弗洛伊德的理论。最初，在所谓前俄迪浦斯阶段，所有的婴儿都是和母亲相依存的。在婴儿的感知中，母亲是无所不能者。然而，母亲和婴儿的关系是一种矛盾关系，因为母亲有时付出很多——她的出现压倒一切；而有时她又付出很少——她的缺席令人失望。前俄迪浦斯阶段以所谓俄迪浦斯情结告终；通过这个过程，男孩放弃他的初恋对象——母亲，以便逃出父亲的手掌，避免被父亲阉割的命运。他的自我（欲望）向超我（集体的社会道德良知）屈服，其结果是，男孩与文化充分地融为一体。他将与父亲一起征服自然和女人，这两者都被认为是含有同样的非理性力量的。与男孩相比，女孩没有阴茎可以失去，所以，女孩与她的初恋对象母亲的分离是缓慢的。结果，女孩没有完全融入文化。她不是作为统治者而是作为被统治的对象存在于文化的边缘，正如多罗西·丁内斯坦（Dorothy Dinnerstein）所指出的，这在很大程度上因为，她惧怕自己的力量。

由于俄迪浦斯情结是男性统治，或者说是父权制的根源，有些精神分析女性主义者推论说，它仅仅是男性想象的产物——一个精神陷阱；所有人特别是妇女应该努力逃离它。但是另一些人提出反对意见，她们说，除非我们准备重新进入混乱的自然状态，否则，我们必须接受俄迪浦斯情结的某些解释，这些解释描述了将个人融入社会的经验。谢里·奥特纳（Sherry Ortner）指出，在接受对俄迪浦斯情结的某些解释时，我们不必接受弗洛伊德的版本；根据他的说法，权威、自主性和普遍性都被标示为“男性”的，而爱、依赖和特殊性则被标示为“女性的”。这些意味着让那些属于男性的特点优越于女性特点，然而，这些标签对于俄迪浦斯情结来说并不是最重要的。相反，它们仅仅是儿童接触男人和女人实际经验的结果罢了。在谢里·奥特纳看来，双亲抚育——正如多罗西·丁内斯坦和南西·乔多罗所推崇的——以及双亲共同参加工作，这就会改变俄迪浦斯情结中的社会性别结合关系。权威、自主性和普遍性将不再是纯属男人的特性，而爱、依赖和特殊性也不再是纯属女人的特性。

如果说女性主义第一次浪潮是以男女没什么两样为基本出发点来争取天赋人权，即追求“平等”的女性主义的话，女性主义的第二次浪潮则把重点集中在女性与男性的“差异”上。也可以说，第一次浪潮关注的焦点在妇女个人与集体的政治与社会权益，第二次浪潮则基于男女差异与女性主义观点之上，探讨性别歧视在思想、文化与社会的根源与运作。这派理论认为“男人女人都一样”这样的政治诉求有其限制，因为这将妇女推到与男性一样的位置，无助于改变社会深层结构。这种强调“差异”的女性主义通常归类为“妇女中心”（gynocentric）论的女性主义。

三　世纪之交的女性主义思潮

20世纪八九十年代以来，西方女性主义在政治理论和认识论上出现了三个重要转变。这些转变把西方女性主义整个翻了个个儿，令美国女性主义者米莎·卡夫卡不胜感慨："女性主义今非昔比了。"这是因为，在第二浪潮女性主义的顶峰时期，女性主义有明确的主体，即妇女；有明确的目标，即改变妇女的从属地位；有明确的定义，即妇女反对父权压迫的政治斗争。女性主义的这三个基本组成部分却面临了后现代主义思潮的严峻挑战。[①]

第一，女性主义从启蒙主义的宏大叙事中走了出来。女性主义强调颠覆男权中心思想，打破菲勒斯二元思维，从边缘到中心，如此的颠覆思维模式与行动纲领，必然召唤一种恒常的对自我的反思，以及提供一个鼓励多元叙述的氛围。受后结构主义者米歇尔·福柯的权力和话语理论、雅克·拉康的心理学和语言学理论，以及雅克·拉康的差异/异延理论和解构理论等后现代主义思潮的影响，女性主义理论在这一时期逐步扬弃了西方启蒙主义建立在宏大叙事基础上的认识论。不少女性主义者指出，第二浪潮中的女性主义认识论上的一个重点是探索父权社会和它对妇女压迫的特征，以建立女性自己的空间和妇女之间的新型关系。

---

① 参见苏红军《成熟的困惑：评20世纪末期西方女权主义理论上的三个重要转变》，苏红军、柏棣主编《西方后学语境中的女权主义》，广西师范大学出版社2006年版，第3—40页。

但这是建立在有关妇女的宏大叙述的基础之上的，这些宏大叙述在政治、认识论和哲学上大多企图跨越社会和文化，具有统一性和普遍主义倾向，比如许多涉及女性的社会建构、社会角色、家庭和母爱等。还有些第二浪潮的女性主义者认为女性主义只要一个历史，因此应该有一个统一的理论，还认为女性主义是一个内在一致的、和谐的社会工程。琳达·尼克森指出："这些理论多带有（启蒙主义）宏大叙述的本质主义和非历史主义倾向，对历史和文化的多元性重视不够。"朱莉亚·克里斯蒂娃也指出，既然父权社会的象征秩序是男性的，那么拉康有关符号的含义以及语言的不确定性与社会性的理论就为女性提供了权势和反抗的空间。后女性主义者干脆拒绝把理性作为认识论的基石。另一些人认为把知识、理性和语言作为男性的逻辑的做法，仍然局限在启蒙主义的二元论之中，如理智与身体、男性与女性的二元论。有些后结构女性主义者和女同性恋女性主义者讨论的焦点是拆解建立在传统性别差异基础上的二元对立结论，她们认为"女性"和"女人气"的含义不是天然的，而是文化建构的结果。启蒙主义的男女二元论是在具体的历史条件下通过父权社会话语产生的，在这个话语中，男女的关系是不平等的权力关系，是为男性的利益服务的。女同性恋女性主义者则认为，异性性（heterosexuality）和父权社会的话语用男女二元论来维护异性的性关系，排斥其他形式的性关系。

第二，从追求男女平等转向强调妇女之间的差异。"差异"（difference）是第二次女权主义浪潮之后是备受西方女性学界关注的一个关键词。但是，"差异"的具体所指却是不同的，巴瑞特将当代女性主义所论及的"差异"内涵曾做过提纲式的整理，根据她的说法，"差异"主要指涉四种概念：第一种是男人与女人的差异，这种差异又可分为生理上、心理上及社会成因上的差异；第二种是用来指涉妇女这个概念范畴本身由于阶级、种族、国族、性欲趋向等所造成的有意识或一般化的区别分类；第三种是解构与后结构女性主义所论述的差异，原本是德里达“延异”观念的衍流，意在解构男权中心叙述对“阴性特质”的内涵定位，代之以流动、终极意义不断延异的本体位置；第四种主要是心理分析学派，尤其是拉康派的女性主义者所理论化的差异，在这派学者的论述中，男性特质/女性特质的差异是主要用来结构整个“象征秩序”的能指。[①] 如果说第二浪潮女性主义强调的“差异”主要是从上述巴瑞特所说“差异”的第一种内涵——男女之间的差异——这个角度而言的，性别身份批评的兴起则使女性主义关注的目光转向巴瑞特所言第二种“差异”概念中展开，它是以强调个别“真实”女性的经验歧义，来对抗“妇女一体”、“铁板一块”等抽象女性主义论述的。当然，由于当代女性主义批评与后结构、精神分析等理论联系甚为密切，任何身份批评都无法回避后结构女性主义对主体自足性与经验再现等的质疑。美国著名女性主义者苏珊·弗里德曼认为：“社会身份作为多种互不相容甚至相互对抗的文化结构（如种族、族裔、阶级、自然、性别、宗教、移民的原籍）的交叉点，表示的是某种多因素所决定的多重主体位置。在这样一种文化结构里，自我不是单一的，而是复合的。它所占据的位置包含很多地位，其中每一种地位又会由于同其他地位的交叉而产生某些微妙的变化。”[②] 当然，在具体的情景中这些因素不可能同样重要，在某一种情景中可能性别身份更重要，而在另一些情景中

① ［美］巴瑞特：《“差异”的观念》（*The Concept of* “*Difference*”），刊载于《女性主义评论》第26期，第29—41页。

② ［美］苏珊·弗里德曼：《超越女作家批评和女性文学批评》，王政、杜芳琴主编：《社会性别研究选译》，三联书店1998年版，第431页。

也可能阶级或民族身份更重要，但社会身份的其他坐标轴并没有消失，它们不过在这种特定的场合下，作用不那么显著罢了。福柯也说主体构成“牵涉意识到、没有意识到的对各种主体位置，以及隐含在其中心理与情感记忆的累积。”[①] 妇女除了是女人之外，还有其他同样重要的构成其心理、知识、情感、追求等趋向的因素，如种族、国族、阶级等。强烈而具有颠覆性的认同裂隙，通常发生在主体处于某种意义的边缘与被压迫位置。菲尔斯基在评价白人女性主义的盲点时曾直接说：“只有特定一些妇女，有幸可以只把男性/女性作为基本区分范畴，原因很简单，因为她们自己（优势）的阶级或种族位置没有被标举出来过，因此也不被察觉。”[②] 有意无意地忽略其他自我认同中轴，唯“性别”是举的女性主义做法必然造成视阈的狭窄与结论的简单化。罗西·布丽多提（Rose Briodotti）同样提倡女性主义策略性地运用“身份政治”这个概念，她甚至以多种内部范畴来无限分解“妇女”这个既定概念：

> 妇女这个名词已经不足以形容抵抗菲勒斯—逻格斯中心的女性特质的后女人主体（the post-Women subject）。我甚至曾用过去十年所创造的许多命名形式，来描述这个女性主义主体：妇女主义者（womanist）/塞勃克（cybrog）/黑人（Black）/累斯傧（lesbian）/酷尔（queer）/游牧（nomadic）/神性女人（woman divine）等等，光是这一长串术语的分量和分歧就能够证明我的观点：性别差异只能以多元差

① ［法］福柯语，转引自［美］维登《女性主义实践与后结构理论》，第112页，（New York：Basil Blackwell，1987）。

② ［美］菲尔斯基：《差异的哲训》，《符号》1997年第23卷第1期，第7页。

异的方式来理解。[1]

第三，从对事物的研究转向对语言、文化和话语的研究。第二浪潮中的马克思主义女性主义一般在生产和再生产关系中探讨关于妇女从属地位的理论，激进派女性主义着重研究女性的生育作用所造成的妇女在父权社会中受压迫状况。20 世纪八九十年代以来，越来越多的女性主义者则把目光放在主流社会的权力结构和话语对女性的社会性别规范上，探索开拓女性反抗空间的理论。这一时期的女性主义重新思考了以往女性主义理论中有关父权社会和妇女所受压迫的根源的认识中的一些基本概念，如“压迫”、“根源”、“父权社会”的含义的多元性和不确定性。福柯有关权力结构是局部的、毛细状的、不稳定的现代权力学说，启发女性主义从权力结构的不同层面和环节上认识父权社会，进而分解一统的父权社会话语。如有女性主义者认识到，对女性的压抑不仅受父亲和丈夫的直接控制，而且通过女性自己将女性的窥视内在化和以父权社会对女性气质的规范来建构自己的主体意识来实现的。消费文化素引导的在减肥、锻炼、整容和化妆等方面的各种女性消费行为是父权统治女性的新形式，这些女性主义者接受抵抗是分散的、动态的、地区性的和多元的观点。同时，这一时期的女性主义还扬弃了过去在单一的社会制度和意识形态中揭示妇女的从属地位的理论局限，把妇女地位放在其所处的具体的、相互交织的经济、政治、文化制度背景中来认识，如根据资本主义、种族主义、殖民主义等社会制度中不同社会类别的女性

① ［美］罗西·布丽多提：《回应菲尔斯基“差异的哲训”一文》（*Comment of Felski's "The Doxa of Difference": Working through Sexual Difference*），《符号》1997 年第 23 卷第 1 期，第 27 页。

的具体状况来认识女性受压迫的复杂性和多元性。另外，女性主义对权力和话语的研究伸展到一切被认为是私人的、自然的领域，特别是性等传统批评之外的领域。比如对家庭暴力的重新理解。第二浪潮女性主义领导的反家庭暴力、反强劲和反嫖妓的运动中，强调的是女性的被动性和男性的淫欲，目的是让男人从法律上和经济上为他们的性权力负责。20 世纪与 21 世纪之交的女性主义则从男女所处的权力结构角度认识家庭暴力，认为家庭暴力是家庭中男性通过暴力和性来控制女性的权力结构中的重要一环，家庭暴力强化力量女性在社会和家庭中的无权地位。因此，在女性的日常生活中存在权力之争。女性的私人生活中有政治，即存在谁有权、谁无权、谁统治谁的问题。同样，这一时期的女性主义认为工作场合的性骚扰是个政治问题，因为它是父权制恐吓参与公共生活的女性的一种策略。

总之，第一、二浪潮的女性主义认为改变妇女从属地位的斗争与法国大革命、俄国十月革命和中国社会主义革命一样，是一场推翻父权制的革命。但是后现代女性主义在解构启蒙主义的宏大叙述的同时，也解构了其对现代社会权力结构的认识及相应革命理论。即，如果说现代权力结构是碎化的，不稳定的，那么女性主义就无法进行推翻父权制的革命运动，这是因为父权社会不仅与其他社会权力相互“连锁”，而且是看不到摸不着的结构，无法进行启蒙主义意义上的革命。到目前为止，20 世纪与 21 世纪之交的女性主义已从启蒙主义“革命理论”转向“变革性调整”（transformative modultion），即根据当代权力结构和话语的特点，探索妇女在各个散落的权力网络中发挥主体意识、联合其他妇女来改变妇女现状的斗争理论和策略。但是，由于高科技的应用和自动化程度的提高，西方社会在劳动分工上的性别隔离日益消失，这样，女性主义又面临着新的性别差异问题。如有些女性主义者认为，在当代资本主义社会政治、经济领域里性别差异在逐渐消失，因此这些领域能够达到男女平等。但是，如万蒂·布郎所指出的，资本主义的消费话语把性别差异商品化，从而在话语和社会结构方面窒息了任何企图取代它的话语和实践。① 即在女性主义革命理论被拆解以后，当代资本主义这一新特点进一步增加了女性主义重新设想社会变革的难度。另外，后现代主义差异理论缺乏政治上的威慑力，也是这一次女性主义话语转向的另一个不良后果。差异理论的一个主要论点是，由于差异，女性只能根据各自的境遇决定各自的斗争目标和方法，不可能有共同之处。这种认识分散和削弱了妇女斗争的力量。因此，有些女性主义者认为，过分强调差异和多元化，会摧毁在各个基层工作的女性主义者和妇女建立的为妇女的各项基本权益工作的基础，阻碍不同群体的妇女之间的交流，在妇女之间造成分歧，不利于妇女团结起来的集体行动。

---

① Wendy Brown, "Beyond Sex and Gender", lecture notes, Univerity of lowa, November 6, 2002.

第二章

理论“旅行”:女性主义的“中国焦虑”及其在消费时代的深化

女性主义思潮是一种生长于西方的理论资源，它是在 20 世纪初伴随着“西学东渐”潮流传入中国的，当然它的大规模全方位传输以及在文化艺术领域发挥明显效用还是从中国改革开放之后的 20 世纪八九十年代算起。按照萨义德“理论‘旅行’”的说法，任何一种理论在被人翻译、传播、接受和应用的过程中，都有不同程度地被有意无意地挪用、误读，甚至歪曲、割裂的可能。作为一种“被译介的现代性”，尤其由于西方女性主义理论与中国本土文化环境之间在历史背景、意识形态背景、学术背景等几个层面上尚有诸多殊异之处①，女性主义思潮在中国一般有一个“本土化”的过程。本章中我们引入女性主义的“中国焦虑”这一概念来探讨中国女性话语与西方现代女性主义之间的叠印、纠结、裂隙乃至错位问题。

作为一种对权力和资源分配上因社会性别而产生不平等，并

---

① 屈雅君：《女性文学批评的本土化》，《文艺报》2003 年 3 月 8 日。

坚信这种不平等必须应该予以根除的思潮，女性（权）主义从一开始诞生就遭到了处于主流地位的男权文化的反对与攻击，这可以说是世界范围内女性主义的普遍处境。相对于女性主义的这种“世界性焦虑”，笔者这里想重点谈及的却是由于女性主义在中国传播的独特时代背景、文化传统、理论资源而来的那种“中国焦虑”。女性主义的“中国焦虑”是一种双重焦虑，它包括中国女性主义面对主流意识形态的边缘地位与面对西方女性主义的话语弱势这样两个方面，而后者又是本书的研究重点。笔者不太同意用当前女性学界常用的“本土性”来标志这一问题，因为，(1)“本土性”这一词语似乎包含着一个文化本质化的命题，但是近百年来中国的话语实践与域外以及西方的密切交流已很难说有什么固定不变的何谓中国、何谓西方的截然分别了。(2)“本土性”并非仅是一种客观陈述，它还暗含某种意义的评价策略。新时期以来中国女性主义是在译介西方外来资源的基础上产生的，女性学人面对西方女性主义的强势力量往往自觉不自觉地将“本土性”作为一种自卫的话语武器，或者说将有关中国女性问题与世界女性主义的某些不一样之处统统地以“本土性”呼之，进而以对“本土性”的“赋权”（empowerment）来对抗全球化浪潮。但笔者对中国“本土”女性主义的这一乐观化的积极意义却不敢过于高估，20世纪以来中国的女性思潮在何种程度上介入，更不用说提升了女性主义理念内核，恰恰应该是一个需要具体论证的命题。表意的焦虑感，对作为一种“被译介的现代性”的中国女性主义而言，不仅仅意味着世纪初“哥哥拯救妹妹”式女性解放神话的困惑，或是新时期以来女性学者在译介传播女性主义思想的过程中孤军奋战的尴尬，更以其与西方现代女权主义的叠印、纠结、裂隙乃至错位昭示了我们自己的女性主义的“中国特色”。而对这种“中国特色”内在本质的蠡测探究也便成了管窥女性主义"中国焦虑"及其在消费时代的深化问题的一种重要举措。

一　古代女性话语的文化落差

如果说中国古代诗词歌赋的作者绝大多数是男性的话，其写作对象却以女性居多，但是将女性描述成花容月貌或极力揣摩其哀怨感伤之态，在大多数作者大多数情况下却并非意味着真正的赞美、体恤女性。自屈原以降男性以"香草美人"自喻为怀才不遇或向君王（封建社会真正的男性统治者）进言几成一种传统，这里所描写的女性实际并非女性而是作为作者的男性自我。另外，即使的确以极尽铺排之能事状女性之"美"，也不意味着因为欣赏女性而使女性"站立"起来成为精神独立的人，只意味着男性对这种"美"的渴望与占有，对处女、少女等尚待字闺中的美女（尚无固定的男性占有者）的尤其推崇就微妙地体现出了这一点。从形式上看或许是风流男子拜倒在女性的石榴裙下，实际上极尽女性之"美"恰恰是创设有效刺激男子征服欲望并显示征服功绩的最佳手段。在姿色基础上的女性地位随着年华流逝而容颜消退后即一落千丈便是女性被他者化的证明。而大量歌颂自由爱情的文本背后女性主体地位也似乎普遍匮乏。随着秦汉以来男权化封建制度的确立与巩固，曾在《诗经》等早期经典文学中出现的乐观、主动、健康的女性形象，就越来越多地被"弱不禁风"、"弱不胜衣"、"侍儿扶起娇无力"之类忧郁感伤型女性所取代了，以弱态病态凸显女性美既是男性霸权要求进一步控制女性的表现，也导致了女性从身体之弱转向精神之弱。在歌颂女性冲破父母之命媒妁之言追求自由爱情的众多戏剧、话本中，女性与封建家长发生冲突是因为二者选择对象的标准不同——前者注重一些外在的诸如男性体貌、才情、言谈等方面的优势，后者则有更多门第、仕途之类的功利性考虑，但是在没有独立生存机会的封建时代，女性向往婚姻自主更多是从把自己的终身“托付”（一个明显包含不对等关系的语汇）给一个自认为靠得住的男人出发的，尤其是处于幽闭状态的贵族女性一旦发现了自己心仪的男子，往往会一相情愿地把自己的爱全盘奉送，而不会提自己人格独立、精神平等等方面的要求。即使是接受五四精神熏陶的子君在得到了涓生的爱情之后同样陷入了喂油鸡、饲阿随“嫁鸡随鸡，嫁狗随狗”的境地，更何况浸淫于封建伦常观念中的古代妇女？

逆男权性别规范而行的女性被妖魔化也是中国古代性别话语一个无法回避的问题。美女、为爱（男人）而生或死的女人、因为失去男人而楚楚可怜的怨妇，都是我国古代文化里的主流女性形象，而超出了这种性别范式的女性则会被打入另册，成为一种异己的或丑陋或淫邪的化身。未置身于与男人的恩怨纠葛中的女性在古代文学中要么是花木兰似的女扮男装毫无女性性征的假小子，要么是《水浒》中勇猛无比却也丑陋无比的母夜叉孙二娘。男性的文化创制者或浸染了男权观念的民族集体创作，对活动范围超出了肉体、情感范围之外的女性人物感到无所适从，于是将她们视为非女性化、非人性化的异类人物，体现了男权文化对女性别样人生追求的排斥与打击。另一类父系权威规范之外的女性是所谓的淫女妖女，像《金瓶梅》里的荡妇、《西游记》里的女妖精、《聊斋》里的狐女等。她们倒一般不是被丑化的女性，但是她们的“美”却天生是一种“政治上不正确”的美。因为她们不是被动柔顺地自觉服膺于男性的欲望目光，而是以一己之美去挑逗、诱惑、俘虏男性，让男人又爱又怕，感到了由于自身不可克服的性欲望而受到了来自另一性别的威胁。但男权文化又实在无力拒绝甚至心理暗暗希望着淫女妖女所给予的超出贞女淑女范畴之外的性的暗示与刺激，所以为数众多的古代文学典籍又表现出了对这类女人异乎寻常的持久留恋。可以说，如果将“男女平等”、“女性独立”等作为西方林林总总的各派女性主义潮流共同恪守的思想精髓的话，中国古代的女性文化是与这种现代女权观念有所疏离乃至错位的，而这也便成了女性主义“中国焦虑”的一种传统文化渊源。

二　传输与发展过程中的话语裂隙

20世纪初，在中国现代知识分子诞生之际，欧洲启蒙运动基础上产生的西方女权运动与现代女性主义观念就开始对中国的知识界产生了影响。五四时期新文化运动的先驱们更是以妇女问题为突破口来提倡个人权利、反抗传统文化。女权问题在那时被视为现代文明的标尺、个性/人性解放的先决条件，甚至意味着现代男性知识分子的“自我主体”的重塑，如周作人在译著《贞操论》序言中说：“女子问题，女子自己不管，男子也不得不先来研究。一般男子不肯过问，总有少数觉悟了的男子可以研究。我译这篇文章就是供这极少数男子的参考。”[①] 20世纪三四十年代马克思主义传到中国之后女性问题则与阶级解放、民族解放密切联系了起来。毛泽东最早在《湖南农民运动考察报告》中认为女性是处在各种封建压制的最底层，但对解放步骤的设想是：“家族主义、迷信观念和不正确的男女关系之破坏，乃是

① 周作人译《贞操论》，《新青年》第4卷第4号，1918年5月15日。

政治斗争和经济斗争胜利后自然而然的结果。”[①] 周恩来亦提出过这种“自然而然”的女性解放观:“妇女运动解放的对象,是制度不是人物或性别……要是将来一切妨碍解放的制度打破了,解放革命马上就能成功,故妇女运动是制度的革命,非‘阶级’的或性别的革命。”[②] 如果说与启蒙主义结缘的女性话语的潜台词是“只要女性获得了‘人权’就获得了‘女权’”的话,马克思主义女性话语似乎在表明“只要制度解放了女性就能得到解放”。20 世纪上半期这种“只要/只有……就/才……”的女性问题的“条件句式”解放观曾被女性学界形象地称之为“搭车解放”,“搭车解放”的一个最直接后果便是不管是倡导“人权”还是强调“人”的政治经济斗争,这里的“人”都是借用了男性主体,而将女性问题的解决作为最终促进社会其他问题的解决一直或隐或现地存在于 20 世纪上半期的女性解放逻辑中。与此相适应的便是从 20 世纪初开始的女性解放思想尽管在有关女性的人权、经济独立权、教育权、参政权、婚姻生活自主权等各方面开展得蓬蓬勃勃,但是多是从界定女性与男性“一样”地实现社会价值这个层面来论述的,或者说只有符合这种将女性解放吸纳进政治经济解放中去的思想才得到了当时知识界的普遍首肯,而其他的较为“另类”的观念则暂时无法统摄到有关“女性解放”的视线中去。如早在西方妇女运动第一次浪潮中高得曼、伍德胡尔等就提出了女性“性权力(利)”的问题,认为性的解放不仅是女性个人的实现,还是女性从剥削和私有制下的最终解放,女性

---

① 毛泽东:《湖南农民运动考察报告》,《毛泽东选集》第 1 卷。

② 周恩来 1926 年 3 月在广东潮汕纪念三八国际妇女节上的讲话,见《毛泽东、周恩来、朱德、刘少奇论妇女解放》,人民出版社 1988 年版,第 69 页。

有处置自我身体的自由和权力。[①] 这种在市场经济时代得到了中国文化界异乎寻常大力附和的观念在那个现代女性以着男装、从事男性职业为时尚的年代遭到冷遇与不屑也似乎是顺理成章的事。

新中国成立后妇女问题与民族国家的联系有增无减。“中国妇女运动，如能与整个革命斗争紧密结合前进时，妇女运动就有发展，对人民革命斗争就有贡献；反之，凡不实际参加革命，只喊空口号，或离开当时整个革命斗争的这些任务，自己孤立地搞一套，就使妇女运动遭受挫折。”[②] 这种被李小江称之为“父权的妇女解放”的女性观是与那个时代将个体价值置于国家、民族、阶级之下的主流意识形态紧密相连的。“男女都一样”的结果是使得女性在服装、发式、职业、个性旨趣、文化传承上一律向男性靠拢（而不是男性向女性靠拢）的“一样”。这样它在张扬男女平等理念时仍不自觉地承袭了男尊女卑、男高女低的那一套父权制性别话语。但是另一方面，在毛泽东时代的“男女平等”观念下，大批妇女获得教育权和就业权并能对就业领域中的社会性别界限有所突破，在客观上使得女性有可能选择一条不必依附男性而独立生活的人生之路。尽管这种“平等”在中国主要被理解为妇女参与社会经济政治生活的平等，但是它却重新界定了“男性”与“女性”的内涵：“女青年”作为一个主体位置，是和“男青年”一样由社会角色（对党/革命的忠诚）而不是由家庭角色和性功能来界定的。虽然这种界定表现了执政党的某种政治意图，但是“女青年”这个主体位置所包含的对传统性别规

---

① 见李银河《女权主义与性问题》，《中国女性主义》，广西师范大学出版社（2004 年春季卷），2004 年 3 月。

② 蔡畅：《中国共产党与中国妇女》，《人民日报》1951 年 6 月 27 日。

范的挑战是意味深长的，它使广大女性冲出传统妇道有了某种来自国家倡导的合法性。另外，公有制/国家父权制的巨大权力剥夺了家庭内男性家长在历史上享有的权利，他甚至对财产都没有支配权，更无法决定儿女的职业、教育、住房有时包括婚姻等人生大事。在“一切听从党安排”中女性似乎具有了同男性“一道”（尽管不是完全“平等”，社会性别关系是多种话语影响的结果，传统性别规范依然存在）在民族国家的话语权威下发挥自己才能的某种可能。

新时期之初的女性观是从对毛泽东时代性别话语清算整理开始的，但在学界对“男女都一样”的普遍声讨中，男女知识分子的性别立场是不尽相同的：同是力求树立一种“男女不一样”的新型话语范式，如果说女性强调的是妇女问题的独特性的话，男性使用的则是“不一样”范畴下男性应“高”于女性的话语修辞（这与上述其在毛泽东时代地位的相对下降相关）。这种修辞的表达方式是多种多样的：或者从经济学角度借批判计划经济来抨击妇女的平等就业权利，指责“妇女解放”是“以牺牲生产力的发展为代价的”，抱怨妇女就业“增加了男子的劳动时间和疲劳度”，声称“在社会主义‘大锅饭’里，妇女舀去了与其劳动数量与质量不等价的一勺”[①]；或者搬出生理决定论，因为妇女的生理特征影响了她们的社会工作；或者借对“铁姑娘”与“奶油小生”的批判与嘲弄，重新营构出一种男强女弱的男性文化逻辑，甚至还出现了将男人的“阳刚气”与一种民族主义思维相联系的文学艺术想象（如《寻找男子汉》、《男人的一半是女人》等），似乎民族的振兴、社会的重新秩序化、现代性焦虑的克服

① 林松乐：《关于性别角色的几次论争》，李小江、朱虹、董秀玉主编：《平等与发展》，三联书店 1997 年版，第 385—388 页。

就在于恢复和巩固传统性别秩序。对毛泽东式男女平等观进行批判时其实际指向了男女平等的政治理念本身，这应该说是20世纪80年代“男女不一样”性别话语对女性主义的最大误读。如将女性从过去由对国家阶级忠诚的社会角色的界定转向了由其生理、心理的独特性而来的“自然”角色的界定成了当时女性话语的一种新时尚，“人是有性征的，抽象的人从来就不存在。有史以来，人，要么是男人，要么是女人，从降生的那一刻起，便先天地预示了他（她）的不同的生活道路，并因此造成了各不相同的行为方式和心态结构”。[①] 从生理、心理等“自然”因素来界定女性的结果只能是将性别差异导向一种本质化、经验化的理解，连著名的女性学家也未能幸免，足见当时女性话语矫枉过正之深。20世纪80年代另一种论证“女性意识”合法性的方式是将女性的政治解放与自主意识的文化解放区分为两个层次，在前一层次上中国女性被判定为“解放”，在后一层次上则被判定为“未解放”，而这种“未解放”的程度又是紧紧依据上述女性在生理、心理上的独特性而来的，即女性未完全意识到自我有别于男性的那种“差异性”以及建立在这种“差异性”基础之上的自主意识。这样，同西方女权主义将批判的锋芒始终指向男性统治的“性政治”不同，20世纪80年代中国的这种女性话语将批判的落脚点最后还是放到了长期的政治一体化社会对女性的异化上。那个时代的结束并不意味着这种异化的天然结束，改变女性心理上的顽疾是一项长期的系统的工程，是这种女性话语的潜台词。只是对女性自我“文化革命”的强调忽略了女性现实存在的严酷性：真正没有随着那个时代的过去而“天然”结束的，是一直困扰女性生存发展并愈来愈变本加厉往隐蔽处发展的父权制。

---

① 李小江：《女人的出路》，辽宁人民出版社1989年版，第141页。

三　遭遇消费时代之后

进入20世纪90年代之后，女性主义的"中国焦虑"问题并没有随着西方女权主义的全方位传输与全球化的宏大声音而"自然"得到解决，相反，遭遇消费主义之后的中国女性主义在女性生存现实与女性文化表述、女性自我价值定位之间却出现了明显的话语修辞现象：

修辞之一：女性现实与"女人味"镜像。

男女平等在任何时代都是新中国政府的公开倡导，但是在实际的政策制定或实施过程中却存在着诸多男女不平等甚至歧视女性的隐患，而且这种导向性是随着市场经济的逐渐深入在"打破大锅饭"的时代口号下逐步露出它的狰狞面目来。[①] 由于新中国的成立中国女性在毛泽东时代"自上而下"得到的某些权利，在向市场经济转型的时代里本身却成了问题，这种釜底抽薪式的变化也便成了中国当下女性话语的一切焦虑之源。也只有从这个角度才能正确全面地来分析现在大众文化所铺天盖地建构的"女人味"问题。女性学者王政曾将"女人味"的基本要素分解为"消费主义＋贤妻良母＋性感"。我认为"女人味"固然可以从中国传统女性文化中"美妇人"形象的强大、20世纪80年代"回归女人"提法中的本质化经验化倾向、年轻女性的身份认知障碍等文化心理层面加以批判，但这其中最根本的原因却是在强大的市

---

① 李慧英：《从社会性别视角审视当代中国社会政策》，《中国女性主义》（2005年春季卷），广西师范大学出版社200年版，第2—8页；何清涟：《妇女地位变化的社会环境分析》，骆晓戈主编：《从神话走进现实》，湖南师范大学出版社2000年版，第203—222页。

场社会竞争面前，女性难以找到祈望与男性独立平等的物质基础不得不转而投向自身性魅力、爱情或婚姻。将这种“女性意识”的受动表达置换成女性对“美”的内心渴望是大众媒体一贯的话语运作策略。现在的问题是当大部分批判聚焦于“女人该不该有‘女人味’”、“‘女人味’究竟是为‘悦己’还是为‘悦己者’”时就悄悄偏离了对这种性别话语的复杂运作过程的严肃批判。为什么“女人味”恰恰是在中国市场经济高速发展的这几年甚嚣尘上的？女性“现代化”与中国“现代化”之间究竟是一种什么关系？遗憾的是，不但这种严肃的探讨在当今女性学界还不多见，对不遵循“‘女人味’逻辑”的女性人生提出忧虑的倒不在少数。例如，20 世纪 80 年代初最早向中国推介女性主义思想的朱虹就将大众文化语境里的“女人味”与灌注进女性主义思想的“妇女研究”对立起来，如果“中国的一个女孩子拿到了妇女研究的高等学位，除非是在学校教书做研究，若是在社会上找工作，这个学位是会帮助她还是妨碍她呢”？① 将妇女研究/女性主义当作一种学术信念而非人生信念恐怕是许多女性学者的内心隐衷，只不过朱虹女士在此将它公开化罢了。

修辞之二：后现代文化与“后女性主义”迷思。

要求男女平等颠覆男性霸权的女权主义实际是在“女性”身上填注进许多观念在里面的，比如大写人格、人的诗性的精神性的超越性的那一部分，它往往将到社会领域中争取同男性的平等平权看作是女性一种本能渴望。然而中国 20 世纪 90 年代以来兴起的讲求“自由”（消解责任）、“个人”（疏离他者）、“物质”（逃避精神）的文化则对这种渴望的“天然”性产生了怀疑，它

① 朱虹：《跟美国学生一起读中国女性小说》，王红旗主编：《中国女性文化》第三辑，中国文联出版社 2003 年版，第 7 页。

承认的是快感、世俗、欲望、享受、趋利避害等人类所呈现的另一种本能。20世纪90年代以来，以男性为中心的当代社会渴望从中国的时弊——循规蹈矩、压抑个性——中突围出来，就掀起了一股后现代消费主义文化思潮。然而，作为边缘群体的女性一旦实行起来，就不可避免地拉开了同以大写人格为基础、强调个人奋斗的经典女权主义的距离，甚至衍生出一种在大众文化中流行的“后女性主义”话语（详见本书第五章）。对这种混合了个人主义、实用主义、功利主义的“时尚”女性观进行批判是必要的，但却不能失之简单化。上述我们曾论述的消费时代中国女性地位的重新边缘化是它得以由来的立法前提，而以男性为中心的消费主义潮流对女性的话语裹挟则是它最直接的思想源头。尽管西方第二女权运动退潮之后也出现了一股重新倚重婚恋家庭的倾向，但是它却往往有一个前提，即经过女权运动洗礼后女性自我独立观念明显增强，不少人亦相应提高了个人素质技能以保证这种独立在现实中的实施，在这种基础上再强调正视女性特殊性、婚恋家庭的重要性便在某种程度上具有一定的合理性，这也是这种性别保守主义观念近来甚至得到某些西方精英人士首肯的原因。不过中国的“后女性主义”话语却是直接承袭着消费主义文化而来的，是近年来中国社会与文化领域中的世俗化、个人化、非道德化倾向在性别领域中的投射。由于背离了那些传统上能够为女性带来价值攀升的行为和态度（独立、自强、个人奋斗、在社会领域里取得影响等），这种更多与女性“性”地位相关的女性话语使得女性处境出现了继续边缘化的恶性循环。

修辞之三：全球化图景与女性“全面解放”的神话。

“全球化”是近年来中国知识界倾注了异乎寻常热情的一个话题。近年来某些女性学人有无视权力、等级及中国社会性别实质对“全球化”、“她世纪”做过分乐观阐释的倾向：1. 将自身作为女性精英知识分子在社会转型期获得的有可能向上流动的机会普遍化，以抽象的“中国妇女”掩盖了全球化镜像下女性分化的残酷现实。国际学术研讨会上有人曾说：“对中国妇女来说，全球化是一个难得的历史机遇，使每个女人都有机会超越家庭、社会、民族和国家，最终获得更多的选择机会去做一个人。无论全球化产生了多少新问题，还有什么比选择更重要?”① 全球化是一个包含了复杂内涵的过程：处于不同地理位置与阶级位置的男女在全球化中会有不同的经历，资本的扩张、殖民关系的延续与全球抵抗力量的跨国界行动是同构并置在这一话语中的。笔者在此无意对“全球化”做一个全面的界定，只是想指出上述说法是片面的：资本主义全球化并没有也不可能使中国（或任何国家）的妇女获得那种想象中平等发展的机会，在有些阶层的女性在中国经济转型期向上发展的同时，另一些阶层的女性却并非完全出自个人原因地无法占有向上流动的资源甚至无可奈何地向下流动。2. 将个人在社会转型期有可能获得的“全面解放”的机会普泛化，尤其是在对身体、生理等因素的强调中将性别意义上的“‘女人’的解放”与社会意义上的“‘人’的解放”对立起来，并将前者当作一种“更高层次”的解放。关于女性解放，20 世纪 80 年代女性学界曾有一种政治解放与文化解放的“分层次”之说，20 世纪 90 年代希望有所突破的女性学界又不失时机地提出了“第三种解放”，“即对自己身体的解放……（女性）力图通过女人自己的眼光，自己认识自己的躯体，正视并以新奇的目光重新发现和鉴赏自己的身体，重新发现和找回女性丢失和被湮灭的自我”，“挖掘遮蔽在‘人’的解放旗帜下的‘女

---

① Lixiaojiang, *From "Modernization" to "globalization": Where Are Chinese Women?* in Signs, 2001, pp. 1277－1278.

人’的自我发现”。[①] 与徐坤从“身体”这个角度重新界定女性解放相呼应的是，私人化写作的代表人物陈染则将女性解放注入了更多放松休闲的内容：“今天的我有权利不介入社会，这也应该是一种解放！……今天的年轻女性的解放是放松，是更多地保持完整的自我。探寻生活意义的那种劳累本身反倒构成对自己的束缚和压迫，生活本身的乐趣更有意义。”[②] 身体发现、放松休闲等的确构成了更完整意义上的“女性解放”，它们也为今天的女性话题灌注了新的活力，但是这并不意味着悬置起对这种“性别解放”下面应涵盖着什么样的社会现实的深度追问：你用什么样的文本、人群和社会现象来代表女性？是否能保证对于身体、休闲的强调没有对政治经济层面上的女性解放形成新一轮的话语遮蔽？那些与更大多数女性生存境遇相联系的东西是否真的只沦为已成“完成时”的第一、二次解放？我认为不止一个的著名女性学（文）人屡屡从自身的“较高”身份出发为“中国当代女性”做一个乐观的全称判断，已经不能仅仅从西方中产阶级女性观在中国的复现这个角度来加以理解了，它还表现出当前中国的某些主流观念甚至是大众文化中的流行趣味对严肃的女性学界的一种话语渗透以及后者对此的浑然不觉。遭遇消费主义之后女性主义“中国焦虑”问题的这种深化，可以说既是中国古代女性文化与20世纪以来的百年女性问题在当代的延伸与变异，更是经济转型之后诸多复杂矛盾的中国社会文化问题在性别领域内的投射，也只有将其放置在中国性别话语的历史与现实的宏大背景中才能做出一个更加深入合理的解释。

---

① 徐坤：《双调夜行船——90年代的女性写作》，山西教育出版社1999年版，第17、62页。

② 陈染、荒林：《文本内外》，李小江等著：《文学、艺术与性别》，江苏人民出版社2002年版，第99页。

第三章

“女性意识”与消费时代的文本表达

在世界妇女运动中实际一直存在着追求男女“平等”和强调男女“差异”的两大倾向，简称求同派和求异派。求同一派认为女性解放的目标是争取与男性一样的权利/权力，求异一派则以强调男女差异、争取妇女特殊价值的实现著称。而“求异”一派作为第二次女权主义浪潮以来最重要的女性主义视点，其具体的表达方式又是多种多样的，承认妇女特性，同时给予这个特性以正面的、积极的评价的“文化女性主义”就是其中一种为人所熟知性别原则，而其以对女性肉身价值的推崇又特别容易被改革开放之后的中国所吸纳和接收，在中国女性文学批评界被广为使用的“女性意识”便由此而来。但究竟什么是“女性意识”，女性学界是如何应用“女性意识”的，当代文学，尤其是当代女性文学又流露出一种怎样的“女性意识”？所有这一切都不是不言自明的，也不是可以用简单一句话就能说清的。让我们先从对“女性意识”的语词辨析开始谈起。

一 “女性意识”辨析

“女性意识”（有时也被置换成“性别意识”，中文里这两个语词经常互换）无论在新时期以来的大众日常用语，还是性别研究或女性文学批评中都频繁出现。但是对于究竟什么是“女性意识”（“性别意识”），不同的人的具体界定和具体使用是不同的。李小江说：“女性意识是女性作为一个独特性别群体的社会主体意识。”[①] 李慧英说：“所谓性别意识，即从性别的视角观察社会政治经济文化和环境，对其进行性别分析和性别规划，以便防止和克服不利于两性发展的模式和举措。”[②] 刘伯红说：“什么是性别意识，是承认男女不平等前提，积极地消除男女不平等，特别是从性别角度积极地发现妇女问题，探讨在文化中社会结构中在人们的行为中消除这种不平等。”[③] 还有的学者说：“女性意识就是女性的觉悟，就是对女性的价值、力量和优势的肯定，对女性是弱者观念的否定。”[④] 更有人如此使用“女性意识”，“当越来越多的生命活水注入女性领域时，新的女性意识便顽强地生长起来，她们首先产生了一个共同而简单的愿望：女性是美的，女人应该富有女性意识，应该追求美”[⑤]，“以往的电影表现女性形象时，很少正面描写女性欲望，充满了女性意识的电影在塑造女性

---

① 李小江：《夏娃的探索》，河南人民出版社 1988 年版，第 178 页。

② 李慧英：《将性别意识纳入决策主流》，《中国妇女报》1996 年 7 月 9 日。

③ 刘伯红：《性别意识：让全社会都来关注》，《中国妇女报》1996 年 7 月 9 日。

④ 张晓玲：《性别意识与参政决策》，《中国妇女报》1996 年 7 月 9 日。

⑤ 扈海丽：《企业女性的权利意识与女性意识》，李小江、谭深主编：《中国妇女分层研究》，河南人民出版社 1991 年版，第 83 页。

形象上则不然”。[①]“女作家写一些非常自恋的小说，或写自己在性爱中的个人感受。很多人认为这就是女性意识的觉醒。”[②] 对此，旅美学者王政进行了总结分析，认为在目前的中文语境中，“女性意识”共包含了这样几种可以说大相径庭的含义：

> 1. 女性天生具有女性意识。女人对美、对自身魅力的追求，对女性性欲、生理特征、女性感受的关注和表现，都是女性意识的体现。
> 2. 女性对成为社会政治经济生活主体的有意识追求。
> 3. 对社会主体结构中阻碍女性发展的因素的警觉。[③]

显然，“女性意识”在新时期以来中文语境的广泛使用中是一个复杂暧昧的能指，它所谓的“性别主体性”实际上被切分成了两种有一定联系但又有着更多不同的所在：一是女性对自己作为一个有着与男性不同的独特自然/生理性属的自觉认识；二是女性对自己成为社会结构主体的有意识追求。事实上，父权文化对女性性别模塑有着双重“镜像”要求，即男性视阈所要求的本质化“女人”和社会视阈所要求的和男人一样在公共空间闯荡的中性化客体，显然，女性意识“性别主体性”的这两个层面与父权社会的这双重视阈要求正好是相对的，只不过其颠覆了后者从父权社会对女性的角色期待出发的“他者化”要求，即“女性意识”试图从女性主体而非对父权社会要求进行“镜像”认同的角

---

① 魏红霞：《新时期中国电影女性形象》，《妇女研究论丛》1994 年第 1 期，第 53 页。

② 《用女性的眼睛看世界》，《中国妇女报》1995 年 10 月 30 日。

③ 王政：《“女性意识”、“社会性别意识”辨异》，《妇女研究论丛》1997 年第 1 期。

度诠释女性与自身性别及外界社会的关系，这无疑是十分有意义的，命名一个事物等于宣告了它存在的权力。不过，“女性意识”所具体切分的这两个层面其性别文化所指是不一样的，有关“女性对自己成为社会结构主体的有意识追求”的性别主体性倾向于女性向“中心”挺进的社会化策略，支撑它的是性别“平等”话语；有关“女性对自己作为一个有着与男性不同的独特自然/生理性属的自觉认识”的性别主体意识，则更趋向于性别“差异”话语，在政治一体化刚刚过去的时代语境中，当由于意识形态的强大惯性曾一度失去自己性别的女性蓦然从与男人一样的“准主体”中解脱出来时，这一类在男女“差异”中追寻自己的性别身份的话语似乎比前者更能呼应国人的性别认知。如将女性从过去由对国家阶级忠诚的社会角色的界定，转向了由其生理、心理的独特性而来的“自然”角色的界定成了当时女性话语的一种新时尚，著名女性学家李小江就曾大张旗鼓地说：“人是有性征的，抽象的人从来就不存在。有史以来，人，要么是男人，要么是女人，从降生的那一刻起，便先天地预示了他（她）的不同的生活道路，并因此造成了各不相同的行为方式和心态结构。”① 从生理、心理等“自然”因素来界定女性的结果，有可能将性别差异导向一种本质化、经验化的理解这一点，当时的女性学界却没有引起足够的重视。因此，把“女性意识”，而且是性别差异语境中的“‘自然’女性意识”当作女性主义的话语核心，又极易使男权文化对女性的本质化期待借尸还魂。再加上20世纪80年代以来文化语境的负面性期待，使“女性意识”这个概念不仅日益丧失其产生之初反抗男权文化同化的力量，而且其能指与原初的所指分裂，在男权文化的期待视野中往往逐渐滋生出负面意义。

① 李小江：《女人的出路》，辽宁人民出版社1989年版，第141页。

即“女性意识”更多被理解成了“对自然性别差异的意识”，“女性意识”中的社会主体意识逐渐被抽空，而性别的独特性得到了前所未有的强调，并被本质化，“女性意识”渐渐等同于本质化的“女性气质”，甚至被窄化、矮化为“回归女人”、“女人味”等。也就是说，“女性意识”的上述三种内涵中，表征“自然女性意识”的第一种意涵无限扩大起来，挤占了表征“社会主体意识”的必要空间。

标举以女性为中心的“女性意识”何以会使女性再次沦为客体，是与这种性别诉求的本质主义（essentialism）倾向相关的：认为男女差异是由两性身体特征所决定的“自然”差异，是女性就必然会有“女性气质”、“女性意识”，自然看不到所谓两性“差异”中的男权文化印痕。事实上，“女性意识”并非自然产生于女性的生理构造，任何意识都只能是社会文化的产物。“文化大革命”后“女性意识”的提法在中国内地的大量出现，同政治一体化年代“男女都一样”性别话语一样，也是知识分子（包括女性知识分子）在当时政治条件下一种运作，用后结构主义语言来说，就是一种话语实践（discursive practice），其目的是批判和摆脱国家对个人的绝对控制，以及开拓属于女性的话语空间。在当时最具批判力的异化理论影响下，城市知识妇女对在体制化了的、以男性为准则的男女平等中的经历和“文化大革命”中体验的国家父权制对女性的压抑的反思，便通过诉诸“回归女性自然本质”来表达。至于我们在本章前面所提到的推崇女性文化和价值、为自然生理意义上的性别不同进行文化“赋权”的“文化女性主义”理论，是产生于跟中国的“女性意识”完全不同的历史背景中的，其内涵也有很大差别，但两者却有一个共同点：都把女人描述为本质性的存在，一个与男性相对的固定的范畴。文化女性主义理论在20世纪80年代初很有影响，20世纪80年代后半叶之后受到了后现代女性主义的有力批评，批判的焦点就在其性别本质主义倾向上，“生物性固然先规范出了若干事实，但这些事实是受到什么样的诠释毕竟是由社会根据它自身的目标来决定”。[①] 对性别的本质化建构——生理性别上的女性就要衍生出一套与之相适应的“女性意识”、“女性气质”——其实是男权文化的一种诡计，再也没有比为一种意识形态提供生物学的依据更能证明其合法性的了。而且，“夸大女人同男人的差异会形成女人是‘另一个’（波伏娃的概念）的观念，占统治地位的男性文化对女性保持距离和疏远还会导致将女性视为物品”[②]，克里斯蒂娃也曾指出：“过分地强调‘男’‘女’之分是荒谬的……虽然我承认凸显女性身份可以作为一种手段，但我还是要指出：较深入地来看，‘女性’终究并不是一个本质性存在，它与其他事物只有着彼此联系、相互影响的关系。”[③]

所以，仅仅拘泥于从正面强调女性的生理特质，发掘“女性化”存在（身体、心理、意识）的积极意义，极容易落入男权文化的陷阱中，并与之共谋，从而削弱、丧失了这种女性话语的革命力量。新时期以来中文语境中“女性意识”愈益蜕变成“‘自然’女性意识”就是一个有力的明证。至于中国有关“女性意识”的话语建构是否受到过西方文化女性主义的影响，我们说尽管20世纪80年代没有翻译出版过西方文化女性主义的著述，但从国内有关女性文化几次讨论来看，有些女性学者对它还是有所

---

① ［美］罗斯玛莉·佟恩：《女性主义思潮》，刁筱华译，时报文化出版企业有限公司1996年版，第356页。

② 转引自王政《“女性意识”、“社会性别意识”辨异》，《妇女研究论丛》1997年第1期。

③ Julia, Kriteva, An inteeview with Tle Quel, *in New Feminism*, Eds. Elaine, Marks &Isabelle, de Courtivron, Amberst: University of Massachusetts Press, 1981, p. 157.

了解的，在西方五花八门的女性主义理论中，中国学者之所以对宣扬性别差异和女性优越价值观的文化女性主义情有独钟，是与中国当时的性别文化背景紧密相连的。下面我们以中国市场经济转型以来的某些文本为例对其进行进一步的系统分析。

二　消费时代的女性关怀与"小女人"关怀

一个女人为追求物质与精神的双重满足，执意与丈夫离了婚。但是离婚不久就遭遇了下岗。前夫很快就有了别的女人，而她却要为了经济上的安稳保障不得不经受着尊严丧失的感觉与一个自己不喜欢的秃老头子（胡老师）来往。即使她足够吃苦耐劳经营起一个小商店能够养活自己和女儿，感情生活的空虚亦让她把30多岁女人的梦寄托在一个曾经帮助过她的有家有室的男人（董长根）身上。但是男人却只喜欢轻松地调情，拒绝身心进一步交流所带来的生活麻烦与感情负担。叶弥的《小女人》将女人内心深处那种对外部（男性）世界的饥渴、焦灼、强悍而又无奈无助的感觉淋漓尽致地表现了出来。不过最吸引笔者注意的还是它的名字"小女人"，不但主人公凤毛以及另一个女性人物柴丽娟不断地自称为"小女人"，而且小说行文过程中还不断有何为小女人的论述："这世上脑子正常的女人都知道花容月貌须有好心情维持。女人好心情的条件是：拥有一个好男人，拥有一笔维持日常开销的存款。""（凤毛）最缺的不是钱和工作，最缺的是可依靠的男人。有了可依靠的男人，就有了钱，工作就显得不那么重要了。"显然，这是一篇透着深切的女性关怀的作品，诞生后旋即被收入由十大名家遴选的《2004年文学精品》中篇小说卷（人民文学出版社）的开首第一篇，也表明了它在当代文坛的地位，但是它所透露出来的性别意识却值得深思。如果说作品对胡老师露骨的欲望化行径以及董长根不动真情的风流习性的书写代表了其对男性霸权的强烈批判的话，对女主人公“小女人”心态的反复渲染又该怎样解释？男性霸权与女性自我弱势心理何为因？何为果？

将关涉底层苦难的阶级命题转化为性别命题是近年来一种常见的文学叙事样式。这种转化不仅仅指社会的不平等在文本表层总要以性别的不平等表征出来（比如预设底层女性受中上层乃至同属底层的男性的欺凌玩弄的苦难模式），还指作者在让女性应对由社会不平等造成的经济贫困与地位低下时往往采取了某种“性别化”的缓解措施。在乔叶的《黑胸罩》中，农村女孩小丫去深圳打工，工作条件苛酷报酬又极其低下的情形下，终于审慎而理智地选择（非被逼）了做小姐，“她身体里的处女膜甚至和破她的男人无关。是她自己打开的，是她用自己的双手裹着坚挺的钞票冲进了自己的内部，让自己抵达了心醉神迷的高潮”。小丫用自己的身体完成了第一笔资金的原始积累，然后嫁人生子完成了身份与阶层的转换。比较凤毛纠缠着精神渴求的“复杂”及其由此而来的迷惘感伤与生活失败感，小丫的“简单”倒使她很快就在现实的、物质的、世俗的层面上找到了一条摆脱困境的“自救”之路。再比较一下李佩甫发表在20世纪90年代的《学习微笑》，刘小水被厂里安排“学习微笑”固然是一种诱惑，但她却终究没有将她女性的“微笑”发挥到应对生存的路子上去，面临丈夫被抓、公公病重、无钱雇人看孩子等困境时，它是以最后到街头卖梅豆角维持下岗后一家人的生活的。女性意识的当代表达愈来愈呈现出其斑驳陆离的一面：是让一个女性柔弱的身躯承载着社会压力与身边男人孱弱龌龊的印记独自进行着可贵但却卑微的辛勤劳作“人性”呢，还是让她在现有的条件下找寻一条哪怕是迎接着男性欲望期待的自救之路算作“女性关怀”?

可否或如何将性别“资本化”的困惑迷惘并非仅存在于对底层女性的描述中，而它也绝非“小女人”心态的唯一表现形式。在近来不少描述城市女性的小说，如朱文颖《高跟鞋》、《水姻缘》，魏微《情感一种》中，小有知识的女性在进行自我诗性化的人生设计时也不时会动用一下自己的情感投资；而唐颖《红颜》，陈丹燕《女友间》等则对都市女性唯恐魅力不再无以吸引男性哪怕是欲望化的目光的无奈惶惑心理有更多不无同情的细腻剖析；那些以自叙传的方式解析后革命时代女性的成长经验的年轻一代写手们，更是把青春、性别、性夸大到无以复加的程度，在她们那里成长似乎只意味着长成一个“女人”，而非一个“女性”，如果后者含有在性别意识之外尚承载着其他各种社会意识的话。以正面方式典型体现安逸富裕的小康社会中做一个“小女人”的幸福感的，不是在消费时代的小说叙述中，而是在散文中，比如说 20 世纪 90 年代曾在文坛引起一阵哗然的“小女人散文”以及大批“京城闲妇”、“上海闲女”之类书写高雅、闲适、趣味的有着贵族（有人称之为“伪贵族”）格调的时尚写作。逛街、泡吧、美容、布置点谈情说爱的小情调，老实说，与小说以本土撰故事的方式对女性社会存在与精神存在所进行的文学想象相比，散文文体的日常化白描倒更符合大多数此类城市富裕女性的生活实际。笔至之处无非围绕日常感性生活而来的小格局、小情调，使其不断被看重文化历史感的学界指诟为“小”，但是文字气象的小却正成全了不问时事不问他者躲进爱巢成一统的女人之“小”，而且是一种幸福的“小”。沉醉在流行广告语“做女人挺好”的时尚语境中，喜欢消费也喜欢被消费，沾沾自喜地享受当下的日常生活，自恋般幻觉的乌托邦沉溺，这一切舍女人（一般被定位在日常与边缘的境地）中的“小女人”（喜欢并享受着这种日常与边缘的境地）又有其谁？

显然，上述对文学中“小女人”现象的透视是从不同层次而来的，如果说能否笼统地将她们以此命名尚有待于进一步论证的话，近年来文学叙事中她们的身影不断增多却是一个不争的事实。或者说可能与文学环境的宽松以及作家更愿意从贴近现实生存的喧嚣出发描绘人生在世的至情至性相关，消费时代的女性写作已经不再或无力承担起那种到广阔天地间大显身手的昂扬而激进的性别诉求了，而宁愿代之以更日常化世俗化也似乎更人性化更具亲和力的这种“小女人”关怀。这里的“小女人”首先是相对于“大女人”或者说主流话语下的“强女人/女强人”而来的。池莉小说《小姐，你早》中不事修饰、一心扑在事业上并卓有成就的粮食专家戚润物本是社会主义话语中大力弘扬的好女人形象，但她被作者处理成让人遗弃的不懂如何“与时俱进”的老丑角色，却昭示了大众文化语境中“大女人”话语的尴尬甚至明褒实贬的处境。而既不同于毛泽东时代“不爱红妆爱武装”的性别身份模糊化的假小子，又有别于现代话语下积极投身社会领域在各个层面上进行权力争取的激进凌厉的女权主义斗士，“小女人”是以其鲜明的性别形象与温婉的性别姿态赢得消费时代的文化青睐的。其次是相对于男性中心社会而来的。“小女人”在传统社会中是对女性的蔑视与贬称，它是女性被侮辱被损害的明证。但是我们这里所指的却是应消费主义风气而生的一种“现代”小女人。它改变了传统女性面对男权社会时逆来顺受被侮辱受损害的单一命运，对作为主流的男权社会也没有采取完全抵抗与坚决颠覆的一贯态度，而是彰显、依靠甚至利用自身的性别身份、性别魅力作为面向男权社会的应对策略。从这个意义上说，小女人又似乎不是真正的“小”，网上甚至有巧笑倩兮的“小女人”胜过

"大男人"的言论。第三，是对应于女性文学批评界无法绕过的女性主义理论而来的：在这种"小女人"旋风下，或者说当消费时代的女性关怀以"小女人"关怀的名义进行时，女性批评的一些既往命题已遭到了挑战：比如这究竟是一种怎样的"女性意识"，在现代女权主义理论对我国的女性文学批评产生了巨大推动力的当下，它对女性文学界的影响究竟有多大？除了继续挑战消费时代文学文本中的"男权"观念，是否也该清算整理一下某些饱含女性关怀作品中的"女权"观念？显然，女性关怀与反抗男性霸权已成了改革开放之后文学叙述中的一个重要命题，但是怎样"关怀"、如何"反抗"，女权主义与"女性意识"的文本表达之间留有怎样的话语缝隙等问题，却一直未能引起女性学界的必要重视。

三　"女性主义"的现代性焦虑及其在文本中的表达方式

"女性主义"（feminism）在国内有时也被译为"女权主义"。张京媛在《当代女性主义文学批评》前言中对此作了辨析，认为"女性主义"既有"女权主义"的"权"的抗争性，又摄纳了强调"性别"的后结构主义性别理论。可以说中国的女性学界在将西方女权主义理论本土化的过程中做了很大努力，甚至张岩冰在其《女权主义文论》中曾直接称，中国的"女权主义文论"完全可以命名为"我们自己的女权主义文论"。[①] 与西方女权主义面对根深蒂固的男性菲勒斯霸权一般从根本上采取"颠覆"

① 张岩冰：《女权主义文论》，山东教育出版社1998年版，第217页。

（男性中心）与“重建”（以女性为中心的性政治）的激进性别政策不同，新时期以来的中国女权主义理论从一开始就未放弃过对双性和谐的呼吁。但是这一切仍未能消除社会主流观念与它的分歧以及它自身“孤岛”处境：1. 社会声誉的尴尬。不管是“女权主义”，还是“女性主义”，在一般公众中都是一个并不具有亲和力的语汇，这是世界范围内一件让人颇感无奈的事。[①] 而女权主义从其产生之日起就受到了来自产业商、广告商、经销商的公然非议或打击，则更是因为它的精髓——打破男权文化中作为被欲望化对象的女性刻板模式——触动了这些“女性产业”的神经。2. 学术境遇的艰难。女性主义批评在我国似乎只有女性的批评家们在孤军奋战，女性批评在受到大众的冷遇的同时于学术圈也处于极其边缘的地位，甚至其被主流话语的间或注意也似乎有男权社会中女性被“宠幸”的意味。[②] 3. 也是最重要的，文本阐释的困惑。从 20 世纪末开始女性文学研究界就频繁使用“困境”、“危机”之类字眼来形容自身的处境，因为它所面临的已是一个消费时代的文学环境，在女性关怀以“小女人”关怀的方式大行其道的当下，如何指望继续操着女性独立平等的严肃政治话语的女权主义理论对这种文学实践具体发言？又能做何发言？当然我们也可以说，鉴于女权主义在当代社会的种种现代性尴尬，是以面向大众面对市场为根本目标的女性文学创作界率先进行了某种悄悄的观念调整与价值转换。大众化的文学与精英化的批判

---

① 美国理论家贝尔·胡克斯也曾谈到在美国“女权主义”被人们当作一种“讨厌的、不愿与之有联系的东西”，说自己是“一个女权主义者”，通常意味着“被限制在事先预定的身份、角色或者行为之中……”［美］贝尔·胡克斯：《女权主义理论：从边缘到中心》，晓征、平林译，江苏人民出版社 2001 年版。

② 王艳芳：《女性文学批评中“拒绝对话”现象的分析》，《文艺评论》2002 年第 2 期。

之间的“双轨”脱节现象，既使得近年来困扰女性文学批评界的某些问题无法得到有效解释与回应，也使渗透进消费时代文学中的性别问题所出现的新情况新特点缺乏足够的学理分析。在此，我尝试通过对经典女权主义理论的某些论点与其在当下文学文本中表达方式的深入比较，来进一步透视“小女人”现象背后的一系列理论问题。

先从现代女权主义对“女性气质”的解构与消费时代文学叙事对“女人味”的重视说起。女权主义深刻地剖析了“女性”与“女性的”两个语词的不同，认为前者是一个以女性的生理特征来界定的概念；后者则是社会对女性特征的界定，社会建构的结果就是对所谓“女性气质”（femininity）的推崇。在父权社会女性气质事实上已作为关于女性行为与外表的一系列规范而存在，如美丽、温柔、性感、优雅等，有时女性气质也有负面的含义，如被动、自恋、不理智、无权等。而女权主义之所以指出女性气质被建构的本质则是坚决地反抗并颠覆它。比如米歇丽·蒙特雷曾说：“‘真正的’女人，‘富有女性气质的’女人，是忘记了自己女性本质的女人，这个女人把愉悦和对愉悦的叙述委托给别人。”① 窥破女性气质建构中的男性权力因素与欲望化心理是女性主义批评的一大贡献，但是这一点到了消费时代的文学叙事中情形却发生了变化。《小姐，你早》中戚润物因为缺乏令人（主要是男人）赏心阅目的“女性气质”最终导致了被遗弃的命运，她是在李开玲、艾月的轮番“性别启蒙”中逐渐认识到了自己的“落伍”、现在的女孩子就是“好看”的。从这个意义上，甚至可以将它看作是一篇戚润物“女性意识”/“女性气质”逐渐成长

① ［英］米歇丽·蒙特雷：《女性本质的研究》，张京媛主编：《女性主义文学批评》，北京大学出版社1993年版，第424页。

壮大的“成长”小说。彰显女性魅力、建构而非解构男权话语下的“女性气质”是当前小说所制造“小女人”神话的一个重要组成部分。无论是底层女性用以摆脱或缓解物质与精神层面上的苦难也好，还是优裕境地的女性用以表达生活的幸福感也罢，第一，具“美丽”的女性躯体与足够的“女性气质”似乎都是必不可少的，否则就会像戚润物、白大省（铁凝《永远有多远》）等人一样生命黯淡下去或注定难逃现实受挫的结局。与女性主义者经过人类学的一番考证后得出的结论“把‘美’的主题对象化到女性身上反映的是‘男性主体身份的成熟和对女性客体地位的确认’[①]”不同，从消费时代的现实在场出发的女性写作，虽然触及了面对男权社会的审美期待女性角色转换的艰难与不甘问题，却又不得不最终接受了这种“女性美”法则。父权社会建构的“女人味”本是从男性欲望目光出发的，在以释放女人之“美”本身就是对遮蔽女性光辉的男性文明一种反抗的性别策略下，女性轻易就将这种他者的东西自我化了。这在中国更年轻一代的“美女写作”中表现得最明显。西方女性写作据说有专门描写女性瘦小灰色的乳房、平凡黯淡甚至残缺的身体的，她们认为只有利用艺术媒介重构女性多样身体现实的真实形象，才能败坏男性视角的色情味，消解传统女性美，起到最终颠覆男权的目的，惟其如此她们才会特别关注女人味淡薄甚至有些歇斯底里的“阁楼疯女人”。但这在满目都是一具具美丽灼灼、欲望灼灼的女性躯体的中国女性主义写作中是不可想象的，唯恐身体的“不美”会伤及笔下文学及其传播份额的“不美”，这大概是此类女性文本背后最大的焦虑之源。至于“女权主义”，似乎只剩下了某种偷

① 李小江：《女性审美意识探微》，河南人民出版社 1989 年版，第 34—40 页；叶舒宪：《高唐神女与维纳斯》，中国社会科学出版社 1997 年版，第 312 页。

梁换柱的修辞性表达。

第二，女权主义理论对“权力”及其女性权力获取途径的理解也与文学文本中的女性认知有一定差异。“权力”是女权主义的一个重要概念，女性批评内部对它的理解尽管有分歧，但总的来说均是借重它所包含的控制、占有、支配、人与人之间不平等关系等内容，汉娜·阿伦特甚至将这种个体间的统治关系上升到“群”的高度：“权力从来就不是一种个人的财产；它属于一个群体，而且只有在群体保持存在的时候权力才存在。当我们说某人‘当权’（in power）的时候，我们实际上指一定数目的人赋予之权力以他们的名义行动。”[①] 这样作为个体的人与人间的支配与被支配关系与作为群体的男性与女性的支配与被支配关系就联系了起来：“权力”在这里既非通常意义上的“国家权力”、“政治权力”也非“地方权力”、“个人特权”之类概念，它是将父系文化中各种社会体制和领域中的不平等关系以及维系这种关系的机制视作“权力”。而争取女性自身的合法权益与地位则是冲破颠覆这种父系社会权力运作的一个有效途径，因此女权主义理念从诞生之初就致力于争取女性的受教育权、工作权、参政权，在性关系、婚姻和生育上的自决权，等等。这种政治色彩浓烈的权力观念到了以摹写日常生活为己任的文学艺术中则更多地是在现实的、世俗的层面展开，比如说一个人因为拥有一定的金钱、势力与地位就掌握权力（在父权社会中主要是男性），否则就是权力面前的弱势者。而在权力的获取途径上，除了女权主义所大力提倡的那种女性投身社会实践的“直接”权力迁移手段，还有一种通过与握有权力的男性建立某种关系而进行的“间接”权力迁移

---

① 参见［美］贝尔·胡克斯《女权主义理论：从边缘到中心》，晓征、平林译，江苏人民出版社2001年版，第98—101页。

手段。或者说，权力也许不分性别但通往权力的道路却有性别之分，“小女人”并不“小”，彰显性别魅力不仅是她美的一种“权利”，还往往能衍生出一种“权力”。“性别资本化”是每个时代都会有的社会现象，但大规模出现并得到相当程度的理解认同则是进入消费时代之后渗透进“小女人”叙事的事。甚至即使在某些被公认为最具女权意识的作品，比如林白的《致命的飞翔》中，女性意识的突显传达也纠结了太多男女暧昧纠缠的画面：北诺最后的决绝杀人（“弑男”）有一个预设的前提，即女性在男权社会压力下以肉体换取实利（“一张事关个人前途的表格”）的企图失败之后的一种愤怒和报复行为。它里面有这样一些被广泛征用的文字：“指望一场性的翻身是愚蠢的，我们没有政党和军队，要推翻男性的统治是不可能的，我们打不倒他们，所以只能利用他们。”这其实是将女性先期地置于男权社会的色相（looks）期待中，只不过在多次遭强暴发现不果与不值后转而采取的暴力行为。甚至小说还用大段的篇幅以熟谙这种男女游戏“潜规则”的语气描述了一番交易过程中“男人怕上了女人的当，女人怕吃了男人的亏”的微妙心理。可以设想，如果这交换有了结果，这个故事可能就会是另一副模样了。比较一下张洁写于 1981 年的《方舟》里，离了婚的无助女人柳泉同样遭遇了单位上司的性骚扰，她是不惜辗转多处通过艰难地更换工作另觅职业来避免女性之跌入男权社会欲望陷阱的。小说后面柳泉和荆华顶风冒雨骑着一辆自行车到处奔波找一份谋生饭碗，她们是以与男性相异但“独立”的个体身份来面对现实生活的苦难的。在这两篇同样颇富“女权”盛名的小说中，从女权主义对待“权力”的严肃和精英姿态来看，倒是写于 20 世纪 80 年代伊始的《方舟》（当时的中国并未受到太多西方现代女权主义思想的直接浸染冲击[①]）在本质上似乎更接近这一倾向，20世纪90年代之后的文学艺术面对女性现实的复杂与无奈却难免不受一些这个时代的个人主义、功利主义、消费主义影响。在盛可以的《青橘子》（《天涯》，2004年第3期）中，女主人公面对的并不是未来公婆家男人们的压制，而是婆婆妯娌等女人的排挤与歧视，而她采取的措施则是与公公和大伯哥私通来寻找在新家庭中的靠山并对他们的妻子进行打击嘲弄。跟男性结盟甚至不惜性贿赂、性混乱对抗身边的女性，这既在表象上似乎不符合女权主义关于女性普遍地受到男性压抑的学说，又在反抗姿态上有悖于以与男性独立平等的姿态在社会领域内进行的权力争取。虽然笼罩在这个“小女人”故事上空的仍是不折不扣的男权规则，比如男主外女主内、夫为妻荣、男性对女性的欲望期待，等等，但是从生活的“在场”与人性的“真实”出发的文学艺术依据的却似乎并不是要坚决反抗这一切的女权主义逻辑。

第三，在性爱成为消费时代女性写作突破社会与文学陈规的一道绚烂风景的同时，它的文本学意义与效果却与女权主义初衷发生了较大分歧。在性的问题上，女权主义分化成两个阵营：激进派与自由派。激进派要求伴侣之间的性平等，反对男权主义的性实践，致力于扫清包括淫秽色情制品在内的父系性机制，稍早一些的贝蒂·弗里丹更认为只要妇女获得了社会平等，性的问题就会自行解决，而格里尔则要求解放了的妇女不要结婚，不给男性性的机会。与激进派压抑男性性能量的反对性（anti-sex）的

---

① 屈雅君：《女性文学批评的本土化问题》，《文艺报》2003年3月8日；另外还可参见林树明对20世纪80年代西方女权主义文学理论在中国大陆译介情况的统计说明，《女性主义文学批评在中国》（林树明著），贵州人民出版社1993年版，第272页。

态度不同，自由派则倾向于释放女性性能量的赞成性（pro-sex），她们鼓励超越社会所认可的性行为规范，反对将性划分为政治上正确的和不正确的两大类，性爱的快乐原则和对男权社会中女性所受性压抑的认定与反抗是其两大立法基础。然而，后现代社会艾滋病恐怖出现后，自由派享用性快乐的思想受到挫折，有节制的性伦理现在是世界范围内普遍适用并为女权主义者肯定的性观念。[①] 女权主义严肃的性爱主张在中国被误读甚至有意混淆是文学叙述进入消费时代之后的事。20 世纪 80 年代张洁、谌容、张辛欣等的一系列重在讲述女性在政治经济领域争取自我权力的艰难与困惑的作品，从一定程度上说更接近于弗里丹、格里尔等的对性问题的排斥与漠视态度，只不过西方女权主义者更多是从反对男权文化的决绝彻底而来的，中国女作家对性问题的冷淡则与当时依然浓重的伦理束缚、道德禁忌不无关系，比如我们从张洁《爱是不能忘记的》对美好爱情的歌颂却小心翼翼地回避着婚姻之外两性肉体关系的描写中，就不难看出那种对合乎道德法律的政治上“正确”的性爱观的倚重。可以说它是一种压抑性的性观念，既压抑着女性的欲念又压抑着男性的欲念。有人曾用“性风吹得文人醉”来形容 20 世纪 90 年代之后的中国文坛，如果说自由派女权主义赞成性的观点在文学艺术领域里已经完全取代了激进派反对性的观点有些夸张的话，从王安忆、铁凝一直到陈染、林白，至少在女性意识的文本传达方面开始一反过去回避性压抑性的态度，而是将女性寻求个人主体地位的诉求主要聚焦于女性的性实践（区别于女性情感）。但是性解放与快感政治学（the politics of ecsta-

---

① 李银河：《女权主义与性问题》，荒林主编：《中国女性主义》，2004 年春季卷，广西师范大学出版社 2004 年版，第 166—169 页。

sy）本就是一种在刀刃上跳舞的行为，何况它与性混乱的泥潭与快乐地被消费的“前女权主义”境地并没有什么清晰的界限，有女性主义者早就不无忧虑地指出“谈论性欲和关注性欲并不代表着进步……将性体验强调为有意义体验源泉，将可能出现这样的结果，即肯定女人是感伤、体验和浪漫（尽管是幻灭的）的载体。”[①] 如果说20世纪90年代上半期的女性写作尚算履行着自由派思想的性爱启蒙任务的话，在世界女权主义思潮转入有节制的性伦理之后，20世纪70年代以及许多更老或更年轻的、男的或女的作家依然“性”致不减则已经无法用人性/女性解放来解释了。它依据的只能是一种消费主义逻辑，如同波德里亚在其《消费社会》中所说：“必须把个体当成物品，当成最珍贵的交换材料，以便使一种效益经济程式在与被解构了身体，被解构了的性欲相适应的基础上建立起来。”甚至可以说，在消费时代女性身体/性本身就含有一种“只有‘被解放、获得自由’才能够因为生产性目的而被合理开发”的意味。“女性通过性解放被‘消费’，性解放通过女性被‘消费’”。[②]“性”已成了当代作家谁都不会回避甚至说第一面对的问题，比如林白从《一个人的战争》到《万物花开》、《妇女闲聊录》，无论从叙述主题还是从叙述方式上说都是被公认的近年来文风变化最大的一个作家，但是那种对性的迷恋和关注又似乎成为其作品万变中的不变。但是只有借助于包括女权主义在内的其他各种视角的意识形态伦理，我们才能判断这种当下文本中的“性”意象哪些是女权主义的，哪些是具有“人民性”的，哪些符合消费主义伦理，哪些纯

---

① ［英］罗瑟琳·科渥德：《妇女小说是女性主义小说吗?》，骆晓戈主编：《沉默的含义》，湖南师范大学出版社2006年版，第264页。

② 丁帆：《消费时代的性爱与描写——让·波德里亚〈消费社会〉读札》，《钟山》2002年第4期，第123—125页。

粹是商业化的垃圾。

南帆先生在21世纪初曾写过一篇文章《批评抛下文学享清福去了》，他对批评的经院化与文学的市场化使其二者愈来愈背道而驰的忧虑，是很有道理的。消费时代的女性写作在"小女人"关怀的强大攻势下已经远远超越或者说有力地改写了西方现代女权主义的经典观点，而仍试图以"正宗"女权主义观点对其阐释的文学批评界却未能正视到这一点。理论的错位造成的只能是女性批评的尴尬，比如在20世纪末女性主义文学被等而下之地视为"身体写作"、"美女文学"时难以做出有效和有力的回应，却丝毫影响不了女性写作的繁荣与出版商正在依靠"女性主义"赚钱的事实。我认为有必要对散布在消费时代文学文本中的女性意识进行一番新的理论整合：1. 对女性独立、平等的要求不如对女性魅力、女性气质的强调突出。2. 情欲领域已取代社会政治经济领域成为女性权力争取的主战场。3. 女性解放与女性消费/消费女性的声音混杂在一起。4. 直接投身社会实践对男权文化进行精英主义反抗的"大女人"，让位于更多在性别围城中权衡利弊的"小女人"成为文本叙述的重心。5. 要求男女平等颠覆男性霸权的单一声音变得复杂、犹疑、暧昧。对于这样的女性话语我曾将此称为"后女权主义"，"后女权主义"并非反女权主义，只是对正宗女权主义的修正和改写。按照法国社会学家德塞托的日常生活策略理论，我们甚至可以将它看作是被统治者（男权社会中的女性）面对统治集团的强大力量放弃"强攻"，而巧妙地利用统治者的场地、欲望心理，来打破常规禁忌，谋取自我身心发展的"智取"策略。约翰·费斯克也说存在一种"日常女性的抵抗行为"，它"不像女性主义者那样，发生在体制本身的结构层面，而是见诸日常生活层面，即，女性如何应对父权制意识形态，如何在其内部拓展空间，以及如何在他们的日常生活的实践当中理解对父权制的反抗”。[①] 女性这种日常层面上的躲避、消解、冒犯乃至抵抗父权制意识形态的宰制性行为，以一种绵软的姿态有力地缓解了经典女权主义在人们心中张牙舞爪的印象，也使承载这种“后女权主义”理念的文学艺术在消费时代得到了最大多数受众的理解欢迎。当然，它最大的问题同样来自这种“绵软”的反抗：它使对女性的关怀仅止于生存与世俗层面，不能往更深的地方渗透，因为它是以悬置起女性追求坚决的独立平等自由人格这样的女权主义精髓为代价的，性别斗争、性别革命已经不再是它进行女性关怀的热衷主题。当然这也似乎符合这个“后革命”时代的一切非暴力非革命的“改良”逻辑。

的确，进入21世纪以来，性、性别、女性、女性意识，这些有区别但也有更多联系的语汇走进大部分作家的叙述视野，这其中，作为对既往性别文化的一种历史性反思同时又是世界性思潮对中国影响的结果，“女权主义”的声音似乎格外响亮。但是消费时代的女性问题究竟是通过何种方式、运用哪些途径和手段加以表现的？其最终结果又是如何？文学中的社会性别想象为什么会在当下被如此“叙述”？可以说任何时期对性别问题的透视，都没有像今天这样展现出如此丰富、复杂而矛盾的内涵，折射出如此暧昧、诡秘而生动的时代与文学特征。对“女性主义”多重困境与变异表达的关注显然已超越了一般意义上的女性文学研究范畴。

---

① ［美］约翰·费斯克：《理解大众文化》，王晓珏、宋伟杰译，中央编译出版社2001年版，第73页。

四 变异的可能性

女性主义理论与其现实接受语境间的话语缝隙成为超越一切派别之争的现代性焦虑之源，这既是中国女性学者面临的一个亟待解决的问题，也是一个世界性命题。20世纪六七十年代之后，激进的、不无偏颇的女权主义批评，如有些妇女运动领袖干脆就把婚姻称作“奴役”、“合法的强奸”和妇女“无偿的劳动”，因为政治色彩过于浓厚及实践行为太过激进已成了不太被社会接受的“强弩之末”。淡化两性间的对立情绪、寻找新的性别话语生长点成了不少文人学者的共识。修丽特在其《美国妇女解放的神话》中甚至直接宣称，女权主义往往只利于那些上层的、精英的、功名心特别强的处于传统婚姻模式之外的那部分职业女性，不少缺乏一定技能的中下层妇女甚至宁愿选择待在家中，而不愿与男性的平等平权。职业妇女因为平等法案也会失去原先的职业保护，“解放”之后妇女过的是一种 lesser life（清闲生活）。[①] 虽然这是一种带有男权回归色彩的言论，但它将女权主义视为一种高蹈的性别理想主义追求的说法，却不能不引起人们对女性及女性主义问题的再思考，而这对中国而言尤其重要。毛泽东时代的“男女都一样”政策固然与西方女权主义没有什么本质的联系，但是它鼓励妇女走出家庭参加社会主义建设，却与后者提倡女性投身社会实践争取各种权力在表象上有着某种程度上的暗合之处，以至于与克里斯蒂娃在《关于中国妇女》中所做的乐观阐释一样，在有些西方女权主义者眼里，那时的中国妇女几乎成了女

① 张宽：《男权回潮——当代美国的反女权思路》，《读书》1995年第8期。

性解放的典范。在我国女性批评界对此不断下大力气澄清批判的同时，1976年之前对无视性别特征的“铁姑娘”的嘉奖直到今天在有关妇女优秀事迹的主流报告中仍然时有闪烁[①]，女性主义还无法成为主流意识形态中女性话语的完全的立法基础；而对于大众女性的日常经验而言，由于阶级、民族、文化、身份等的不同，女权主义同样不能作为一种先验的性别一致立场而存在，“女性主义必须永远是在一种具有特殊政治目标的政治运动中妇女所结成的联盟，它是一种基于政治利益而非基于共同经验的联盟……因为女性的经验与利益没有如此的一致性。”[②] 甚至我们可以说对于大部分奔忙于日常生活的女性来说，女性主义将女性对抗和颠覆男权的力量绝对化，也理想化了。即使是我国最著名的一些女作家女学者也公开发表声明反对被称之为“女性（权）主义者”，内中隐藏的恐怕不仅是对这一称谓社会亲和力淡薄的担忧，还有一种对它现实适用范围与力度的不敢完全苟同。比如，连妇女研究学家李小江也只得无奈地承认“女权主义在单身女性中会有土壤”，而新时期我国第一代女性学学者朱虹则在担忧，如果一个中国女孩拿到了妇女研究的高等学位却没有在学校教书做研究，这个学位会不会“妨碍”她。所以，女权主义在没有也不大可能造成波澜壮阔的妇女运动的中国，影响最深的恐怕只能是学术界。消费时代女性文本中“女性主义”无法真正贯彻下去，便同从生活现实出发讲究为人物设身处地着想的文学艺术的基本创作原则相关：它更接近“生活”而非“理论”。著名作家严歌苓也曾提到过这一点：“小说是越来越难写了……当你大

① 如报道三峡工地开大吊车的女工如何在男人堆里工作，三伏天无法光膀子，不敢喝水是因为没女厕所等。见《人民日报》海外版，1997年11月6日第2版。

② ［英］罗瑟琳·科渥德：《妇女小说是女性主义小说吗?》，骆晓戈主编：《沉默的含义》，湖南师范大学出版社2006年版，第269页。

大放宽正常/非常的准则，悬起是/非，善/恶的仲裁，你就能获得一种解放，或者说一个新的观念自由度……但有时也让我害怕：这接受未免过分宽泛，把我天生的好奇心，易受魅惑的性情，全包容进去了。”[①] 如果说那种“正常/非常的准则”、“是/非、善/恶的仲裁”所依据的是某种理性信念的话，悬置起它们从人物复杂混乱的本性出发进行文学创作所遵循的则只能是生活的逻辑、人性的逻辑。甚至可以认为，如果说精英女权主义对应的是一种女性在男权社会中的“应有”理念的话，那种费斯克所说的以“日常抵抗”为策略的“女权主义”对应的便是一种女性在男权社会中的“实有”法则，即它关注的不是“女性在男权社会中为什么会受到伤害，在何种程度上受到伤害”，诸如此类的原则性性别深度追问，而是“女性在当下的男权社会中实际如何作为（才能得到自我身心的最大满足）”的性别实际问题。显然，后者似乎更适合重在展现女性日常生存状态的小说创作样式。

失之偏颇的文学叙事法则与女性批评法则未能对女权主义问题中的这种消费主义倾向做出有力的理性批判，甚至有推波助澜之势。显然，20 世纪 90 年代以来，尤其在以“日常”、“世俗”、“个人”、“欲望”为文学关键词的个人化写作潮流中，再现性的经验化叙述成了最重要的文学法则。与严歌苓创作谈中对于悬置起是非判断的仲裁接受一切所感到的“害怕”不同，中国大陆不少作家则往往将生活中的善恶美丑一律止于“真实再现”而已，或者在一切都不敢肯定或否定的“隐忍态度”下做一种暧昧表达。“美女写作”、“妓女写作”，还有在不少文本中都会读到的诸如“养情人是男人的本事，被人养着是女人的魅力”之类沾沾自喜的句子，一起将女性主义问题带上了“小女人”叙事的死胡

① 严歌苓：《谁家有女初长成·后记》，中央编译出版社 2002 年版，第 326 页。

同。齐格蒙·鲍曼说："一种温吞水式的、软弱无力的平庸文化正在缓慢地产生，这种文化像是一摊正在蔓延的淤泥，吞没着一切，威胁着所有的东西。"的确，时髦思潮正努力把真与假、善与恶、美与丑摆到"同一平面上"，这对女性主义问题的影响是巨大的。而新时期以来的女性文学批评又特别偏重于对性差异的理解，女性意识在20世纪80年代以李小江为代表的女性学人那里有明确的所指，即"女性作为一个独特性别群体的社会主体意识"（李小江的原话是"做女人，做全面发展的人"）。但20世纪90年代以来的"女性意识"则更强调"对自身性别差异的意识"，女性的独特性得到了突出而社会主体意识则被忽略、湮没。这是一种本来就有所压抑又有所夸大的女性批评理念，它对于文学叙事中泛滥的"小女人"对"大女人"的话语改造现象必然缺乏一定的洞察与反思能力，以至于连女性批评视为女性主义思想最明显体现的"私人化写作"，我们都可以找到某些"小女人"的蛛丝马迹（如性地位/性别问题的强烈思虑、社会主体身份的讳饰与盲视等）。

女性写作以其在当下的轰轰烈烈之势却没有将女性主义真正贯彻下去，或者说所贯彻的只能是一种被挪用的"女权主义"，这对一贯致力于女权主义本土化与深入化的女性学界来说或许是一件悲哀的事。缺乏具体的批评实践对象的理论终归是只能在"理论场"这一圈子里打转的东西。但获悉这一事实以后却可能成为一种契机：对当下女性写作中的"女性意识"（区别于已经有所框定的"女性主义意识"）及其这种"女性意识"同女性主义或非女性主义的关系进行研究的契机。事实上我国当前的文学文本中又似乎从来没有缺乏过"女性主义"，只不过此"女性主义"已不再是或不仅仅是女性自觉的意识形态建构：它或者作为一种被挪用的"女性主义"，在女性生存的男权文化现实中的确发挥过从内部一点点蚕食、瓦解、反抗男权中心的作用（比如相对于《作女》中卓尔那种完全以女性为中心行事的夸张与表演色彩，倒是《长恨歌》里一生“绵软”生存的王绮瑶对男性文明有着更为实在的追问与冲击）；或者被文学本身的多种力量所渗透和支配，成为文学性创新压力下作家寻求自我突破的一个缺口（比如作为写作群体20世纪六七十年代人的女性写作引起20世纪末文坛的瞩目就与她们树起的那种鲜明“女性主义”旗帜相关。而在文学主潮从挖掘自我到倾听他者又一次发生变动的21世纪，“女性主义”诉求的相应变化同样成为占领文坛的一个突破口，像林白《万物花开》、《妇女闲聊录》等）；或者仅仅作为女性写作应对文学传播机制的一个起点和资源库而存在（只有贴上“女权主义”先进标签的文学艺术才既可以在主流文坛中被争论不休，又可以提升市场运作中的文化含量，比如《上海宝贝》封面标定的“一部自传体小说”，“一本女性写给女性的身心体验小说”所用的便是1995年前后“女性主义热”中的文学资源）。总之，我们说“女性主义”已不再是终极的和单一的目标，并非意味着它已成为消费时代被文学叙述遗忘的一种资源，对它的需求和超出，昭示了这个被男性文明和市场机制联手操纵的时代在女性问题上的复杂和暧昧之处。对这些复杂和暧昧之处的认定、蠡测和反思则成为女性文学批评的一个重要任务。

第四章

“后女性主义”：消费时代的性别修辞？

笔者倾向于将消费时代女性文学文本中的女性主义观念称之为“后女性主义”，尽管说“后”这一前缀已经令人深恶痛绝，但缺乏这一前缀我们还难以对大量现象和事实进行归纳或命名。之所以将女性主义在消费时代的话语挪用以“后女性主义”这一不无复杂暧昧、歧义丛生的语词呼之，主要基于以下几点：

首先，在时间概念上，我这里所说的“后女性主义”强调的是与学院化的、经典化的女性主义相对的一种社会性别形态。如果说，在西方，它是20世纪六七十年代第二次女权运动之后出现的，作为对女权主义的修正式思考而存在的一种当代女性思潮的话；在中国，它则是指经历了毛泽东时代“男女都一样”思想以及西方现代女权主义观念洗礼之后，主要存在于市场经济体制转型期间及正式确立起来之后的一种当下女性话语。

其次，在意义概念上，它对此前的女性观念进行了一种改头换面的收编改造，从而与经典女性主义有了很大的区别。但是又不能以绝对的“反女性主义”呼之：它剔除了女性主义自为自觉的精髓，但也吸收了其相当的合理成分；它改变了女性主义很大程度上同男性世界的紧张分裂关系，不过也混杂进诸多暧昧妥协的世俗因子；它在表现形态上并非是传统的，而是很“现代”甚至很“新潮”，但是它在实质内容上对女性解放来说又并非进步的，而不啻为一种倒退。另外，它又不像女性主义那样有明确的纲领、理论，乃至自为组织，而是更多以一种隐性方式存在于大众心理与大众文化艺术的字里行间。或许对于这样一种性别社会思潮，以笼统的模糊的“后女性主义”称之更为妥当一些。

再次，是就文本分析层面而言的，我是首先感到了用既成的女性（主义）观念来分析消费时代的小说文本所遭遇的理论困难与话语障碍，才认定有必要用一种全新的、更接近本土和当下（既包括本土当下的女性社会思潮，也包括本土当下的女性文学艺术思潮）的女性观，来解读目前那些正在被人们逐步接受认可的女性文本。时下或许除了一种被人戏称为“（准）广告”的书评式写作是针对具体作品而来的，写作的市场化与批评的经院化，使得当代女性理论批评距离某些女性文学的实际愈来愈远，甚至有自言自语背道而驰之势。这种情况当然不仅仅发生在女性文学批评界，严格说来它是当前整个学界的一大症候。南帆先生曾就20世纪90年代以降的文坛现状写过一篇文章《批评抛下文学享清福去了》。而且这似乎还打着改革开放的印记：因为开放，学院的理论来自西方，批评家们自然会有些崇洋；因为改革，院校评估力度加大，为彰显知识性、权威性，论文论著难免会向理论化、高深化倾斜。[①] 我认为现在的文学批评界与创作界的确是存在过近（对文学作品的捧杀或棒杀）与过远（离开文学实际在理论的范畴内自得其乐）的两种

① 南帆：《批评抛下文学享清福去了》，http://blog.sina.com.cn/s/reader_4e330cf6010084er.html。

倾向，真正以切近当下创作实际的原创的理论来阐释文本或从中国当代文学中提升出我们自己的理论的并不多见。具体到女性文学批评领域，则存在着明显的西方化、学院化，甚至相对于当前的女性现实与女性创作现实的某种滞后状态。所以，在本章中，我想先提出我关于消费时代"后女性主义"的理论框架，而后再做适当的文本阐释。

一　男权回潮与"后女性主义"表演

如果说上文所说的女性主义内部的话语转向自有其学术意义的话，一些男权回潮的声音则不容忽视。进入20世纪80年代之后，西方国家，尤其是美国，在反思女权主义狂飙突进对社会造成的影响时出现了对女权运动的抵制不满情绪，或者说男权回潮的现象。曾翻译过《女太监》的现旅居澳大利亚的学者欧阳昱说："《女太监》从初版到现在已历经30余年，从某种意义上来说，女权主义似乎走到了尽头，这不妨以2000年在美国出版并大受欢迎的《老婆投降》（劳拉·道伊尔著）一书佐证。"[①] 如果说这只能算做一种大众文化走向的话，西方社会近年来屡屡出现的新的男权趋向理论论著则不能不引起我们的重视。而且这里既有男性作者站在男性立场上对女权运动的反扑之声，也有女性学者对女权主义的重新认定与修正式思考。比如乔治·贾尔德（George Gilder）在其《富裕与贫穷》中指责妇女运动不仅使一部分男人无法结婚陷入困境，而且妨碍已经结婚的男人到达事业的顶峰。从狩猎时期经工业革命到现代社会，原本一直属于男人

① 欧阳昱：《女太监·译后记》，百花文艺出版社2002年版，第412页。

的事务许多已被女人抢走了，而女人却不能做好她抢到手的一份工作。所有这些都造成了整个社会效率的低下。罗伯特·布莱(Robert Bly)则宣称女权主义的兴起造成了男性的阳刚缺失，呼吁重振男性雄风。为此，布莱和他的同道们甚至想出了一个具体的解决方案：举办男子汉周末研习班。原芝加哥大学教授艾兰·布鲁姆除了认定女权主义是他自己所钟爱的西方“经典作品生命力的最新崛起的敌对势力”以外，更是从女人的角度大肆声称“女权主义是女人的大敌”，它使女人得不到爱情，无法缔结婚姻，唆使女人把个人的追求置于道德之上。华伦·法瑞尔(Warren Farrell)则在他的畅销书《男人为何如此》中说“愈是女权主义倾向严重的女人对男人便愈加自我封闭”，“我们处在一个男人不被女人所理解的时代”。他甚至认为传统的思维模式并不是女权主义所说的“男人中心”，它是为了男女两种性别而建立的，而且尤其对女性有利。传统婚姻模式中的女人不管在事业上是否成功都可以获得爱情，而男人则必须到社会上去打拼。如果他在事业上失败，他在婚姻和爱情上也绝不会幸运。首要的问题应该是男人的解放而不是女人的解放，女权运动则把原有社会设计中对妇女有利的一些方面给瓦解掉了。① 这些话语持有者都是男士，说他们是男权回潮言论或者男性沙文主义代表似乎也不过分。我们可以将其对女权主义的不满，看成是在这场性别大战中面对原是弱势一方（女性）的汹涌崛起之势，另一方（男性）的反击愤激之辞，甚至可以说是敌视恐惧心态的流露。它们因和20世纪80年代以来女权主义运动退潮之后整个西方社会开始涌

① 以上资料参见张宽《男权回潮——当代美国的反女权思路》，《读书》1995年第8期；陶洁：《事情正在悄悄起变化?》，引自骆晓戈主编《沉默的含义》，湖南师范大学出版社2000年版，第209页。

现的反女权的文化氛围——比如对妇女解放不利的法案一个个出笼、影视中的单身职业女性大多不讨人喜欢、百货店儿童玩具的货架上又摆满了为女权运动抵制过的任人穿衣打扮的性感洋娃娃芭比等——沆瀣一气，而得以公开出版并一度畅销。

女性自身对女权运动的批评和反思则使问题变得更为复杂。像我们前文曾有所涉及的修丽特（Sylria Ann Hewlett）在其《美国妇女解放的神话》中将“女性”这一社会群体作了差异性区分解读。她认为女权主义往往只利于那些上层的、精英的、功名心特别强的处于传统婚姻模式之外的那部分职业女性，不少中下层妇女宁愿选择待在家中，而不愿与男性一样平等对待。而且职业妇女因为平等法案也会失去原先的职业保护。另外关于性解放、无过失离婚等提法最终成全的都是男人，大多数妇女希望巩固而不是毁坏家庭。以走向社会、男女平等为口号的女权运动反而某种程度上将女性引入了歧途，“解放”之后妇女过的是 a lesser life（一种更糟的生活）。女性主义事实上已陷入被“backlash”（“反弹”）的境地。[①] 言辞更为激烈的是被称之为“异端女性主义者”的卡米拉·帕格利亚（Camille Paglia）一直在著述或媒体中大声呼吁“到了每个主流/学院女性主义者检讨自己过分意识形态化的时候了”，非但如此，在她探讨性别与文化的备受瞩目之作《性角色》（*Sexual Personae*）最后，还将波伏娃“女人不是天生的而是被造成的”著名观点颠倒过来，她说女人是天生的，男人创造出来的文明拯救了世界也保护了女人；若是女人充当了物质文明的主要承担者，人类今天也许还住在茅草棚里。[②] 另外 20

① Deborah L. Maden, *Feminist Theory and Literary Practice*, Foreign Language and Research Press Pluto, 2006, 9, pp. 26－28.

② Camille Paglia, *Feminitt Must Begin to Fulfill Their Noble, Animating Ideal*, (http://en.wikipedia.org/wiki/Camille_Paglia#Articles_by_Paglia).

世纪 60 年代曾写出名重一时的女权主义论著《女性的奥秘》的贝蒂·弗里丹，到了 1981 年在其《第二阶段》中也对其以前的激进态度作了某些调整：她认为女权主义过多追求在男性世界里获取成功的结果，是对男人与女人间固有差别的认识不足。而女权主义所大肆声讨的反强奸、堕胎权、性感部位的认定（阴道还是阴蒂）等问题，并非是当今广大妇女所面临的最迫切问题。女权运动争取权益多是从政治斗争、社会抗争入手，而忽略了妇女其实最重视的家庭作用，从影响丈夫的角度出发也能达到改造社会的目的。海外女性学者柏棣还发现 20 世纪 90 年代以来美国文化界出现了一种奇特的现象，以往被传统社会称作“女纳粹”(feminazi) 的女性主义似乎蓦然成了主流媒体关心的热门，类似“你可以做一个同时也能爱男人的女性主义者吗”的女性主义书籍成了畅销书，这一类书籍无一例外都宣称要将“受害者女性主义”（第一、二次女性主义浪潮所强调的女性处于父权制的压迫剥削之下）变成“权力女性主义”（女性应该积极主动，放肆地享受性快乐，同时也要像男人一样抓权、揽权），如尼奥尔·乌尔夫在她的《火对火》（*Fire with Fire*）中声称女性主义是“任何人，任何关心女人的男人穿着觉得舒适合体”的自我实现的理论，女人就是要竞争，要享受男人曾享受的一切。甚至广告商也在处心积虑地想方设法包装女性主义，以吸引更多女性消费者，如将女性主义用于卖钙片的广告语中，“真正的女性主义者不得软骨病，服用了这种钙片，不但身体骨架结实，女性主义的腰板也挺得直直的”。[①] 这当然也是一种与西方社会“男权回潮”

① 柏棣：《满足欲望，自我选择——西方的“生活方式女性主义”》，王丽华主编：《全球化语境中的异音——女性主义批判》，北京大学出版社 2008 年版，第 44—45 页。

相制衡的女性主义声音，但它却改变了原先女性主义对资本主义政治经济文化结构的严肃审视，把目光仅仅对准女性自我欲望的满足，所以它自然会被无孔不入的消费主义法则所利用，甚至这种女性主义法则本身就和商业社会伦理纠结在一起的。

所有上述这些曾是或者自称是女性主义者的人，均发出了与我们所熟知的现代女性主义迥然不同的“反”女权主义的声音，当然我们应该将它们看作是女权运动落潮后对之进行反思与修正的重新思考，或者称其为“后女性主义”更合适一些。法国女作家克里斯蒂娜·德·皮桑（Chrstine De Pisan）诞生于14世纪末15世纪初，曾被研究者誉为早期第一位女权主义者，她在其成名作《妇女之城》中热情地肯定了女性独立于男子的自立奋斗精神，并设想了一个向世俗男性社会宣战的完美的女性王国，即阿玛宗女人国里的女人们。然而，当她面对正处于其中的近代早期的妇女现实问题时，她所做的《妇女的三个美德》却又转而不是从女性自身，而是从其不同的社会存在，更确切地说，是从她们丈夫的不同身份地位角度，对她们提出了根据自己的不同身份以“平和”的姿态处理好各种人际关系的忠告：了解自身身体的强弱、了解自身脆弱的倾向，根据自己所处的阶层找到适合的行为举止方式，即贵妇与农妇都应恪守为人之妻、之母的不同的行为规范，才能有利于整个社会的发展。应该说这既是对当时社会阶级秩序的承认，又是对当时同样有着尊卑贵贱之别的男权社会的承认。[①] 由“妇女之城”到妇女的“三个美德”，反映了克里斯蒂娜在女性生存状态这一问题上的不同心态。但这不是从现实

① 李霞：《从〈妇女之城〉到〈妇女的三个美德〉——一位女权主义者的女性理想和现实》，骆晓戈主编：《沉默的含义》，湖南师范大学出版社2000年版，第184—195页。

到理想的升华，而是从理想到现实的回归。可以说克里斯蒂娜这种由激进到“宽容”、“平和”的转变，某种程度上成了现代女性主义运动从高潮发展到今天“后女性主义”的一个寓言。

可以说，对女权主义的常识化、去政治性、个人主义视角的改造构成了当今“后女性主义”的话语基础。政治上它可以说是20世纪80年代以来资产阶级右翼势力在性别领域内的一种延伸，如20世纪80年代最早向中国介绍西方女性主义思想的朱虹根据她在美国工作的经验说：“美国现在的女权思想有一种退潮。小布什上台后表现得更明显，主要来自于共和党中的保守派。他们强调‘家庭的价值’，要女人回到家里……”[①] 可以说资产阶级右翼势力是一直倾向于一种性别保守主义的，他们甚至会以传统的婚姻家庭有利于维持社会稳定和大工业高效率为名，反对女性强烈的性别政治要求；在经济上“后女权主义”则受到了商业资本、广告的大力支持，在以post-feminism（后女性主义）命名的资料众多的英语网站上，曾有一篇名为《女性主义遭受冷遇》（*Feminism With A Difference*）的文章，其中有一段写道：“如果千百万的女人说‘嘿，我认为不再需要口红、奥蕾油了’，这对许多方面来说是致命的。于是媒体必须制造一种后女性主义话语，作为理解妇女在美国社会的当代处境的通常意义上的方式。”[②] 可见，后女性主义是一个极其复杂的称谓，它的吊诡之处已不仅限于女性学内部的派别林立，更在于它与商家，与男权文化，与男性欲望或女性消费诉求甚至有了某种千丝万缕的联系。

---

① 朱虹：《跟美国学生一起读中国小说》，王红旗主编：《中国女性文化》（第3辑），中国文联出版社2003年版，第8页。

② Feminism With A Difference，http：//www. difference-feminism. com/post-feminism. htm.

二　中国当下语境中的“后女性主义”

从理想到现实的回归、从追求平等到关注差异的转变、从旨在促进女性自我发展的激进立场到平衡社会关系维持性别成见的保守态度，可以说是西方女性主义向后女性主义发展的基本轨迹。这一切都对研究中国当下语境的“后女性主义”具有某种启示。应该说，新时期以来，相对于女性主义经典论著在中国的大量译介，后女性主义论点在中国介绍的较少。一个明显的例子是比起伍尔芙、肖瓦尔特、莱埃娜·西苏、克里斯蒂娃等这些女性学研究界动辄提起的名字，卡米拉·帕格利亚、修丽特等人对我们就陌生得多。事实上，西方的女性主义的纷争可能比我们所了解的——诸如派别林立（如英美派镜子式的社会批判与法国派妖女式的文本分析）、概念时有分歧（如对女权主义/女性主义，女性/妇女/女人的不同界定）、分裂现象严重（如黑人女权主义、同性恋女权主义、第三世界女权主义对各自利益的维护）等问题——还要复杂严重得多，各类“后女性主义”的粉墨登场不但冲淡稀释了其倡导男女平等、鼓励女性独立自主精神追求的经典女性主义观点，而且以其更加世俗化、“人性化”的言说在年轻一代女性中产生了巨大影响。可以说这与西方世界经历过波澜壮阔的女权运动之后社会上蔓延起来的一股渴望女性重新回归“传统”的风潮相关。

从某种意义上讲，这与中国在经历了那个“男女都一样”的性别时代之后渴望看到“男女不一样”身影的社会文化环境有些类似。当然如果重新变得“女人”仅仅是对过去一段时间以来缺少女性身份的一种反弹，问题就会简单得多。不幸的是，这一切都使原本就有分歧的女权问题变得更为复杂起来。在女权主义内部的一些既有问题还没有达成一致共识的时候，“后女性主义”的粉墨登场对女权主义所倡导的男女平等的基本立场则从根本上却发出了怀疑与反动之声。钱满素女士在谈到贝蒂·弗里丹的《第二阶段》时，列举了多条妇女运动的悖论：女人不是天生的/女人是天生的；妇女进入社会是解放/妇女进入社会不是解放；同工同酬是平等/同工同酬不是平等……[①]留心一下就可以发现这些悖论的前半部分是经典女性主义思路，后半部分则是与男权回潮相呼应的“后女性主义”思路。后者可以看作是女权运动发展到顶峰后对其一些过激行为的矫正之辞，也可以视为女性高蹈的性别理想在具体的历史的现实环境中遇挫后向既成性别成规妥协的产物。所有这一切都促使我们在21世纪的今天重新正视和思考女性的现状与未来。在同样遭受了全球资本主义经济风暴和文化袭击的今日中国，女性问题更是显出了外来资源与本土思考、精英诉求与大众之声胶着在一起的混乱驳杂现象。一方面，西方女性主义经典论著在当下中国正如火如荼地被研究译介着，可以说旨在培养女性独立自主意识的女性主义观点打开了社会认知与学术研究的一个崭新的领域，并且影响了一批自觉用女性主义观念进行创作的文学艺术的生产；另一方面，当我们将目光从女性“应是什么”的彼岸世界拉到实际生活中女性“实际是什么”的此岸现实，或者说将性别问题纳入具体的历史的政治经济文化环境、面对转型期间中国广大妇女的实际生存状态时，我们又不得不承认上述某些“后女性主义”理论似乎更能概括当下最大多数女性的现实生存图景，甚至当今不少女性往往心里想着或嘴上

---

① 钱满素语，见《世界文学》1995年第2期。

说着“女性主义”，实际身体力行的却是“后女性主义”。当然中国的“后女性主义”是植根于改革开放之后，尤其是20世纪90年代以来体制转型的大众文化语境中的。在此，我想对我所理解的今日中国社会以及文学艺术中流行“后女性主义”思潮做如下具体论述：

第一，我国的“后女性主义”并不是在全力修订正宗的女权主义研究成果的基础上形成的，它仍然不失反抗男权统治、建构女性主体性的一面，但在具体如何“反抗”和“建构”上却剔除了以单一的“女人也是人”的社会使命去直面父权社会的不平等机制，而是更多以“女人首先是女人”的性别差异姿态去张扬女性魅力，并以此找寻在男权社会中生存与发展的更多可能。“社会性别”（gender）是为女性主义广泛运用的一个概念，即“由社会文化形成的对于男女差异的理解，以及社会文化形成的属于女性和男性的群体特征和行为方式。”[①] 女性主义运用社会性别往往要找寻形成这种男女性别差异的社会文化源头，并着力批判这种社会文化（男权文化），还女性与男性“在同一地平线上”性别平等的本来面目。即使是极力彰显这种性别差异的西苏、以瑞格瑞等人也是更多地从性别差异作为女性借以建构不同于男性的性别群体意识与自我意识的依据这个角度来肯定差异的。消费时代的“后女性主义”同样借重“社会性别”这个概念，将男女差异命定为由具男权色彩的社会文化形成的，但其着眼点却往往不是从精神的高蹈追求角度以自立意识和平等观念从根本上改变这一社会文化，而是更多在承认“天生是个女人”的基础上以自己的女性身份讲究最大限度地适应甚至利用这一社会文化。在

---

① 谭晶常、信春鹰主编：《英汉妇女与法律词汇释义》，中国对外翻译出版公司1995年版，第145页。

“后女性主义”观念中，女性“权力”的攫取当然也需要女性自身的社会活动，但是在现有的男权社会机制下女性几乎先天地就能遭遇障碍，所以通过对他人（主要是男性）的影响力度来象征性地实现自我价值也是应该的。“男人创造世界，女人通过男人创造世界”，算是对后女权主义的一种大众化阐释。女人无法亲自创造世界，只能默默地躲在的男人背后的状态，对于激进的女权主义来说是看作“无名”，是受动等待的“空白之页”，是备受压抑的“第二性”；但在“后女权主义”那里却一变为女性“主体”选择的结果，是消费时代女性“权力”，也是“能力”、“魅力”的体现。女性变成一个“进可追求事业，退可回归家庭”的优势性别，这男权主义的观点一旦被女性主动吸纳，女权主义的愤激姿态就能轻易换成一张“后女权主义”与（男性）世界和解的笑脸。当然女性为此付出的是甘心做一个“快乐的消费者”的代价。与此相联系的是“后女性主义”对于“女性意识”的话语改造。“女性意识”是中国女性学界广泛征用的一个概念。它在以李小江为代表的女性学人那里有明确的所指，即“女性作为一个独特性别群体的社会主体意识”（李小江的原话是“做女人，做全面发展的人”），但在20世纪最后两个10年的中国具体文化语境中，“女性意识”更多被理解成是“对于自然性别差异的意识”，女性的独特性得到了强调，而社会主体意识则往往被忽略湮没。随着社会商品化的进程，尤其是20世纪90年代之后，女性意识这一“能指”越来越与其原初的“所指”分裂。女性话语亦愈发地朝“女”与“性”上张扬自己的性别身份，而且这张扬又往往与整个社会的文化氛围甚至一个时代的“现代化”图景相联系。如果说20世纪80年代王安忆等人对女性气质的某些呼唤还侧重于“内在”的女性气质——温柔、善良、甘愿伺候丈夫的好主妇[①]，中国全面进入消费社会之后，女性意识的建构在社会形态上却一般要以女人化的外在面貌为标志，在文化形态上则更多向女性自然生理特质（如身体）倾斜。张扬女性魅力是“后女性主义”不同于女权主义的一大特征：后者关注的往往是那些“女人性”淡薄甚至有些歇斯底里的“阁楼疯女人”；前者的逻辑却是张扬女性魅力本身就是对压抑女性光辉的男权社会的一种反抗，当然这“反抗”又是同上文所说的“利用”、“倚傍”有着暗度陈仓的关系。“以我女性之美，得你男性社会之实”，应该说是“后女权主义”在看清无力从根本上改变现实的性别格局之后，对男权社会放弃“强攻”改为“智取”的一种女性策略。与正宗女性主义相比，它同样有得到也有失去，但它因为更世俗化更大众化一些故而在当下的影响范围会更广泛一些，或者说它其实是更符合大众口味的“女性主义”。

第二，从人性内涵上，现代女性主义实际是在“女性”身上填注进许多观念的，比如大写人格、对独立自主的天生渴望等；消费时代的“后女权主义”则对这种渴望的“天然”性产生了怀疑，它承认的是人的世俗、日常、趋利避害等的另一种本能。在灌注进这种精神的文学文本中，大写人格某种程度上甚至会被视为一种虚伪，小写自我以及它的直接宣泄反是一种“真诚”，而且这种趋向并非单单为我们通常所认为的年轻一代时尚写手们所独有。比如一般被视为当下女性写作中最具女权意识的作品林白的《致命的飞翔》，以一种决绝的姿态描绘了一幅现代社会中的女性“弑男”图，常被视为当下女性写作中

---

① 参见王安忆访问台湾女作家李昂时的谈话，《妇女问题与妇女文学》，载《上海文学》1989年第2期，第78页。

最具女权意识的作品。但我更倾向于将北诺的杀人，看作是女性在男权社会压力下以肉体换取实利的企图失败之后的一种愤怒和报复行为。它里面有这样一些被广泛征用的文字：“指望一场性的翻新是愚蠢的，我们没有政党和军队，要推翻男性的统治是不可能的，我们打不倒他们，所以只能利用他们。”这其实是将女性先期地置于男权社会的色相（looks）期待中，只不过在多次遭强暴发现不果与不值后转而采取的暴力行为。如果这交换有了结果，这个故事可能会是另一副模样了。所以我认为或许将它所贯穿的这种“女性意识”看作是上文提到“后女权主义”更合适一些。比较一下张洁在1981年写的《方舟》，里面同样涉及离了婚的无助女人柳泉遭单位上司性骚扰的事，她是不惜辗转多处通过艰难地更换工作另觅职业来避免女性之跌入男权社会欲望陷阱的。当然对于小说中柳泉这样饶有姿色（符合男性欲望期待）离了婚（不“属于”一个确定男性也便意味着有“属于”更多不确定男性的可能）的女人来说，在茫茫（男性）社会中这欲望陷阱真的能逃脱得了吗？小说最后设计的柳泉终于碰上了一个正派耿直的上司的情节在今天读来还是理想化了些。比较这两篇同样颇富“女权”盛名的小说，我们就会发现若是将彻底地维护女性平等人格、誓将男权中心对抗到底当作女权主义初衷的话，我们不得不说写于20世纪80年代伊始的《方舟》（当时的中国女性学界可以说并未受到太多西方现代女权主义思想的直接浸染冲击[①]）在本质上更接近这一倾向，或者说，《方舟》中透露出来的“女性意识”似乎更接近那个“女性作为一个独特性别群体的社会主体意

① 林树明：《女性主义文学批评在中国》，贵州人民出版社1993年版，第272页。

识”的本原概念，而《致命的飞翔》中的“女性意识”则更本质化、经验化一些。单个的小说文本也许说明不了什么，但却从中透露出了女权观念悄然嬗变的气息。应该说这与近20年来中国社会形态迅速向现代化，从另一个角度讲就是商品化、消费化的转变过程中，女性遭遇的尴尬处境相关：从政治意识形态下解放出来了的身体的性别表达旋即就成了男性窥淫的对象；女性极力争取的性的自由与言论性的自由使男人较容易地得到了原先需要花很大力气才能得到的“性”，无论是实际生活中，还是文化享受中；对所谓“自由爱情”的无度追逐更是造成了许多破碎的家庭，女性在“自立”、“自强”的口号感召下陡然攀升的是诸多痛苦而无奈的单身母亲。可以说两性世界的每一次表面平等伴随的都是权力的单向流动。从“能顶半边天”到重新沦为弱势群体，这大概是中国女性在经济大风暴狂卷一切的今日社会中的新一轮宿命。应该说任何群体或个体在存在形态上都会面临着应然（应该怎样的理想状态）与实然（实际如何的现实图景）之间的矛盾。我们当然可以说“后女性主义”这沾染了过多个人主义、私欲主义、享乐主义的时代精神病症（这病症不独女性专有）的行为，不啻为男权规约制造了新的意识形态的合法空间。然而，从两性本质上讲，平等是相对的，差异才是绝对的。随着现代社会的到来，男权势力并非如某些人所乐观判断的那样自发地“现代化”起来，为女性发展开拓一方自由的沃土。“一场性的翻身”不仅是愚蠢的，而且几乎是不可能的。在这种情形下女性从名为张扬实为卑微的角度，来“开发”自己的个性魅力与性别魅力，以期吸引男性的目光，甚至不惜“召唤”起男性的情欲，以求得在父权社会中的一爿栖息之所。从这个意义上讲，看似十分自我、讲究“主体”、“在场”的“后女权主义”其实是一种弱者的哲学。

而在20世纪90年代以来更新一代的女性小说（如"美女文学"）中，我们甚至能读到她们似乎总是在自问：我有男人吗？我能吸引男人吗？在与男人的遭遇中我能有所斩获吗？她们更愿意以一种富于刺激性的姿态通过挑逗诱惑男人来象征性地占有世界。

第三，从理论资源上看，中国的女性批评一向缺乏理论的独立性、系统性与原创性。西方女性主义十几万、几十万言的论著在中国20世纪50年代由领袖的一句"时代不同了，男女都一样"就权威地表达出来了，毛泽东在此前此后却再没有写过什么专门的妇女问题著述。新时期以来女性研究工作虽然大面积开展开，但借助于外来理论译介的现象严重，本土的、原创的女性主义文论相对缺失。"应用色彩浓重，基础研究薄弱"[①] 是学界对于中国女性研究理论和方法的一般评价。女性主义如此，对女权运动的反思及其衍生物"后女性主义"更是如此。如上述所言的"后女性主义"论述公开出版发行在中国似乎是不可想象的，可以说更多散见于人们日常生活与部分文艺作品中的"后女性主义"就更加缺乏系统的理论界说。但中国话语思潮自有它的流通渠道与发泄方法，政协会议上据说有委员专门拿"女人回家"作为一个议案来讨论，足见中国女性问题的复杂与隐讳之处。当然既是一种更符合"大众口味"的女性主义，若一定要找寻出它的理论思想源头来的话，我认为可以从当今的大众文化理论以及流行的世俗化社会思潮中找到一定的依据。比如西方文化研究者米歇尔·德塞都在其代表作《日常生活实践》中，就发展出一套理论框架，用来分析"弱势者"如何利用"强势者"，并为自己创

① 《社会变革中的妇女研究》，《中国社会学年鉴1989—1993》，中国大百科全书出版社1994年版，第114页。

造出一个领域，“一个施加在他们身上的种种限制当中仍会永远自足行动与自我决定之可能的领域”，在他看来，被统治者倘若试图颠覆统治者，其行动方式将不是直接的对抗、拒绝或变革，而是采用间接、迂回、偷袭式的“权且利用”的方式。[①] 对德塞都推崇备至的美国学者约翰·费斯克则进一步以在西方世界盛行一时的符号学理论为工具，将他的理论用于对资本主义社会中日常消费行为、消费文化的意义解读，比如他认为中下层市民可以通过“选择不买”、“不停地试用”、“暗中搞点小破坏”等“游击”战术，打破商家通过内部摆设和营销策略诱惑消费者购买的企图，以一种“想象性消费”来躲避、消解、冒犯，甚至抵抗资本的支配权。[②] “后女性主义”某种程度上也可以说是这种符号学意义上的大众文化理论在性别领域里的体现。或者说，“后女性主义”这种通过张扬性别魅力来“俘获”、“利用”乃至“征服”另一性别，并象征性地征服外部世界的性学观，是性别领域里的此类“大众文化”理论的翻版。当然，这种将弱势群体（无论是无力购买实实在在商品的下层市民，还是性别格局中的女性）受制于自身经济/性别地位而来的悲剧处境进行喜剧性阐释的做法，只能是一种社会文化/性别想象，它掩盖的是弱者无力真正抗拒强权的这一基本事实。其实，“后女性主义”性别心理之所以能在相当数量的人群（有男性也有女性）中大有市场，是与当下这个以“物质”、“欲望”对“精神”、“爱情”的放逐为时尚的社会大环境影响相关的。借助于国人对新生活的憧憬，全力为“现代化”鸣锣开道，又将此缩减为“物质现

---

① ［法］米歇尔·德塞都：《日常生活实践》，戴从容译，陆扬、王毅选编：《大众文化研究》，上海三联书店 2001 年版，第 69—79 页。

② ［美］约翰·费斯克：《理解大众文化》，王晓珏、宋伟杰译，中央编译出版社 2001 年版，第 26—32 页。

代化”，甚至不惜披挂上“市场”、“全球化”、“自由主义”、“知识经济”等耀眼的文字符码；而除了物质/眼前利益，其他的诸如精神、操守、关怀等问题，都是文化人争夺话语权的杜撰，不妨“去他妈的”。王晓明将此类事实上已心照不宣地成了主导今日中国社会/国人一般精神生活的东西（称不上系统的“思想”），唤作“新意识形态。”[①] 在我看来，性别领域的“后女性主义”也有此类特点：悬置起对两性平等还是差异的深度追问，而注目于是否能从男女关系中寻求心理的安慰与平衡，甚至世俗的现实安逸与实利，而且将能否寻求到这种物质支持本身看作一种“精神”的表征：体现女性的自我“价值”感和性别“身份”感的表征。

第四，从情感模式上，“后女性主义”没有套用传统文化中的情感主义模式，而是更多体现了具有后现代色彩的后情感主义范式。斯捷潘·梅斯特罗维奇在《后情感社会》中说“后情感主义是一种情感操纵，是指情感被自我和他者操纵成为柔和的、机械性的、大量生产的然而又是压抑性的快适伦理（ethic of Niceness）。”快适伦理追求的不再是美、本真、纯粹等情感主义时代的“伦理”，而是强调日常生活的快乐与舒适，即使是虚拟包装的情感，只要快适就好。[②] 这种对后情感主义的追逐是与当下这个以“物质”、“欲望”对“精神”、“爱情”的放逐为时尚的社会语境相关的。中国当下兴起的“粉领”一族——找个有钱有能力的老公，女性实现了当家庭妇女（时兴的说法是“全职太太”）的梦——依靠的就是这种逻辑。而且消费时代的这种女性观点据

① 王晓明主编：《在新意识形态的笼罩下——90年代的文化和文学分析·导论》，江苏人民出版社2000年版。

② ［英］梅斯特罗维奇语，转引自王一川《从情感主义到后情感主义》，《文艺争鸣》2004年第1期。

说已经“全球化”了：有人在实际考察了美国当今图书/荧屏市场后发现：“美国今年流行粉红色”，而且这类为女性制作的“粉色剧情”（如坎笛丝·布什纳尔的《性与城市》、《四个金发美人》、《向上爬》等），宣扬的就是女人足够女性化、又能随心所欲将潜在金龟婿“钓”到手的观念。[①] 这同中国时下某些另类小说真是如出一辙，如钟物言的小说《男豆》写道了作为打工一族的女主人公终于耐不住困窘的折磨与物质繁华的诱惑，离开了自己的男朋友而投入了一个大款的怀抱——即使是给大款做地下情人、二奶也在所不惜。这似乎有点类似于“性别资本化”、“女人交换”命题（详见本书第十一章），但作为大众文化的此类文本与先锋小说最大的区别在于，如果说后者执著于探索物质/精神、肉体/灵魂、世俗存在/心灵存在之间能否连接、如何连接的深层文化命题的话，前者则似乎是对大众化、世俗化的人生观、女性观做全力“辩护”，而且是“后情感主义”为轴心的时尚“辩护”，像《男豆》中就充满了轻松、快意的言辞，主人公对于自己的选择竟用了“时髦”一词：“既是男人的时髦，也是女人的时髦——养情人是男人的本事，被人养着是女人的魅力。”一个“时髦”（时尚）就将女权主义最为看重的“平等”、“主体”乃至“自我”、“人格”都轻轻松松地消解掉了。而且类似的女性话语在消费时代的女性叙述中还不断出现，这都可以看作是“后女性主义”的情感表达。

第五，从话语姿态上看，“后女性主义”放弃了正宗女性主义向男性中心社会宣战的坚强、决绝、斩钉截铁的单一之声，代之以温和，甚至暧昧、犹疑的“多元”性别表情，甚至可以说无（确切）性别立场恰恰是它的“立场”：借助于国人对政治一体化

① 邵丹：《今年美国流行粉红色》，《文艺报》2003年9月10日。

时代“男女都一样”性别政策的厌倦，它似乎是向传统的“女性气质”的回归，但它强调的又绝不仅仅是女性的温柔、善良、博爱等过去时代对女性要求的母性和妻性；得力于西方现代女权主义思想在中国如火如荼地出版介绍，它并不排斥女性的独立、发展意识，因为它们是女性遭遇男权社会伤害后得以保存自身的最后底线，但它同样看重不能因为事业而丧失了做“女人”的乐趣与权利，在它的词典中，“女强人”，尤其是单身职业女性，是一个明褒实贬的女性族类；它当然也吸取了不少前卫观点：张扬个性、追求自由、奉行及时享乐、不惮骇世惊俗、热衷物质与身体的双重满足，但这更像是一种文学艺术中的“表演”或实际生活中年轻时的短期行为，在现世压力和年龄恐慌的裹挟下，它最终的选择或者说最煞费苦心的仍然是一桩世俗的婚姻；在同男性的关系上尤其表现出它的似是而非性质：它体现的是“女人味”的性感姿态，在社会事务中又常以一种弱者的边缘身份处处投其所好以求来自他性的强势保护，但在内里又处处强调“为我所用”政策，不仅要通过征服男性来象征性地征服外部世界，还要实质性地达到自己的既定目的。这样，它的“弱”就似乎是“假弱”；当然，它所谓的“强”，其实也是“伪强”。我用了太多的语汇表述它“不是”什么，或者说不纯粹是什么，而难以用明晰简单的话概括它究竟是一种什么性质的“女性意识”，或者说它本身就是由一堆含混的性别论断组成的女性修辞。但是我们在当今中国的文学艺术、影视媒体，乃至网络聊天室里却能不断看到它的身影，甚至它已经成了主导今日中国——至少是城市中女性话语的一种“新意识形态”了。

三 消费时代的女性主义走向

据说半个世纪前，张爱玲曾批评一些“现代女性”，说她们传统女人与现代女性所有的好处都要，而两者所有的责任一概不负。不料，半个世纪之后这竟成为整个中国社会（这样的“现代人”，当然不独女性有）道德状况的警世预言，不能不让人感慨万千。

不妨从极简要的意义上对经典女权主义与我们这里所说的“后女权主义”之间的关系作一下对比：

女性话语类型	女权主义	后女权主义
形象呈现	女人也是人	女人首先是女人
诉求焦点	独立、平等、大写人格	魅力、时尚、小写自我
话语目的	学理思辨与性别启蒙	文化消费与日常行为
斗争场所	政治、经济领域	个人生活、情欲范畴
情感模式	情感主义	后情感主义
话语姿态	坚定、决绝、愤激	暧昧、犹疑、温和
影响范围	学院、精英阶层	大众

当然，这样的对比是十分粗略的，但如果多少有些道理，我不禁就此联想到一些问题：“后女性主义”为什么会在中国的当下发生？它对我们的女性学研究提出了一个怎样的尖锐问题？其实，在它既非此非彼又亦此亦彼的暧昧形态中，要寻出它的关键

之处也是可以的：那就是要求女性对“度”的一个精确拿捏。女性要在各种话语缝隙中高难度地闪转腾挪，根本原因还在于身处的是男权社会这个任谁也无法漠视的基本事实。当然，这种对女性不偏执、不极端、不朝一个方向单一发展的“中庸”要求并不是新近的社会发明。20世纪40年代苏青在上海创办《天地》杂志时，她的男性同仁也对她的杂志风格提出了类似的要求：相对于一般的“女权妇德”，要“别创一格”，不落传统的女人“俗套”，也不要剑拔弩张地激进；相对于男性的世界，则要有“巾帼气”，也就是说既要有“女人气”，又不可使人“胃酸”。[①] 的确，无论时代如何变化，男权的根基却从未被真正触动过，一个认可没什么东西不可以改变的女性，当然比执著于某一信念者更能扮演合格的他者，这内中掏空的只能是女性作为一个性别主体本身对自我生命的酣畅淋漓追求了。从在性别平等的旗号下遭遇性别取消的尴尬境地，到性别歧视的事实在性别差异的名义下堂而皇之地重新合理化，这便是中国当代女性50多年来命运遭际的总体写照。

或许要揭示出“后女性主义”中渗透着，或者说迎合着男性理念中的女性想象是不难的：我们在当今的女性批评中经常会看到揭示批判男权社会对女性的压抑、歧视、亵玩的文字，无论针对的是男性权威的现实世界还是男性文学艺术的符号象征世界，因为整个社会的生物学、心理学、文化习俗、知识储备等已经联袂将两性的自然差异推向了具有不对称属性的社会差异。关于这一点，波伏娃的《第二性》等不少女性学经典著作都作了尖锐透彻的分析。女性由此不仅从实际感受中，还从文化上和学理上明

---

① 李宪瑜：《苏青与〈天地〉杂志》，荒林主编：《两性视野》，知识出版社2003年版，第210页。

白了自己是弱势者，以及何以成为弱势者。我认为这其中更关键问题或者还在于，面对生活于其中的男权社会作为弱势一方的女性究竟应该怎么办？为什么当代女性会“自愿”选择这种同男权观念纠缠不清的“后女性主义”？戴锦华曾就不同权力格局中的文化影响问题提出了一个“对话不可交流”的理念，因为不仅在不同的文化观念中难免会出现误读因素，甚至不仅在于特定的权力格局中“对等交流”只能是一种一相情愿的想象，而且在于“弱势文化一方的对话前提，是将强势者的文化预期及固有误读内在化”。[①] 戴这里主要指的是民族国家话语中的东方与西方的不对等交流，但我认为这同样适用于女性与男性的不同性别文化之间。面对根深蒂固并不时改头换面往隐蔽处发展的男性菲勒斯中心，激进女权主义思潮采取的是从根本上“颠覆”（男性中心）与“重建”（以女性为中心的性政治）的性别策略，但这其中的问题是：一、这在理论上需要以放弃男性声音及其所创设的男性文明为代价，而这又使自我创建的女性话语难以在具体的历史的条件下争取同男性对等交流的权利，甚至本身就极有拒绝“对话”、自言自语的可能。二、在实践上不仅以女性为中心的性别重建只能是一种设想中的性别乌托邦，就是在这场性别大战中费尽心血的女性也并不是最大赢家，不管是西方女权主义运动之后的男权回潮还是中国“男女都一样”时代女性的事实上的自我失语状态均可据以为证。重新边缘化似乎成了女性的宿命。波伏娃在《第二性》中研究了女性之被“造成”的命运之后，提出了她对解决妇女问题的看法：“当女性受到的漫无边际的束缚消除的时候，当她们为自己并通过自己去生活，并且当男人把她松开的

---

① 戴锦华：《隐形书写——90年代文化研究》，江苏人民出版社2000年版，第234页。

时候……她只有获得和他们一样的处境，才会得到解放。”无独有偶，50年后中国女作家张抗抗在谈到女性问题时也有类似说法：“‘职业妇女’同‘好主妇’应当不是对立的关系。如果社会服务系统比较完善，社会经济发展水平较高，劳动报酬合理，女性就不会在二者中只能取其一。”[①] 客观地说，这种将来时或者说虚拟语气的解决等于说女性问题在当下还无法真正解决。相对于波伏娃的时代，今天的女性境遇可能有所改观，但是男权规约的根基却并没有任何松动，女性同男性一样处境的要求只能总是处于遥不可及的展望状态。比如据社会学家最新调查，女性在传统行业中遭遇的“玻璃天花板”问题，即使在代表着现代社会前沿的高新信息行业也同样存在，甚至有变本加厉之势。[②] “永远有多远”，在看清社会的男权本质现在短时期内根本无力解决时，在明白激进女性主义的“颠覆”与“重建”策略因为高蹈的精英立场而距女性现实生存太过遥远时，同男性既相妥协又相斗争的“后女性主义”粉墨登场了。它体现了女性话语在这样几个方面的话语转型：

第一，从女性理想主义的高蹈追求到面向男权现实的“凡俗”策略。鲁迅当年在说到“娜拉走后怎么样”时曾言过“不是堕落，就是回来”的命题。我想鲁迅先生的意思恐怕不是说女性出走必然如此，从而封闭了女性自救的生路；而是在说明，出走并不能意味着女性真的能走上解放的康庄大道，压迫机制同样存在于女性出走之后。这个回答同样可以指证经历过“男女都一样”教育以及现代西方女权主义观念洗礼的中国当下女性处境。

---

① 王君：《张抗抗谈创作：注重性别，走出囿限》，《中国妇女报》2003年11月17日。

② 黄育馥、刘霓：《e时代的女性——中外比较研究》，社会科学文献出版社2002年版，第167—187页。

对于大部分人而言，具有了独立、自主、彻底反抗男性权威的女性观念，并不能保证一定能够达到“为自己并通过自己而活”的必然结果。女童失学、女工下岗、女大学生（研究生）就业受歧视等种种社会物质现实与男强女弱的社会文化心理，都给女性的自我发展本能增添了有形无形的压力，更毋宁讲女性本身将这种性别不对等观念的自我内在化了。这一切都使得女权主义的精英的观念正如修丽特所言只能成为受教育完善、功名心强的上层妇女的行动导言，而对大部分奔忙于日常生活的女性来说，更像是一种性别理想主义的高蹈追求，或者说将女性对抗男权的力量绝对化与神圣化了；面对具体的历史的生存条件，她们不得不采取“后女权主义”式的务实化性别方案，而这“务实”或者说“凡俗”的最直接也是最常见的便捷方式便是对男性的妥协、依赖。表现有二：其一，即女性普遍的对男性的倚重情结，不管是物质上还是心理上。当然社会暨男性在相当程度上亦认可此为“正常”，如男强女弱的婚姻，男领导女下属等。其二，社会上某些行业某种角度上或许真的更利于女性的崭露头角，但这其中难免不包含了以性魅力性诱惑来为女性取胜的因子。比如同为“成功女性”，与政界的女领导、商界的女强人相比，娱乐圈的女明星、甚至当今的某些女作家的成功，可以说就与这种商业化了男性目光相关。

第二，从精英式地为“女性”整体代言到注重“个人”突围的大众哲学。如果说女性主义企图划清“性别”阵线、将妇女看作一个阶级整体以共同对抗父权社会的话（所谓的黑人女权主义、同性恋女权主义、第三世界女权主义对作为整体的女权主义的分裂解构，代表的也是具有群体概念属性的“黑人女性”、“女同性恋者”、“第三世界妇女”），而“后女性主义”则从根本上解构了这种为他人（包括相对于自己而言的其他女性的“他人”）

代言的女性同盟，它或明或暗崇尚的是一种最大限度地追求“自我”身心满足的“个人奋斗”式行为。这与改革开放之后争得了一席合法话语空间的自我、个人本位主义对社会、集体本位主义等所谓“宏大叙事”的取代、解构思潮相关。即使如女权主义先驱者波伏娃，我国女性学家李小江也指出过她的实际所为（如终生追随萨特、《第二性》是存在主义观点在性别领域里的具体体现等），是“既不与阶级结盟，也不与女人为伍”，而是“通过‘个人’奋斗去改善个人的处境”。[①] 对于更大多数的普通女性而言，在具体的实际生活中，更是难于顾忌到作为一个性别整体的“女性”如何，只能以个人的点滴行为促成女性处境的整体改善。然而个人的也往往是散漫的，是以个人感觉、个人利益为中心的，这也决定了“后女性主义”具有强烈的现世实用特征，多了几分对男性中心的妥协、暧昧姿态。

第三，从注重精神自我的存在追问向关注世俗自我的生存满足倾斜。欲望对爱情的拆解、物质对精神的倾轧是这一女性观念转变的社会思想基础。贝蒂·弗里丹的《女性的奥秘》（Feminine Mystique）中解构了家境富裕丈夫体面生活稳定的美国中产阶级妇女，因为悠闲无聊得起腻而产生的“无名的问题”，并由此引发了女性关于自我、主体、存在、生命意义、女性价值等精神问题的深度思考。不过这种思考到了“后女性主义”那里已经被世俗层面上物质欲望与身体欲望永不满足的焦虑所代替。或者说相对于现代女性主义所注重的上述精神自我的存在式追问，“后女性主义”更加看重的却是欲望、时尚、格调、消费以及快感之类世俗自我生存层面上的满足问题。当然，这

① 李小江：《世纪末看〈第二性〉》，骆晓戈主编：《沉默的含义》，湖南师范大学出版社2000年版，第273页。

后者暴露出来的应该说是目前整个时代的症候，女性希望同男性一道参与眼前的这场“世俗”的盛宴。但是“天生是个女人”所带来的不仅是对女性就业、晋升等经济方面的影响，还有诸如贞女情结、年龄恐慌、婚姻倚重等心理上的性别焦虑。而这一切都使女性在现代观念感召下同男性一道的“潇洒”梦往往流于一种虚妄。

不难看出，“后女性主义”上述“凡俗化”、“个人化”、“平面化”特征，正是当下这个时代愈来愈物质化、欲望化、非道德化特征在性别领域里的投影。所以我认为，简单地指责“后女性主义”中掺杂着男权倾向或许是容易的，但这同将当下时代视作女性已经能够全面解放的“她世纪”来临一样，是没有实际意义的。它的出现有着深刻的文化意识形态原因：从社会因素上看，随着女工下岗、女童失学、女大学生和研究生找工作难等现象的不断出现，中国女性的整体生存环境不是宽松了，而是更加严峻起来。“一场性的翻身”不仅是愚蠢的，而且几乎是不可能的。这可以说是“后女性主义”产生的社会物质土壤；而从女性主观心理上，毛泽东时代“男女都一样”性别策略作为一种先验的政治方向，并没有落实为提升女性素质女性观念的切实之举，新一代女性价值观的形成期则恰逢消费形态的商业化潮流大面积冲击，受个人主义、功利主义影响，不少人对旨在倡导女性自我独立、自我发展的女权主义并不苟同，甚至不愿要这种同男性的平等平权，而是向上述所谓性别资本化的“后女性”观倾斜。它与西方当代后女性主义的区别在于，后者是直接对应20世纪六七十年代第二次女权运动的狂飙突进风潮，包括其中的某些激进之处，如英国当代著名女作家菲·维尔登在20世纪90年代接受采访时说：“妇女解放的意义是巨大的，但是战场现在转移到了另一个领域……

我们如何不成为牺牲品。或者说如何不感觉自己是牺牲品，如何不去因为自己的困境而责备他人，如何为自己做点事。如何设法过上以家庭为单元，由男人、女人和孩子所组成的家庭生活，尊重所有人的权利，而不仅仅是妇女的权利。”① 所以她们的后女性主义往往有一个前提，即在经过女权运动洗礼后女性自我独立观念明显增强，并且不少人相应提高了个人素质技能，以保证这种独立的现实实施，当然这也与西方高度发达的社会生产力水平相关。而在这种基础上再强调与男性和平相处、正视女性特殊性、婚恋家庭的重要性便在某种程度上具有一定的合理性，这也是这种性别保守主义观念近来甚至得到某些精英人士首肯的原因。从这个意义上讲，中国的“后女性主义”消费主义气象可能会更多一些，它与中国女性在社会等级与性别等级的双重挤压下的不容乐观处境相关，也是其个人素质低下与自我性别定位不足的一种表征。

在耶鲁大学执教的康正果在其《女权主义与文学》中曾经指出：“妇女研究没有改变世界，尽管它改变了对于文学艺术的研究——还可能改变了文学艺术的生产。”在文学界轰轰烈烈的“女性写作”一次又一次引发高潮，宣告着20世纪90年代以来文坛某种程度的阴盛阳衰气象的背后，千百年来遗留的女性问题在现实世界里其实仍在继续着。当然，现代社会原有的价值系统已有所松动，但相对的，女性所要求的属于她的人权、公平权、性权利也远比前辈高，的确，社会既召唤女性的独立自主，又在女性独立自主的道路上设重重障碍；既渴望女性的“有性”状态又将女性的性展示当作“秀”、“媚”的情态却从没有根本改变

① 唐岫敏、［英］坎迪丝·肯特：《冲突与和谐——当代英国女作家菲·维尔登访谈录》，《百花洲》2004年第1期。

过。比如所谓“美女经济”、“（妓女）无烟工业”的问题，不但在大街小巷、广告媒体中屡被作为谈资，知识界也有人堂而皇之地写起了《美女经济报告》，美女成就经济，也算是对繁华盛世的一大贡献，将此纳入专业研究想来也是拓展了知识界一个新的话语“生长点”。但这同学者们“从顾全经济大局出发”在严肃的学术刊物鼓吹“女人回家”论调一样，究竟透露出怎样的一种女性气息？美女身价倍增是否代表她们的声音也更加有力？女人回家后是否就做起了悠闲的全职太太？更大多数“不那么美”和“不那么富裕悠闲”的女性在这种性别原则中得失几何？对这一切的仔细探究应该是意味深长的。

第五章

“后女性主义”批判的难度与限度

“后女性主义”在消费时代文学文本中的流露与蔓延，是这个时代女性复杂处境、复杂心态与复杂选择的一种社会折射，但更加充分反映出来的则是消费时代的消费主义文化趣味，或者说相对于现实生活中女性话语的多样选择，消费时代的文学写作对女性的“后女性主义”心态如此集中地关照，多半也是文化性别想象的产物。首先，可以看作是（女性）文学极力争取新的“话语权”的需要。在承认女性世俗选择基础上的“后女性主义”观念，显然比传统女性观、比不太为人普遍接受的经典女性主义观念新潮时尚，似乎也更富亲和力，这便造成了许多作家趋之若鹜的一个原因。其次，是文风对思维的影响。记得批评家摩罗曾用“冷硬与荒寒”来形容当下文坛现状。就像一个时期以来流行的官场小说将体制转型期间的官场描写的那样黑，完全成为尔虞我诈的权力竞技场，只能说是放大了生活的一部分真实。颓废、放纵、性依赖、性利用不是生活的底色，更不是女性的底色，把这类生活写得有声有色，此类心态描摹得栩栩如生，也只能说是放大了一部分人的偏激生活而已。这也提醒着我们有必要将文学叙述与女性实际生存状态生存感受拉开一段距离来做具体区分。再次，我认为这也与文学这种文体样式在图像时代求生存求发展的生存策略相关：面对休闲杂志、影视传媒、电子网络等更直观更迅捷的快餐文化的包围，文学以文字表情达意的古老手段要想直接见证五光十色的外部生活，其所占有的艺术先天优势已相当稀薄。于是不少作家就转而从语言、内心、思想、情绪、（潜）意识等这些人之隐匿于公众视听之外的内部世界做文章。这本是文学接近人性深度与生活深度的最有效方式，但无奈目前正逢消解理想、躲避崇高的时代，为了迎合受众的隐秘阅读渴求，作家们便在这内心展示中突出地强调了人性中形而下的那一方面。比如"欲望"这个语汇本来包含人的世俗欲望与乌托邦精神欲望两个方面，但现在的文学或文化语境中，欲望似乎就是单单指身体欲望和物质欲望，甚至成了人的肉欲性欲的代名词。而就像有人指出的那样，性欲成了转型期间文学非常用心搭建的一个达成欲望本体化目标的平台。事实上性的问题各时代都有，今天在我们大多数人的日常感受中性焦虑并不比职业焦虑、物质焦虑、人际关系焦虑等其他问题困扰更大，至少不会像在 20 世纪 90 年代不少小说中那样上升为人生首当其冲的一大主题，将这更多看成是文学"叙述"的产物或许更合适一些。我们这里所讨论的"后女性主义"可以说是在性、性别上做足文章的女性版。它使作家寻找到了消费时代的一大文学"写"点（也可以说是"看"点），又在这个点上辟出了一块女性立场的根据地。甚至可以说，这其实是消费时代的女性自我书写与（男权）社会对女性的阅读期待相"互动"的产物。

一　批评的盲视及其由来

在我的阅读视野范围之内，"后女性主义"的问题在国内虽无此明确的提法，而且由于其个人主义与实用主义特点，它也不太适宜于在大庭广众之下言之凿凿地直接宣讲出来，更多的时候它是以一种隐性状态存在着，有时甚至仅仅表现为一种大众心理认同。应该说同目前被纷纷译介研究的经典女性主义相比，它是一种不折不扣的大众文化。但是这种大众文化，确切地说应该是经过层层包装的大众文化，在各类大众读物、广告媒体中却相当流行。即使在专门的女性读物中，比如在中国同类杂志中影响甚广的《女友》，中国社会科学院的研究员卜卫经过一番考察后就发现，其连续多期并同一期上多篇文章都隐含着这种“后女性主义”的影子（虽然卜卫文章没有使用这一直接的概念，但她所考证的实际结果是这样）。[①] 而且日常生活中的这些现象已经引起了关注市场经济下人们的婚恋观、性别观新形态的敏锐社会学家的注意。比如学者韩德强就将20世纪90年代中后期以来风行全国并大有强劲覆盖传统婚恋模式的新潮男女关系概称之为“交易型婚姻（爱情）”：“男女双方的基础从一种稳定、长期的社会关系转换到变幻不定的生理关系中……女人的价值似乎完全等同于其感性的消费价值。当与多个男方接近时，女方可以选择其中出价高、形象好、感性能力强、社会地位高的现货，也可以选择有发展前途、比较可靠的期货……一方是在多个男人间周旋，另方就有可能在多个女人间挑选。一方是漫天要价，另一方就可能就地还钱……”[②] 应该说他的这种将男性与女性置于“平等”的交易双方位置的观点是值得商榷的，因为这掩盖了即使社会进化到后现代后消费时代，性别机制内部仍存在着明显的男女不平等

---

① 卜卫：《解读〈女友〉杂志的性别论述》，《中国女性文化》第1辑，中国文联出版社2001年版。

② 韩德强：《市场、爱情与婚姻》，《天涯》2002年第6期。

的事实。但是另一方面他却鲜明地道出了现代社会中随着道德机制的松动和人们观念的进一步开放性别问题上出现的一种新态势：女性已不甘男女交往中的受动者被宰制者身份，开始参与并希望主持性别格局中的权力分配与再分配了。不过女性在这里所使用的武器不是女性在社会政治空间里“像男人”般的地位争取，而是在私人生活领域里“比女人还女人”的一具妩媚的躯体；要达到的目标也不是普泛化的女性如何平等平权，而是个体意义上的生活改善。当然这种性别观决非今有，比如杨玉环升为贵妃、杨氏家族权倾朝野的时候，也曾使唐时天下父母“不重生男重生女”。但是它的如此公开化、普遍化，甚至泛滥化、让人们习以为常化，却是随着市场经济的确立直到晚近才明显表征出来的事。不过与现实生活中性别问题已复杂严重到如此地步相比，一向以对女性问题深切关照著称的女性学理论界则对此保持着迟钝的沉默。对此，我认为应该从以下几个方面进行解释：

第一，话语错位。新时期以来我国的女性主义理论批评可以说经历了同新启蒙主义话语结缘与受西方当代女性主义理论影响两个阶段。以“人性”、“人道主义”相号召的新启蒙主义思想是新时期伊始直接对应着刚刚过去的极左思潮下对人性的禁锢而来的。20世纪80年代通常被认为是延续五四启蒙主题的另一个“现代”时期，在女性问题上则是针对“男女都一样”的性别意识形态，在重视个体的价值与丰富性的呼声中着意强调女性之不同于男性的更为独特的“价值与丰富性”。或者说，在20世纪80年代的中国，作为对“阶级”话语的反动，“性别”成为标志“人性”的主要认知方式。“在社会已最大限度地与男性同等政治权利的今天，女性要获得真正的性别平等和显示她们存在的价值，所面对的已不再是封建道德观念的外在束缚，也不是男性世界的意识压力，而主要是她们自己的觉醒和自主意识的复萌。”[①]这种表述在当时并不鲜闻，它事实上已将女性社会意义上的平等平权问题看作是一种“过去完成时”，从而将其当前面临的任务集中到女性的自我（性别）观念认知上来。这就使得女性话语更多地向生理心理等自然层面而非性别政治权利的社会层面倾斜。也就是说，它往往先设定一个“男女和谐共存”的理想，再以女性对“个人”的别样丰富来对抗民族国家话语对之的挪用和遮蔽，而对父权制的性别等级秩序问题则认识不足或较少提及。相应地，这一阶段的文学艺术也多是从本质化、经验化的性别差异入手着力表达女性那份独特的生命感知的，在处理同男性的关系时也不是那么苛烈和绝端。王安忆在这一时期悬置起社会因素着力探索女性自我发现，尤其是性本能认知的“三恋”小说，可以说是表达这种性别情态的代表作。比如她的《小城之恋》简直可以当作一篇寓言来读。在那个僻远的小城，几乎消尽了一切的世俗纷扰，而在青春期轰然而来的性冲动面前，女性也同男性“站在同一条地平线上”，同样是茫然无措。可以说这不是探讨我们通常所理解的现实社会中的男女关系之作，更与控诉父权制无涉，它全力发掘的是久被社会话语与政治话语遮蔽的人性中的另一面，动物性、生理性的那一面。女性同男性一样有这些本能或潜意识，并且还往往有比男性更复杂的性别认知机制。在小说结局处，怀了孕的女人终于以博大的母性控制了不可理喻的性欲，“‘妈妈！’孩子耍赖的一叠声的叫，在空荡荡的练功房里激起了回声。犹如来自天穹的声音，令她感到一股神圣的庄严，不禁肃穆起来”。于是天高云淡，曾经动荡过的欲念又复归于平静。这可以说是一个以女性话语来丰富人性话语的极好例证。

---

① 彭子良：《新时期女性意识构成初探》，《当代文坛》1988年第3期。

20 世纪 80 年代中后期以来，受西方当代女权主义的影响，其中以孟悦、戴锦华著名的《浮出历史地表》为代表，中国女性理论界开始打破女性写作是“完满”人类两性形象的文学想象，而对整个不平等的父权制结构进行解构和颠覆。用孟悦自己的话说，就是重点探讨“对女性解放的过度政治化书写如何剥夺了女性自己的声音”。[①] 而她们这种做法，可以说影响了其后中国整个的女性批评界，比如 20 世纪 90 年代几本女性学专著，如陈顺馨的《中国当代文学的叙事与性别》（1994 年）、林丹娅的《当代中国女性文学史论》（1995 年）、刘慧英的《走出男权传统的樊篱》（1995 年）等，或许在研究领域方法上有所突破，但基本没有走出当年孟悦、戴锦华定下的基调。不过随着社会商业化语境的进一步加深，尤其是女性写作由“私人化写作”到“身体写作”的愈益暴露放纵，女性批评所面临的尴尬悖论之境也更加突出。在笔者看来，女性主义之所以从一种有活力、富号召力的思想沦为时下不时遭人指诟的境地，应该说与以下一种话语错位现象相关：

首先是历史时代错位。20 世纪 80 年代的社会还是变革之中的社会主义社会，而 20 世纪末的中国都市已经是全球化和后现代的新舞台了。20 世纪 80 年代对女性自我声音的呼唤承认一个前提，即在中国，女性经济上的解放、政治上的权利问题已经解决，而且是先于西方社会已经解决的问题。是它使得女性在经济政治社会上初步获得平等地位之后，继续去解决社会主义社会没能提出的心理和文化方面的不平等、不民主问题。比如前述彭子良所言就标志出了这一点。而 20 世纪 80 年代社会主义女性的现实处境保证了其特殊性的要求不会沦为一种历史倒退，倒退到将

---

① 孟悦、薛毅：《女性主义与“方法”》，《天涯》2003 年第 6 期。

女性作为玩物和商品的时代。不过在20世纪90年代中后期覆盖全国的市场经济背景下，这一前提的基础则遭到了根本破坏。在这个泛商业化的后社会主义时期可以说没有任何东西可以保证女性的自我界定和自我表现不被纳入商品逻辑，或者说中国女性曾一度引以为豪的政治经济权的取得如今已成了一个严峻的问题摆在了女性面前。这就使得还继续沿用既往批评主题的理论界不知不觉陷入一种话语资源的错位之境。

其次是性别认同错位。在21世纪的今天，“个人”话语已经丧失了处于民族国家内部并在话语象征层面上形成的对抗性关系，或者说在政治意识形态的钳制已相当稀薄和市场机制一统天下的情势下，“个人”、“身体”、“性”的神采飞扬已很难再有昔日的政治解放意义，甚至充当了个人主义、享乐主义的温床。而这个时候，女性话语再与“个人”话语结合，而且是仅仅与“个人”话语紧密结合，其形成的身份政治标识符码就难免不使之陷入悖论暧昧之地。比如对女性隐秘体验的书写尽管可以呈现被父权制所压抑擦拭的那部分女性记忆，但此类女性书写要标举于众则必须在以父权等级结构的社会/文化市场上流通。于是，对女性“差异”的展示，便又恰恰满足了父权社会的性别想象。这也就解释了王安忆探索性发现的小说何以只能在20世纪80年代那个语境中才给人精神启迪的作用，她那种往人性深处追问的写法与当时这方面文化信息的欠缺使然。再如在女性形象问题上，如今早已不是满街都是蓝大褂绿军装的“男女都一样”时代了，对性别漠视攻击的任务虽不能说已经完成，但也似乎已陷入无物之阵，而对性感妖娆的性别彰显策略做一种严肃的文化分析倒成了眼前的当务之急。所以说男女究竟是“一样”还是“不一样”的问题只有放在当前的具体性别语境中，才不至于形成新一轮的意识形态成见和话语错位。

再次，可以称之为男女关系认知错位。女性的低等与弱势地位应该说在历史弥久的父权社会性别秩序中，具有整体上的不变性特点。但这并不排除随着社会生产力的发展和人们思想观念的进一步开放，在某些女性群体内又有着地位变化的可能。这可以分为掌握了相当知识技能的精英阶层女性从父权社会中直接攫取权力，和擅长利用自身性别魅力的女性通过男性间接从主流社会俘获利益两种形式。应该说，在中国当下语境中，至少在大中城市，这两种情势都有了大幅度的提高。而与当前文学艺术市场对“后女权”观念的青睐有加相反的是，时下女性学理论著述则大多集中于对第一种表现形式的鼓与呼上，而对第二种性别话语（其心理背景与形成机制无疑比第一种要复杂得多）却往往缺乏对话的实践与针砭的力量。对这些生活事实无力或“不屑”做出文化学分析，只能使女性批评漂浮在高蹈的理想呼唤或诅咒男权的单一视角上，而无法介入复杂混乱的女性凡俗人生层面，无法对女性这一性别族群以及她们的文化书写中的某些负面因素做出批判性分析。比如20世纪90年代中后期出现的两部女性文学批评专著，荒林的《新潮女性文学导引》及徐坤的《双调夜行船——90年代的女性写作》，就对“个人化女性叙事”、“身体解放”等问题做了过于乐观的解读，而对写作者自身及其笔下人物的某些性别弱视思维没有进行清醒分析与客观研究。

第二，被整合的“女性”。特雷莎·德·劳罗提斯说仅仅将男女之间性的差异强调为妇女身份基础的做法是需要商榷的，因为“它把女权主义批评置于普遍存在的性对立的概念框架中，而这又使揭示妇女与妇女之间、或者说妇女内部的差异，变得相当困难，如果不是不可能的话”。[①] 的确，原则上说女性并不是一个统一的一致的分析单位，它不是一个严格的社会群体，而是始终同阶级、种族、时代等非性别概念紧密联系在一起的。或者说女性往往是与其他社会权力相关的、一个依关系而定的概念。但在不同的社会群体里面，又确实存在着女性问题，这只能有区别地、具体地对待。不过与西方女性批评界出现了黑人女权主义批评、同性恋女权主义批评、第三世界女权主义批评等代表不同女性利益的政治派别不同，中国的女性批评界一般是以整合性同质化的“女性”概念相号召的，但在具体论述中又往往以特定女性族群的经验遭遇为依据（囿于不同女性的现实遭际相差悬殊，在实际论述操作中也似乎只能如此）。然而，任何一种关于女性的界定和描述，如果对另外的女性生存构成某种遮蔽或侵犯的话，都不能说是女性主义的。而且 20 世纪 80 年代的社会结构比起今天来要简单，当女性被作为一个单位来谈时当时所不能显现的问题，在阶级重组、社会结构调整、人们生活状态日趋多元的当下时代则会明显表征出来。

以抽象的性别话语来回避与遮蔽具体的阶级（层）处境可以说是当前女性学界的一大问题。本文前面曾提及，20 世纪六七十年代人的“个人化”写作对其自身的女性主体阶级身份并没有清醒的理解。若说有些女性创作了诸如与外部世界和人们格格不入、对自我性别认同感到困惑焦虑等知识阶层写作者的个人心理体验的话，将她们所涉及的“身体发现”、“性别张扬”、“姐妹情谊”等问题冠之以普泛意义上的“女性经验”、“女性解放”、“女性生存状态”的则是女性学理论界。文化批评者发现，所谓“生

---

① ［美］特雷莎·德·劳罗提斯：《社会性别的技术》，印第安纳州大学出版社 1987 年版，第 2 页。

活”或“现实”等看似客观具体不容置疑的先验性存在，往往不仅是真实发生的事情，也是认识和讲述，是一个实践过程。在漫长、执著的讲述中，某些事物从公众的意识和想象的地平线上浮现，成为公众意识和想象的重要对象，孤单微弱的讲述汇集起来，最终会参与甚至改变我们对世界存在的某些本质认识。一个时期以来，文坛通过某些女性作家的个人化写作似乎就构筑成了人们对于“女性意识”、“女性主义意识”的一般经验。正如当人们一谈到“城市人”，就是孤独、陌生、虚无那一套，当前一提到女性，印象里就是与男人的冲突、身体的自觉等在起作用，深入探究起来，我们能感觉到这其实是受一种“抽象”的文学叙述的影响。对此，批评家王晓明曾尖锐地写道：被女性批评者所认为的20世纪90年代前中期的这次女性“解放”，“绝不是面向所有的妇女，下岗的女同胞根本没有这种幸运。时代给予一部分女性自由与自主，给予她们一间自己的屋子，她们不再为柴米油盐而烦恼，说得直截了当一点，是一部分提前进入‘小康’的女性，这样的女性才有时间与兴趣专门研究性别问题，才有可能把性别问题与其他有碍观瞻的事情区别开来”。[①] 女性学者兼作家崔卫平也说：“我从一些被人们称之为‘女性主义小说家’中读到的，并不是被认定的所谓‘女性’的经验，而是一个女性写作者的经验……哪有什么一般的‘女性经验’!”她甚至根据自己的写作体验将写作描述成一种“背离日常生活的活动”，以与普通妇女所遭遇的一般生活问题相区分。[②] 从新时期伊始与新启蒙主义话语结盟，到20世纪80年代中后期以来对西方当代女权

① 王晓明：《90年代的女性——个人写作》，“文学视界”，http：//www.white-collar. net。

② 崔卫平：《步入写作的恐惧》，《中国女性文化》，中国文联出版社2001年版，第1辑。

主义的借重，中国的当代女性批评可以说在倡扬性别启蒙、性别认知、性别反抗方面努力有余，但对与之相关的必要文本和性别现实语境的具体认证方面则关注不足。比如 20 世纪三四十年代萧红的《生死场》是一直为民族国家话语评论所垄断的，旅美学者刘禾在其研究中国现代文学的《跨语际实践》中富于洞见地揭示了这部小说中顽强的女性身体、女性意识书写。不过一味夸大这种女性意识，并以此压抑民族意识也会陷入同样的偏颇。小说中的女性人物金枝一直是过着被侮辱被蹂躏的生活，不管是遭日本兵侵犯后还是在此之前，当被问及有何感念时：“金枝鼻子里作出哼声：‘从前恨男人，现在恨小日本子。’”按照女性主义的分法，这里的“恨男人”属于女性话语，而“恨小日本子”属于民族国家叙述。很显然，“恨男人”与“恨小日本子”同样都是作为女性的金枝的主体意识的构成部分，而且“恨小日本子”甚至在“恨男人”之上，因为在“小日本子”来了之后，连男人也受了他们的侵害，这无疑是更让人震惊的。不过或许与刘禾急于颠覆对《生死场》既往文学评价的峻急态度相关，民族话语在她那里似乎是只能处于“第二性”位置的。[①] 其实女性意识是有很强的社会制约的，就像笔者前文曾对艺术写法相当圆熟精致的《长恨歌》提出过思想方面的社会主体意识的黯淡问题一样，对《生死场》的评价也不能如此简单。这也提醒着我们在各类右翼意识形态甚嚣尘上的今天，有必要对极力与社会话语拉开距离的某些 20 世纪 80 年代文坛提法进行重新分析厘定。

至于本文所论及的“后女权”问题在被整合的“女性”中遭遗忘，则可以看作是批评界对近年来全球化商业机制下性别领域

---

① 刘禾：《跨语际实践——文学、民族文化、与被译介的现代性》，宋伟杰等译，三联书店 2002 年版，第 285—303 页。

的复杂性认识不足。比如，某些年轻靓丽的女性几乎是从自发到自觉地运用了一种“性利用权”，并且手段在变本加厉地上升着。像最近被卫生部叫停的据说是两位女大学生在昆明出演的“美女人体盛宴”。如果说展示人体彩绘的美女至少还是一个艺术的载体的话，这里美女所提供的只能是赤裸裸的商品器具。“出名趁早啊，晚了就不会那么快活”，半个世纪前张爱玲的这句戏言被时下不少想出位的美女奉若神明。不过这总让我想起程青在《美女作家》中据说援引的是一位现实生活中很出名的美女作家的话：“不要脸趁早”。美女在这个喧嚣时代在促进经济发展的同时若能给人们带来真正精神意义上的愉悦，倒也无可厚非。不过中国今天被纷纷叫嚷的“美女经济”，以笔者或许有些保守的眼光来看，差不多要同“无烟工业”引为同道了。女性批评没有对这种愈演愈烈的女性行为直接发言怎么说也是一种麻木。另外，不可否认的是，性别与商品、阶层等诸属性紧密联结在一起往往显出了其复杂吊诡的一面：比如同为优势阶层，“成功男士”往往比“成功女士”更利于占有开放便利的社会资源（突出的一点就是性的多样选择权）；不过若是同为弱势阶层，打工妹、下岗女工由于婚姻家庭的缘故其实际生活境遇则往往会比其同人的打工仔、下岗男工占有更有利的形势。唯利是图的市场近年来尽管也出现了兜售男性特征的现象，但在目前的社会机制与性别机制下并非所有的男“色”都可以摆上货架，那些无钱无才、徒有其表的中下层男子在当今几乎清一色的男领导等级秩序中显得特别拮据凄惶。但他们那些同样“三无”的同乡小妹则因为“性别”的原因命运很有些不同。所以说男尊女卑的性文化是分裂的，它对某些男性社会群体的漠视与伤害有时并不在女性之下。我甚至从阿城的小说《东北吉卜赛》的结尾处，失意男人渔标面对前恋人甜甜的无动于衷表情所流下的那掬泪水中，闻到了一股无法占据

“性优势”的普通男性置身于这个消费时代的脆弱无助气息。区别于米利特所言的“性政治”的“性权力”问题，我认为必须纳入当今性别批评的视野中来。

第三，大众化的现实与精英化的批判。对于本书所说的“后女权主义”性别形态问题，笔者认为最恰当的做法或许是应该将其归到大众文化范畴中去。“大众文化”，及其与之相联系的“文化研究”，在当下的人文社科学术研究中似乎成了显学。但究竟什么是“大众文化”却很难有明确的理论定位，一般都是列举诸如电影、电视、流行歌曲、广告、畅销书、时装表演之类文化日常方式。在我看来，大众文化的关键词是“亲大众性”，比如电视其实同样可以表现很精英很高雅的内容，只不过调子高了收视率上不去，一般的电视人不这么干罢了。具体到女性问题而言，其亲女性大众的特点表现在它在性别问题上依据的是“常人”的原则：不是固守最高纲领，而是寻求最低底线；不是追求最好，而是选择最不坏；不是不顾一切，而是计算成本跟收益；不是注目于争取政治权力，而是热衷日常生活。它使女性真正关心的并不是如何去彻底改变男权秩序，而是以何种方式适应甚至利用这个秩序，或者充其量只在一定范围内做一种小小的反抗，以便保留对这个世界的有限认同感，使生活朝更利于自我生存的方向发展。在这个后革命时代，这可能是一切弱势群体都会不自觉运用的生存哲学。2004 年唯一入选柏林电影节竞赛单元的华语影片《20：30：40》（张艾嘉执导）有这样一个关于女性问题的细节：母亲逼女儿练钢琴，原因是“如果有一天被男人甩了，还可以教钢琴生活”。女性在一种为预防男人变心的“忧患心理”下练就自立本领，本身就是怀着一种同女性主义“打擦边球”的微妙暧昧心理，而这种言论在我们当下的不少文学影视作品、报章杂志甚至心理咨询节目中经常会碰到，更是一件意味深长的事。

对这种大众化现实进行直接发言的是时下所说的文化研究。文化研究从诞生之日起就高举起平民化大旗，反对文化的精英化，把大众文化作为其关注的焦点，并将文化的阅读还原为一种日常生活实践。如生活中随便的什么话题、思潮、行为方式都可以纳入文化研究的视野。比如在我的阅读范围内就见过不少对女性身体及其化妆、服饰、瘦身、缠足、乳房、阴道甚至处女膜等各部位进行文化分析的理论研究。它们的批判锋芒可以说无一例外地指向了男权文化对女性身体的话语改造，以及女性自身对其的不自觉接纳认同。拉康曾经说过："通过男人的中介，女人在为男人充当他者的同时，也变成了自己的他者。"的确这方面的文化研究似乎都证明了：消费的女人越是想拥有自己的身体，她们便越是从自己的身体中异化出去。这就如同批判女性的性别彰显、性别依赖思想是根本背弃经典女权主义观念的另一种文化版本。文化研究的支持者们一般都相信通过这种研究对象的日常化、大众化、泛生活状态，文化研究本身就已经获得了一种平民主义，甚至说"亲大众性"的文化观。不过事实上，理论上的正确与深刻并不能保证现实中的可接受性与普泛化，或者说自由的身体仍停留在观念层面。在身体经济日益兴盛的今天，女性的主流是不理会这些边际之声的，男人也不会轻易去垂青用这种观念武装起来的新女性。即使作为一个独立的女性你自觉不去理会这些身体陷阱，但你无法改变周围人的看法和追求，也无法肃清媒体影响与造美商业运作。至此，你就是保持了清醒的头脑一旦走上大街走入人群，恐怕也难以保证不会再受到身体思潮的影响和继续被影响下。这也就说明了懂得身体工业实质的女性那么多，但生活场中"造美"运动依旧红火的现实。对此康正果先生这样说道：

“你毕竟是一个社会的存在，无论你自己还是他人，都不可抛开你的身体来辨认你这个人的身份。正是我们的身体把我们显示给了外面的世界。身体就是我们的宿命，在更多的情况下，我们只能鼓起勇气承受它加于我们的一切了。”[①] 与这种清醒的、平和的，也更现实的态度相比，我们的许多激烈峻急的文化研究所得出的结论固然痛快淋漓，但我们不得不承认更多的时候它的大众化追求只能是一种虚像。当然文化研究本质上是一种文化批判，而文化批判是向来无法摆脱精英化趋向。或者说任何文化批判如果丧失了一种对现实的怀疑、愤怒立场，代之以“存在就是合理”的认同态度，都是不可想象的。像美女经济尽管常被多方人士指诟，但只要在开放的市场机制下仍然可以大摇大摆地自行其道，顶多改头换面一下而已。大众化的现实与精英化的批判似乎永远不会在同一层面上发言。前文曾提到对于女性的“后女权主义”现实选择与文学艺术中“后女权”观念的流露，笔者基本是持“性质的不同”的差异态度，其来源也是在大众化现实与精英化批判的不同立足点这里。

事实上，在中国当下语境中，无论是“女性主义”还是“女权主义”，似乎都并不是一个受欢迎的词。无独有偶，美国黑人理论家贝尔·胡克斯也曾谈到在美国“女权主义”被人们当作一种“讨厌的、不愿与之有联系的东西”，说自己是“一个女权主义者”，通常意味着“被限制在事先预定的身份、角色或者行为之中”，诸如“同性恋者”、“激进政治运动者”、“种族主义者”等。[②] 这种“全球化”的共识似乎是对为女权主义振臂高呼的人

---

① 康正果：《身体和情欲》，上海文艺出版社 2001 年版，第 59 页。

② ［美］贝尔·胡克斯：《女权主义理论：从边缘到中心》，晓征、平林译，江苏人民出版社 2001 年版，第 8 页。

们的一种打击或误解。但从另一个角度我们却不得不说，从精英立场出发对女性政治权力的争取距离大多数普通妇女更为关注的日常经验而言，还是太过遥远了一些。比如它解释不了写论文搞研究洋洋洒洒的女性研究者，在就学、就业、婚姻等人生大事的选择上仍是一路追随男友（丈夫）而去的事实（在我国女性学界这样的例子很多）。将“女性主义”作为一种学术信仰而非人生信仰是一件有意味的事，我认为这与上述女性主义之被人指诟一道，传达的或许是一条令人无奈的信息：女性主义对女性是一种性别理想，它对女性的诸多阐释号召或许是真实的，但对相当女性的生存境遇而言却是不现实的。另外，它学院式的、西方化的理论框架，语词构成，关注内容（比如一段时期以来热衷谈论的“母爱坍塌”、“男女对峙”、“姐妹情谊”、“自恋”、“同性恋”话题），距离中国当下大多数女性的实际生活经验还是太遥远了，或者说它们并不是当今中国女性最关注的问题，并且也似乎不是时下文学艺术中所透露出来的女性话语重心。对此有人曾直言不讳地说，如此学术行为只能用来让人拿学位、评职称、做教授罢了，它缺乏对现实必要的和有效的解释性。面对千百年来形成的，并与当下国家机制、市场机制、文化机制构成诸多共谋的性别机制，“颠覆男权”究竟需要怎样的社会整体环境和人们（既包括女性也包括男性）心理土壤才能成立，或在某种程度上有限度地成立呢？如果说它作为一种性别“革命”只能成为弱势女性一方的高远理想的话，有没有在现行性别机制下走一条更切实的“改良”道路的可能？体制内改良能有多大力量？“后女权主义”在其中扮演了一种什么角色？将这些问题纳入严肃的学术探讨或许是一件值得的事。

二 在社会等级与性别等级的双重挤压下

为了避免被认作有"先验化"理念之嫌，在这里笔者打算适当地应用某些社会学资料具体佐证"后女性主义"性别形态问题。笔者想解决的问题是：为什么说市场经济下妇女地位并没有随着改革开放而上升，反而出现了很不乐观的劣化趋势？不同生存状态的女性所遭遇的具体性别障碍有什么不同？她们的反应如何？中国的"后女性主义"性别观与西方的男权回潮有没有相异的地力？它对女性解放的负面性究竟在哪里？正如笔者在本书中一再强调的那样，在商业因素无孔不入、性别因素与其他非性别因素渗透纠结的中国当代，笔者一向反对对男女两性概括化、绝对化和本质主义提法。也就是说，我们必须把每一个时代的性别问题置于这个时代的具体历史环境下，而不能将现行性别机制的多面性与复杂性做简单化和非历史性处理。只有在充分细致探究父权制的所有权和控制权的基础上，才能具体论证女性的受动性和实际可操作权。

1. 社会等级制与性别等级制

笔者一直倾向于将女性当作整个（男权）社会中的一个弱势群体来对待。而社会学中有一个基本的判断：如果一个社会的强势群体内部是统一的，这个社会里的弱势群体就翻不了身。这一论断笔者认为大可同时指称 20 世纪 90 年代以来经过了体制转型的阵痛期后复归于等级壁垒的社会现实与性别现实。从社会整体语境上说，20 世纪 80 年代上半期社会的强势群体内部是存在许多利益冲突和观念冲突的：在政治上，既有占很大主导地位的僵化保守的一套，又有一个党内和政府内的改革派；在经济上，基本体制是计划经济那一套，却又从联产承包开始了多种新经济因素的尝试；文化上更是多种思潮多种派别众说纷争，这只要看一下我们所熟悉的当时文艺状况与学术状况就可以明白。不过到了20世纪90年代中后期以后，各种强势力量之间的结合却越来越紧密。比如20世纪80年代曾直接促成思想文化解放资源，并和教条主义的文化管理制度形成尖锐冲突的学术独立，在今天却已蜕变成职称、评奖、申请基金等另一种也叫“学术”的东西的代名词，它非但不会对现成的文化和精神秩序构成挑战，反而本身成了秩序的一部分。这也便解释了现在的社会规范比起过去事实上是更加严密而非松动的原因，新秩序或许允诺了一个普遍性与平等性的神话，但事实上它使得强势群体对弱势群体的控制以更加制度化的形式固定下来。在笔者的家乡，20世纪80年代改革开放的那些日子里，由于整个社会的投资环境或教育水平都相对均衡，不论是有头脑的村民办实体，还是天赋好的孩子们考大学，成功的比率还是不低的。可以说我们村里后来在社会上干得好的人，几乎都是在那几年发展起来的。但是在20世纪90年代之后尤其是最近几年，城市的迅速现代化使农村愈益整体衰败弱势化，农副产品收益低，没有钱就投资不了什么大项目，基础教育更是与城市的中小学相距万里，我们村已经好几年没出现那种人们常说的“人才”了。这又导致了人的目光短浅，新一轮和下一代的贫困愚昧又开始了。这其实是一个恶性循环的过程。在到处叫嚣“强强联合”的今天，弱势群体的实际境遇应该说是绝对恶化了。笔者不是经济学家，只想用自己身边的事实说话。不幸笔者既出身农村底层社会，又本身是女性族群的一员，在设身处地这一点上，我同样可以从社会环境的变迁中来为女性地位的变化找到相应的依据。

20 世纪 80 年代初期政府既往的以政治手段对妇女实行的保护性就业、保护性参政措施在好多方面仍继续有效（如女性的高就业率），号召女性自觉自立地投身社会竞争的呼声也一浪高过一浪。在女性话语培育上，“不爱红妆爱武装”对许多主流女性仍产生着影响，贤妻良母则是民间对久违了的女性气质的呼唤，“女人味”的性感外观也作为女性话语的另一极开始显山露水。这种复杂性在某种意义上构成了作为主流的男权社会的秩序缝隙，使女性不至于完全沦为依靠性的弱势群体。比如说离婚被遗弃问题，那时常有找单位找组织的说法，这毕竟对少数以“爱情”为名义玩弄抛弃女性之实的无德男性起到了某种钳制作用。不过到了 20 世纪 90 年代市场经济真正确立起来之后，整个社会的基石都迅速男性化一体化了：经济上，首先完全废除掉的就是原来那种以牺牲效率为代价的“低工资、高就业”的就业体制，但因为改革前女性在习惯性就业下并未把切实提高自身素质当作头等大事来对待，社会也没有提供这样的整体环境，所以在这股改革风潮前首先被冲击的就是女性，许多关于下岗的资料报道都充分明了这一点。比如据全国总工会 1996 年底统计，下岗人员中女性占 59.5%，约为 560 万人；而男性只占 40.5%，与女性只占全部职工的 39%形成了强烈的反差。[①] 还如 20 世纪 50 年代中国公民曾一度引以为豪的对卖淫业的取缔，近年来又死灰复燃，只不过是隐性存在的、在各种娱乐场所和服务行业中将女性工作者性化（Sexualization）而已。政治上，政府的保护性措施在这个越来越向市场倾斜的社会中差不多已完全失效，相反，另一些诸如“女人回家”、“二保一（妻子做出牺牲，以保证丈夫事业成功）”的言论则在“顾全社会经济大局”的名义下，从街头

① 《中国劳动科学》1997 年第 5 期。

巷议到学者鼓吹乃至政协委员提案最终堂而皇之地浮出了水面。一个典型的例子是1994年《社会学研究》展开了一场关于男女平等议题的大讨论，有的学者提出：因为妇女的生理特征——生儿育女将在一定时间内影响她们的社会工作，也因为社会上劳动力过剩，任何一个国家中都会有相当数量的女子或终生或一段时间内作家庭主妇。这本是正常现象，但要中国妇女回家尤其困难，原因是出去之后回去难。因此经历过社会主义的妇女解放又受到市场挫折的中国妇女将是痛苦的一代。言外之意是妇女回家已经无可争议，仅仅是个时间问题。这股潮流文化上的表现，我认为便是我们这里所讨论的消费时代的“后女性主义”文艺观，而它的膨胀流行又反过来加剧了女性自甘边缘的弱势地位。这样在男权化了的市场经济及其横扫一切的强势面前，女性作为一个族群的力量可回旋的余地我认为比起20世纪80年代来不是扩大了而是越其狭小了。

至于近来不断有媒体提出的“她世纪”等时尚说法，我认为我们必须将它所出现的实际语境发掘出来：常常是一桩事情有100个男人干了也似乎是天经地义的，但若是有一个女人也斗胆尝试并成功了，对处处搜求新闻信息的媒体来说就当作一件值得大书特书的事了。我认为这本身就包含着一种俯视女性、将女性弱势存在本质化的嫌疑。丁玲曾在其著名的《三八节有感》结尾处意味深长地问了一句：“女人”这两个字到什么时候才不需要特别说明、不需要特别指出来呢？一般地说，越是倡扬的东西越是现世世界里所缺乏的。比如我们所熟悉的文学界，不管令女性欢呼雀跃的女性写作繁荣到什么程度，一长串作家名单里首当其冲的、持有话语霸权的、重要奖项获得者终归都是男性。

2. 女性何为

当然承认女性的弱势存在并不意味着一个“弱势”就可将复杂的女性问题一语概括之。我们还有必要追问一下“谁的弱势”以及“何种的弱势”的问题。将男女不平的性别等级制与表明阶级（层）不平等的社会等级制相联系，就是为了避免将性别问题整合化和抽象化。马克思所说的“人是一切社会关系的总和”这句话，同样可以用来指称女性的社会存在与自我存在。笔者的观点是：任何阶层的女性可能都会遇到对其生存状态、人生际遇、价值目标形成干预的性别问题，但这些问题的具体内容则是大异其趣的。著名学者戴锦华面对别人首肯其成绩的同时劝她“要先学会做一个女人”时，不无愤激地感慨道：“学会——做女人？难道我不是一个女人吗？为什么是学会？那是一种技巧或技能吗？我何处不‘像’女人？究竟何为‘女人’？”[①] 这可以说是一种典型的女性主义式发问，是对波伏娃“女人是被造成的”论断的现实回应。在这一语境中，女性足以同男性分庭抗礼的才能使桀骜的父权制受到了某种威胁，父系文化于是对这一部分女性发出了“回归‘女人性’（是柔弱的、温顺的，言外之意也是需要保护的、事业平庸的另一种说法）”的召唤。旨在打碎这种“女人性”神话的女权主义于是应这部分女性——一般为个人出色或出身知识阶层，有争取社会权力的能力信心和精神追求，最起码物质生活方面不需要依赖男性——的要求而产生，并就她们的困惑——才能无法像男性那样施展或施展了之后却被人视作“不像女人”——而直接发言。这一点我们还可以从赵园、李小江、张

① 戴锦华：《生为女人》，林石编选：《生为女人——女性的话语》，花城出版社2001年版，第8页。

抗抗等其他女性学人或作家的日常生活随笔、徐坤书写此类职业女性心态的小说中明显地感觉到。戴锦华甚至说到现代女性仍处在女扮男装的“花木兰”境地，而越往上发展这种性别认同危机也就越深。“女性主义，或许是另一种不甚堂皇的理想主义，知其不可为而为之吧。”即使精英如戴锦华者，对女性主义竟也用了“理想主义”一词。在笔者看来，面对不时改头换面同现行的政治经济机制、社会文化心理紧紧相随的父权制，女性要想从根本上“颠覆”、“打碎”、“扭转”它似乎的确是一种性别理想主义。但炫目的理想总是会有人追求奋斗的，而随着社会的发展，女性地位在整体上不变性的前提下又增加了诸多可变性因素。以自己的卓绝努力和不菲成绩向男权传统挑战并努力追求这种性别理想的女性，应该是越来越多。她们不愧为这个时代的女性精英。

不过与上述情形大相径庭的则是另一些数量上更为庞大的女性大众的性别问题。据载，广西关西水电站的10名女员工为了保住工作，别无他法，只好提出离婚，这是我国首例“集体离婚”事件。原因也很简单，因为按照《劳动法》规定，在企业裁员时，单身职工应受到更多的照顾，双职工却一般要“男人留岗，女人回家”。不过她们的请求无济于事，离婚请求被驳回。[①]类似事件在近几年有关下岗女工、打工妹等的报道中多了起来。与精英女性遭遇性别问题上的“发展障碍”相比，这些遭受阶级秩序和性别秩序双重挤压的弱势群体中的女性要求就相当简单，就是一个“工作权”，甚至仅仅“生存权”而已。这就使得她们在女性问题上追求政治权力和文化自觉的“精神性”因素大为减弱，而“物质性”目的则大为上升。我这里并不是说由精英女性

---

① 《中国存在两性不平等现象》，《参考消息》2002年5月19日。

到大众女性会有一个从奉行女权主义到“后女权主义”的必然结果，况且何为精英人士（是由阶级地位而来还是由思想旨趣而定，是看他的职务高低还是贡献大小）？何又为大众一族（专门研究大众文化的费斯克说过，大众“不容易成为经验研究的对象，因为它不是以客观实体的形式存在的”）？都是些没有明确边界的模糊概念；笔者认为，一个人在社会等级秩序中不同的生存状态、现实际遇、自我定位往往会对他（她）在性别等级秩序中不同的角色认证产生影响。必然、偶然、不得不然、可能不然……人与其生存挣扎的环境之间的关系是复杂的，在这一连串的错综变故中才会显出他（她）的命运走向及这走向的意义：那就是人在历史中的创造和限度问题。这种限度应该说既是历史的，也是人自身的。具体到本书所讲的社会等级制下的性别意识形态变迁，我认为客观和主观两种因素制约着女性从女权主义的“理想”追求，向“后女权主义”的“现实”回归趋向。

客观上，由于出身、环境、能够受到的教育等的差距，使女性在对父系性别秩序做出反应时需要以自身生存状态为依据，而不能超越它上去追求抽象的“解放”。性别理想或许是人人向往的，但追求性别理想却是有风险的，甚至说有条件的。前文曾对陈染所言的“放松”式的女性解放观提出过批判，那是针对将其挪用为当下一般女性解放内容而言的，一个足够智慧自立的女性游离在公共空间乃至婚姻家庭之外，可以说是对父权制以及父权制支配下的社会公共秩序的最高形式的抗议。不过这种解放内容对于一个在性别歧视的社会里为生存疲于奔波渴望来自婚姻家庭庇护的大多数女性来说，往往是奢侈的，甚至是适得其反的。在这一点上，笔者基本同意前述修丽特等人的看法，在强大坚硬的现实面前，女性的性别观念不能不是依据个人身份处境分层次而来的。比如同为个人生活道路上的受挫事件，对于那些上层的、精英的、功名心特别强的处于传统婚姻模式之外的职业女性来说，下岗（失去工作权）很可能要比离婚（失去来自另一性别的扶持相助）对她们生活的打击更大；但对广大中下阶层女性而言情况可能正相反。在女性解放也会成为时尚的今天，我们时常会看到《快乐离婚》、《女人可以说不》、《聪明女孩不再让步》之类的书，封面上印制着新潮干练的美丽女郎，"快乐"地成了书店里的畅销书。面对男权依旧的社会，女人当然可以，甚至是应该说"No"。不过我还想追问一下何时"说不"、怎样"说不"、"说不"让女人得失几何、"说不"之后怎么办的命题。或许由于我本是最普通之人的缘故，从我个人及我所接触的女性实际情形看，对现行性别机制"快乐说不"的女性几乎寥若晨星，更经常的事态则是女性对"这一个"男性说不，但对"另一个"男性又满怀憧憬。这其中女性学界已经引起关注的"贫困女性化（the feminization of poverty）"问题应该说是个重要的原因。一般而言，那些被抛出现行性别机制轨道者，如处于单身、离异、寡居，尤其是单身母亲的女性，不但在习俗观念上被社会指认为"非常态"而难以得到价值接纳，在物质生活上与同类女性相比也往往是以生活水准的下降为代价的。这一切客观地使处于父系性别机制弱势地位的女性又不得不依赖这个机制。

不过，当下大部分中国女性之完全或者部分地放弃自我发展争取转而从性别地位中寻找出路，尽管事实上是其在种种无法抗衡的社会压力和无力根本扭转的父权体制下的一种被迫选择，但在形式上这种选择又往往是以女性"自发"的行为表现出来的。甚至说，在将女性从女权主义的"大女人"向"后女权主义"的"小女人"方向上往后拉的过程中，男性的父权视点、欲望化目的，同女性的世俗观念、实用主义心理达到了某种"共识"。而且据社会学家观察，这种现象已大面积地波及了以往被认为是接受着良好教育的女大学生，甚至女研究生中。比如闵冬潮近来根据其在北京大学、南开大学、天津师范大学的调查所写的《浅议当代中国大学生的女性观》中称，为数众多的女大学生对女性传统角色的回归给予了更多的关注。她们甚至认为以往妇女解放所提倡的男女平等，是在生存竞争没有保护与照顾下的平等，这种解放，是以婚姻家庭的松散，女性风度魅力的丧失为沉重代价的。现在的她们已不愿再付出这种代价，而是转而追求一种更为实际（倚仗恋爱婚姻）的生活道路。[①] 20世纪60年代，贝蒂·弗里丹通过对著名女校毕业生生活道德的追踪调查，发现受过最好的教育的美国妇女的人生目标也只是找个好丈夫当贤妻良母。某届毕业生返校日夸示于人的口号竟是“我们嫁了一打哈佛”。有感于此的她，才写了旨在召唤女性勇敢地投身社会事务的后来成为第二次女权运动经典的《女性的奥秘》。时光过去了40多年之后，这种观点又在我国大学校园里流行，不能不让人感慨万千。学历在某些女性心中只不过是增加其在婚恋市场中身份价值的一个筹码而已。甚至像有人已注意的那样，在我国南方（或许已不止南方），高学历的坐台女竟也因为男性性消费口味的越来越高而应“运”而生。[②] 据经济学家何清涟自述，她曾亲自问过一位自称是某名牌大学毕业的坐台女为什么要选择这一行，得到的回答是在这种场合比在其他地方做事认识成功人士的机会多。[③] 改革开放20多年来，不要说“颠覆男权”的女权主义观念在现实生活中正迅速走向衰落式微，真正被颠覆掉的在我看来

---

① 何清涟：《妇女地位变化的社会环境分析》，骆晓戈主编：《从神话走进现实》，湖南师范大学出版社2000年版，第215页。

② 邹芸：《女大学生为什么选择坐台》，载《特区青年报》1999年8月10日。

③ 何清涟：《妇女地位变化的社会环境分析》，骆晓戈主编：《从神话走进现实》，湖南师范大学出版社2000年版。

倒是毛泽东时代妇女能顶半边天的“女权”。这样说可能有点悲观，但却是商品经济大潮冲击下不少女性价值观念嬗变的一个不容回避的事实。

3. 从女权主义到“后女权主义”：是女性问题也是社会问题

笔者曾有过一个观点，要将“后女性主义”当作一种（女性意识的）大众文化来阐释。任何大众文化可能都会面临既反抗主流话语又被其策反收编的两面性，“后女性主义”在这一点上与其说表现得更明显，倒不如说其对父权制反抗与妥协的界线更加暧昧模糊。上文提及的社会学家韩德强在叙述处于不稳定状态的“交易型婚姻”时说，那些长袖善舞的女性一旦发现有人出价高于现有的男人，即可能跳槽另嫁。在这种略显轻松的叙述中，“跳槽”一词用得颇有意味，男人是单位是集体，女人是职工是个人。如今时兴双向选择，个人可以炒集体的鱿鱼，集体也可以让个人下岗，然而，这种看似平等的双方背后却实在有一种主客体的规约在其中：社会是强大的，个人则是渺小的，被森严的公共秩序碰得粉碎的往往是个人而不是相反。在男女关系上，即使那些看似开放民主，“不分男女”的新潮做法，如性解放、同居、一夜情、AA 制婚姻等，其实内地里方便的是那些想得到“自由”而不想负责任的男人，但是女性，无论从身体上还是感情上，则往往是一场失败性关系的受害者。比如一份香港的杂志《中国社会新闻》2002 年的调查显示，有过婚前同居关系的女性与已婚女性相比，做人工流产的概率是 2.5 倍，患心理疾病的概率是 3 倍，感染性传播疾病的概率是 6 倍。即使有将情场完全视作“商场”（以女性的姿色性感与男性的权势金钱进行交换博弈）并真正身体力行者，也难以抵挡岁月流逝对个人价值的贬抑。这就注定了女性本质上的弱势地位和“后女权”反抗策略的无能与无奈：它对男性世界的威力或许是局部的（适用于貌美者），但却决不是全体的；或许是短暂的（年轻时的短期行为），但却绝不是持久的。

对此，笔者的看法是：由于“天生是个女人”对女性母性、妻性的要求，由于恋爱婚姻生育哺乳在女性生命中所占相当比重，同时由于历史上我国政府对妇女实施保护性就业与参政而没有将提高妇女素质作为切实之举，市场经济中要求女性与男性站在同一起跑线上进行完全的，绝对的竞争是不可能的，也是不人道的。这不仅是父权制文化惯性的问题，而是女性从生理到心理直至自我定位及社会性别指认的一系列问题决定的。女性仅仅出于生活或生活得更好的想法，向（父权制）现实做一些让步，提高婚恋选择在生命中的比重，或仅仅将其与自我发展道路做一下平衡，这样的做法是可以理解的，甚至是女性不可剥夺的权利。但是它有一个最低限度，即不能以女性的尊严与人格的丧失为代价；同时它也有一个最高标准，即事业的成功永远是拯救女性的最好的甚至是唯一的途径，而从社会整体环境上来看，“干得好”只会使女性“嫁得更好”而不是相反。江西女作家胡辛对此有较为清醒的看法，她不是一个坚硬的女性主义者，但也决不苟同“小女人”心态，她由衷感叹道：“世上除了女人就是男人，女人独立，又能独立到哪里去呢？如若能砸掉传统女人的框架，并且不再铸造新的女人的框架，不将女人的言行举止，服饰装扮，性情能耐乃至感知思维的方法注入规范化的模式，这才是独立的基本标志吧。”[①] 的确，女性独立是不能仅从“独立于男性”这个角度来进行简单化认识的。胡辛在 20 世纪 90 年代的三部传纪文学（《蒋经国与章亚若之恋》、《最后的贵族·张爱玲》、《陈香梅

① 胡辛语，见李云凤《胡辛传纪世界探微》，《百花洲》2004 年第 1 期。

传》）中，通过对三个历史女性婚恋事业故事的梳理，发现对她们来说，得到爱是幸也是不幸，失去爱则是不幸也是幸。这可以说既是生活的辩证法，也是女性的辩证法。

前面我们曾提到20世纪八九十年代以来世界范围内的男权回潮现象，不过在笔者看来，中国与西方的问题还存在着一定差异。西方后女权主义是直接对应着20世纪六七十年代女权主义运动的狂飙，包括其中的某些激进之处，而来的。笔者手头的资料有不少是对这场运动进行反思的，比如英国当代著名女作家菲·维尔登在接受采访时说："妇女解放的意义是巨大的，但是战场现在转移到了另一个领域……现在的战场是我们自己——我们如何不成为牺牲品。或者说如何不感觉自己是牺牲品，如何不去因为自己的困境而责备他人，如何为自己做点事。如何设法过上以家庭为单元，由男人、女人和孩子所组成的家庭生活，尊重所有人的权利，而不仅仅是妇女的权利。"的确，女权运动的目标是要女性实现同男人一样的尊严，但不少过来人后来都自己承认"我们走的太远了"，菲·维尔登甚至说到："以致于现在你要为男人的尊严而担心了。"[①] 我们不是生活在这种话语情境下，但是从他们的一些此类文学艺术中，如菲·维尔登早期的一些小说、美国电视系列剧《欲望城市》等，也可以感受到女性解放的那种张扬蓬勃之势以及由此可能引发的某些社会问题。所以说她们的"后女权主义"往往有一个前提，即在经过女权运动洗礼后女性自我独立观念明显增强，并且不少人相应提高了个人素质技能，以保证这种独立的现实实施，当然这也与西方高度发达的社会生产力水平相关。而在这种基础上再强调与男性和平相处、正

① 唐岫敏、[英]坎迪丝·肯特：《冲突与和谐——当代英国女作家菲·维尔登访谈录》，《百花洲》2004年第1期。

视女性特殊性、婚恋家庭的重要性便在某种程度上具有一定合理性，这也是这种性别保守主义观念近来甚至得到了某些精英人士首肯的原因。况且在这种话语背后我们也能倾听到截然不同的声音：比如美国野生动物生态学女博士安尼·拉巴斯蒂（Anne LaBastile）从 1954 年起就在美国东北部阿迪朗达克山脉购买了一片 20 英亩的土地，并在那里建了一所只有通过小船或步行的小路才能到达的小木屋。拉巴斯蒂在这里写下了《林中女居民》（*Woodswoman*）等一系列作品，分别记述了作者几十年来生活在荒野中的经历与感受、梦想与沉思。它们已出版 4 集，首版分别为 1976、1987、1997、2003 年。[①] 如果说一个有了相当社会成就的女性自愿过一种情寄荒野、享受宁静、与自然沟通的生活只是她的一种个人选择的话，她的书在社会上大受欢迎，一版再版，她的小屋被爱慕的人频繁造访，却说明了整个社会风气以及女性思潮并未全部被那种“粉色剧情”所覆盖。至少社会流行的畅销书不全是“美女作家”一个品牌，这与我国当下图书市场是一个对比。当然它所代表的是一个社会的女性风尚。可以说我国的“后女权主义”缺乏西方狂飙突进的女权主义及其对女性观念的冲击这种历史语境。毛泽东时代“男女都一样”、“妇女能顶半边天”的官方言论作为一种先验的政治方向，并没有引发对女性意识女性观念的深入探讨，这就使得本来就缺乏真正自我性别认知的女性在遭遇商业化商品化冲击时更加难以把持住性别坚守的底线。如果说西方女性是曾经“太独立了”需要回归家庭的话，中国大多数人的情形则是外面压力太大只能回归家庭。这是一件让人悲哀的事情。就连我，我的几个同学，读到文学硕士、博士

---

① 程虹：《宁静无价——一位现代美国女性的荒野生活》，载《文艺报》2003 年 9 月 30 日。

这份上找一份工作都是一件颇费踌躇的事。在市场经济的冲击下，丧失了改革开放之前国家政策性保护的妇女无法在激烈的社会竞争中获胜，这使得她们借重恋爱婚姻寻求出路的行为愈益明显；然而，婚姻的实用性与性的商品化又加重了两性关系的不稳定与婚姻家庭的脆弱化，这又使得女性在放松对个人发展要求以取悦男性的道路上随时都有可能面临危机。这大概是当下摆在大多数女性面前的一个悖论。

女性素质在社会现实中影响几何，这恐怕是一个不言而喻的问题。人力资本的理论已经证明，人力资本投资的收益率高于物质资本的收益率，其中女性人力资本的收益率又高于男性人力资本的收益率。比如，研究表明劳动者每提高一年的教育水平所带来的工资增长率，女性高于男性。① 而在收益相等的情况下，女性人力资本的收益会发挥更大效果，因为男性收入中的相当一部分是用于无效甚至负效益消费的，如抽烟、喝酒、嫖娼等。女性人力资本则具有明显的社会效益，尤其是母亲的教育水平对后代发育成长的影响，比家庭中任何其他因素，如家庭结构、规模、收入、民族、父亲教育程度都大。经济学家通过对 25 个发展中国家的人口和健康调查发现，在其他条件相同的情况下，母亲只要受 1—3 年的教育，就足以使儿童死亡率下降 6%。② 而在高等教育都有可能蜕变为婚恋筹码的今天，女性素质的提高只能从社会工作、社会交往中才能获得，此外别无他法。从女性主义到“后女性主义”，可以说既是女性问题，又是社会问题，如果中国的社会环境事实上造成了女性在解放道路上的某种后退，并使她

① ［美］托马斯等编：《1991 年世界发展报告》，中国财政经济出版社 1991 年版，第 57 页。

② ［美］西奥多·W. 舒尔茨：《人力资本投资》，吴珠华等译，商务印书馆 1990 年版，第 156 页。

们丧失了人格尊严，那么将来受到惩罚的绝对不只是妇女本身。

三 消费时代的女性或者文学：边缘化之后的双向度选择

将女性与文学相提并论，讨论它们在当下时代的生存处境，这一方面缘于本书研究女性问题与女性文学关系的主旨使然；另一方面也是由于女性在父权制的消费社会中的边缘存在与弱势地位，同文学在当今市场经济大潮与快餐文化包围下的尴尬处境有某种相似性或者说可比性。“文学女性化”或者说“女性文学化”的提法可能有些偏颇，但从文学在市场经济格局与大众文化格局中的境遇与作用、女性在社会生活构成与性别人生构成中的存在状态来看，这二者又的确存在着某些共同需要面对的问题：比如经济效益之于文学写作、男权社会的接纳程度之于女性生存，这往往是他们必须应对的社会困惑，在前者面前，他们都是弱势者。又如某些以反现行主流话语起家的作家，成名之后又透露出一种要昂首挺进主流文化“中坚”的信息，也让我想起堪与某些女性的首尾不一言行相提并论。像曾高叫过“我是流氓我怕谁”的王朔，在20世纪90年代初以反现行体制、反知识分子及其启蒙立场的“痞子”气成名出位，但后期《谁比谁傻多少》、《修改后发表》、《刘慧芳》等作品已差不多成了商业社会的“顺民”。他本人更是在其《无知者无畏》中直接说道：“不管知识分子对我多么排斥，强调我的知识结构、人品道行以至来历去向和他们的云泥之别，但是对不起，我还是你们中的一员，至多是比较糟糕的那一种。”他这种自我表述中又鲜明地传达出成名后可以阔步迈进知识分子——知识经济时代的文化精英阶层——的自豪之情，这种态度的大幅度转移是耐人寻味的。类似的可能还有个别“身体写作”的美女作家们，褪尽另类气写一些“人文关怀”之类的严肃作品恐怕是她们成名之后首先想到的“转型”之举，以让主流社会更容易接纳自己。盛名之下，必有勇夫。文艺场已成名利场已是不争的事实。女性生存加入名利之争却也与文学有了类似的命运。前文我们曾讲到没有出名且渴望出名的美女们以人体宴、裸照等无所不用其极的方式，向男权社会大送秋波。已经成名的明星们则都在竭力掩饰自己曾经裸露的过去，比如香港明星舒淇，就因自己过去主演的三级片仍在电视台播放而大为苦恼。上述逆转姿态原因何在？边缘地生存又渴望奔赴中心是也。或许这样的类比不一定很严密，但它却能使我们在这里，综合起作为本书两个关键词的文学存在与女性存在，探讨论它们在这个时代的何去何从问题。

1. 从生活的在场与当下出发

从生活的在场与当下出发，从某种程度上揭示了中国当前文学存在与女性存在的某种共同境遇。从庙堂下放到了广场、从中心滑落到了边缘、从知识阶层的案头品评之物变成芸芸大众的消费品，可以说事实上构成了当前文学的某种真实处境。与此同时，文学与经济（利益）的关系则异常醒目地突出了出来。时下有一种说法比较流行，文化搭台经济唱戏，文化何以需要“搭台”为经济唱戏，或者说经济为什么要披上一件“文化”的外衣？不难看出，在这种提法及其实际实施过程中，文化与经济并不是一种平等的相对关系，文化（当然也包括文学）是手段、经济是目的，或许更能概括这种关系的实质。文学写作，更恰当的说法或许是文学生产，已经进入了“买方市场”，或者说到了名副其实的“读者就是上帝”阶段，这时候对生活跟踪再跟踪、姿态调低再调低，甚至为了生存对读者兴趣迎合再迎合，就成了不少文学作品事实上呈现出来的突出特点。王安忆说：“流浪汉，无业者，罪犯，外乡人，内省人，精神病患者，会成为城市生活小说的英雄，因为他们冲出了格式，是制度外人。他们承担了重建形式的幻想……这样的生活方式有着传奇的表面，它并不就因此上升为形式，因为它缺乏格调。”[①] 这可以说是写作对象上的媚俗，媚的是秩序生活下大众“英雄”想象之俗；内容荒诞、俗艳、恐怖、颓废、糜烂的作品被大量复制，是写作主题上的媚俗，媚的是大众自我欲望投射与快感宣泄之俗，比如棉棉的《啦啦啦》、《黑烟袅袅》、《每个好孩子都有糖吃》讲述的都是“我”和“赛宁”疯狂放纵乖戾玩酷的故事，而且《每个好孩子都有糖吃》和《一个矫揉造作的晚上》最后一节几乎一字不差；口语化、平铺直叙化、影像化是写作手法上的媚俗，媚的是大众平面化接受水平之俗，顺带着向受众最广的影视业也抛一下媚眼，像鬼子根据莫言的《师傅越来越幽默》改编的《幸福时光》开头是这样的一句话：“五十来岁的丁十口是个模样像赵本山似的老头，现在，正在家里和一个胖太太相面。”仅从其肖像描写与时间确认中，就不难看出此类小说已口水化到什么地步了。对此批评家吴俊说：“80 年代已将夸张了的文学的尊严定格在历史的画面上，今天的挣扎失却了悲壮的意味。它淡淡的期待弥散到可能的空间，并且，为了生存，它不时地用低姿态来与生活对话。世俗的一切从来没有像现在这样显得重要，文学对此还需要有习惯的时间。”工具意识驱使不少文学留守者为了“活下去”或“活得更好”——也是女性的“身体化”生存的理由——将写作当成淘金的手段。或许作家的自述更能说明问题，王朔说：“我写小说

① 王安忆：《生活的形式》，《上海文学》1999 年第 5 期。

就是要拿它当敲门砖，要通过它体面地生活，目的与名利是不可分的……我个人追求体面的社会地位、追求中产阶级的生活方式。”[①] 何顿更是从个人物质生活改善方面毫不掩饰地说：“我纯粹是要吃饭才写作，而且不但要自己吃饭，还要靠写作养一个今年要读小学一年级的女儿，附带地养老婆，因为老婆工资很低。”[②] 张人捷则说：“写作是乐趣，但当乐趣不得不转换成金钱的瞬间，所有的快感，都随风而逝，飘落空中……”[③] 或许了解了作家们的这些创作心态，我们就比较容易明白消费时代小说何以会写作釜底抽薪般失去了历史眼光、思想锐气和社会责任感，仅仅成为消费主义意识形态回声了，这实在是一件有“主体倾向性”的事。鲁迅当年一边写着《黑暗中国的文艺界现状》，大骂走狗、侦探、囚禁、杀戮，一边自 1927 年 12 月起至 1931 年底从教育部每月照领 300 元“特约撰述员”高薪。此间他曾情绪激动地对朋友说：“说什么都是假的，积蓄点钱要紧！”王晓明在其《无法直面的人生——鲁迅传》中对此评价说：“那种看破了‘义’的虚妄，先管‘利’的实益要紧的虚无情绪，不可谓不触目。”在广州那样热烈地歌颂希望的鲁迅，很快就逼入了“刹那主义”的精神死角。相形之下，对于身处市场经济洪流中的作家，从生活的在场与当下出发，以相当程度上的个人主义与功利主义心态对待写作，将写作当成一种改善个人生活的谋生手段，这同女性性别依赖的“后女权主义”观念一样，似乎也是一件让人无话可说的事。

对文学的物质期待与工具意识理念或许并不会必然导致作品

① 《王朔访谈录》，《联合报》1993 年 5 月 30 日。

② 何顿：《写作状态》，《上海文学》1996 年第 2 期。

③ 张人捷：《有一种力量》，《山花》1999 年第 3 期。

向消费社会全面投诚，但却往往使作家在演绎世态悲欢与人类灵魂之途中创作主体性和自由度大打折扣。文学的这种存在状态也足以说明女性在消费时代中的尴尬之境。如果我们指责某些女性为了在婚姻市场上稳操胜券而将自己塑造成“入得厨房进得厅堂上得床”的所谓“完美女人”形象是迎合父权性别成规的话，同样的诘难也可以向某些为追逐市场效益而失却人文操守的文人发问。张洁在《无字》中曾这样用颇具文学性的语言对女性处境这样感喟道：“所谓流行时尚，不过是周而复始地抖落箱子底儿。本世纪初的女人和现时的女人相比，这一个的天地未必窄，那一个的天地未必宽。”的确，尽管从历时性上讲随着社会现代化水平的提高，女性的经济收入社会形象身份地位比起前辈已有明显提高。但一个时代有一个时代的新问题，随着社会文明程度的提高，女性所应有的权力要求也会有所增加，再加上现行机制的冲击，从共时性上讲，女性地位在具备了某些可变性因素的同时整体上仍处于“第二性”的不变性状态。遭遇强大职业压力而缺乏安全感的女性为了生存，或为了生存的更好，将自己的人生寄望于男性及与其相联系的婚姻家庭。从出发点上说，这种趋向同上文所说的文学在消费时代的利益选择上实在是有某种相似之处。而将这二者联系得更为紧密的，便是我本文所论证的消费时代小说写作中“后女权主义”观念的认同甚至纵容，这可以说既是文学对女性定义的错位，也是女性自我价值指认错位在文学中的表现，当然这或许是一个问题的两个方面。张洁 1981 年的《方舟》中曾有“钱秀永远记得自己是一个女人，柳泉却常常忘记自己是一个女人”的叙述，而“永远记得自己是一个女人”的钱秀是一个矫揉造作、处处煽情的俗不可耐女人形象，柳泉则是作者倾力同情与赞美的女性典型。不过，这种观点到了 20 世纪 90 年代中期之后则开始悄悄地逆转。比如我们从湖南文艺出版社 2000 出版的这套名为《女人二十》、《女人三十》、《女人四十》的文学作品丛书里随便摘录几处，就可以发现当今流行的女性话语究竟是什么：

> 男人要刚，女人要柔。这种柔，就是要顺从、委婉。女人要给足男人面子，在暗地里控制住男人就行了。（陈丹燕《女友间》）
>
> 恋爱应该和婚姻分开来，年轻时惊天动地地爱一次，然后找个殷实可靠前景悦人的丈夫。你不喜欢他就付出身体的代价，你喜欢他就付出情感的代价。（唐颖《丽人公寓》）
>
> 不管有家没家，女人失去自我是注定的，因为女人所有的期待、向往和兴趣是爱情和孩子，从来都不是金钱、地位和名利。金钱、迷恋成就感无非也是在选择爱情失败之后。（张欣《拯救》）
>
> 女人要善于展现风情，风情是轻松的不过分的性感，意在引人注目又不会涉嫌猥亵……成熟的风情在脸上，在眼睛里，在举手投足之间，而不在屁股上。（叶弥《城市里的露珠》）

这真是一些轻松休闲的文字，并且也似乎正中大众化与常识性见解的下怀。杰奥弗雷·哈特曼（Geoffrey Hartman）在《阅读的命运》中说："多数阅读，就像观赏一个女孩，实际上只是一种简单的精神消费。阅读经历似乎就是一种男性（一个动情的男人？）的经验，观赏女孩是一种不计廉耻的精神消费模式。"[①]

① 参见张京媛主编《当代女性主义文学批评》，北京大学出版社1993年版，第248页。

哈特曼这种一再被女性主义批评者指诟的男权视点看法，用在上述这些教导女性为何、如何展现“魅力”的文字身上倒正相契合：文学就是这么“女人”得风情万种、暗送秋波，男人不“观看”“消费”能行吗？在叙述的字里行间直接渲染“后女权主义”是消费时代小说写作对女性话语的一大“贡献”，此外还有借人物命运来做间接“烘托”之举。比如对“第三者插足”现象的艺术创作，主题倾向性上已由原先的试图从婚姻、家庭、社会、道德、个人品性等多方面综合考虑的颇多微词之声，变成了“让爱做主”的单一“爱情”、“激情”（更毋宁说“欲望”）的诉求之声。20世纪80年代记得有一部电影《谁是第三者》因为涉及较为敏感的婚外恋故事而在社会上引起了轩然大波，许多人纷纷从维护感情的纯洁性与持久性角度对第三者现象提出了批评。20世纪90年代在隐私、外遇出版成风之下对“第三者”（现在一般以更“人性”化的名字“情人”呼之）的态度则渐渐接纳起来。一段时期以来《来来往往》（池莉著）、《比如女人》（皮皮著，改编成电视剧《让爱做主》）、《一声叹息》（冯小刚导演）、《谁说我不在乎》（黄建新导演），这些火爆书市、荧屏之作纷纷涉及第三者问题，它们似乎有一个共同之处，那就是妻子们一般都是庸碌低俗乏善可陈的角色，第三者却都如出一辙地靓丽性感，并不乏善解人意之情，有的甚至被塑造成了将男主人公从水深火热中拯救出来的天使模样。我们可以从《来来往往》中对作为妻子的段莉娜与作为情人的林珠的两段外貌描写上，看一下作者的主体倾向性“在场”问题：

咬牙切齿的激烈动作挤出了她嘴角白色的唾沫，加上她的额头皱纹，眼角皱纹和鼻唇沟两边的八字皱纹异常地深刻，这使她酷似一只年老的正在暴饮暴食的猫科动物。她的衬衣从裙腰里翻出来了一角，丝袜跳了好几道丝。她的身后是她新买的电冰箱，她的冰箱上放了一大束沾满灰尘的塑料花，手柄上扎了一条俗艳的纱巾……（这是段莉娜发怒时的一段形象描写）

穿一件橘红的洋绒大衣出来，到了宴会厅，脱掉大衣，里头是黑色的无带的晚礼裙，配带着一套钻石项链和耳环，眼窝深黑如潭，潭里落进了晶亮的星星，一闪又一闪，与玫瑰色嘴唇遥相呼应，表达着无限的诱惑与妖艳。（这是对林珠的一段形象塑造）

段莉娜“黄脸婆”的形象以一种粗糙化、模式化、平面化的文字处理固定下来，林珠的白领情人造型则以一种时尚化、审美性，甚至颇富诗性情怀（尽管是由金钱包装起来的那种“诗性”）的文字表征出来，作为男人的康伟业，甚至作为读者的我们，能不弃前者如敝屣而迎后者如新雀吗？整个文学叙述简直宣告了康伟业的选择是一次“弃暗投明”之举。其实这看似对新的社会现象的敏锐捕捉，内地里所反映的只不过是面对喧嚣混乱的消费主义性别伦理形态，作家（或许还有编剧导演，甚至是某些批评家）自身的价值观念同样受到了冲击，只能取其一端的看问题而失去了把握现实的理性的辨证的制高点而已。同是叙写因为第三者插足妻子被丈夫遗弃的故事，池莉在这里对人物的好恶感情与《小姐，你早》中所透露出来的悬殊如此之大是一件意味深长的事。据说《来来往往》播出后，制片方遭到了武汉市妇联的状告，理由是伤害了广大的中年家庭妇女们的感情。在我看来，不管是将“第三者”描述成不顾世俗羁绊为爱献身的“情种”，还是造成男性倾家荡产的“魔星”，都是对其物质文化生成机制的真正遮蔽；同样的道理也可以用来说明池莉这两部小说对“妻子”形象的刻画，最大多数中年女人被弃决不是因为粗俗低劣到段莉娜那种程度，当然像戚润物那样与第三者联合必欲置男人于死地而后快的“女权”发泄也更像一种抽去人性内核的文化想象。这种叙述所掩盖的只能是由财富权力滋养出来男性中心意识及其容纳这一切的社会价值紊乱与道德沦丧。

1992年诺贝尔经济学奖得主格雷·贝克，在其以家庭为本体的微观经济学巨著《家庭论》(*A Treatise on The Family*)中，清晰地阐明了婚姻市场上的经济学规律：男人在婚姻市场上的资源是财富与地位，女人在婚姻市场上的资源是青春与美貌；男人的资源随着年龄的递增而递增，女人的资源随着年龄的递增而递减。一旦进入中年以后，男女双方的资源失去平衡，男人往往成了“有效率的寻觅者”，女人则成了婚姻市场中“无效率的寻觅者”，拥有更多资源的男方便大多开始见异思迁。至于应和男性的这种心理期待而来的“第三者”，经济学家何清涟则以股票术语本质地说明了生活中大多数此类年轻女子的选择心态：事业有成、钱袋饱满的男子是“绩优股”，是“女股民”竞相追捧的对象。两个（或多个）女人比赛性魅力，先做债券（第三者），再争取债转股（由情妇转成妻子），过程虽然艰难了一些，但比嫁一支前途未卜的“原始股”好。更何况，辛辛苦苦地将发展前途不明的“原始股”培育成“绩优股”，也还得面临“第三者”们要求“债权转股权”、争夺“控股权”的威胁。① 我认为在这个问题上，与设置太多文本修辞、“人性”认同或者说犹豫表达的文学叙事相比，倒是经济学家的看法更精辟、更一针见血一些。比如说《小姐，你早》中的艾月是一个拿青春做交易的“性

---

① 何清涟：《妇女地位变化的社会环境分析》，骆晓戈主编：《从神话走进现实》，湖南师范大学出版社2000年版。

投资者”，就是一直以“爱情”行为相标榜的林珠在结束这段情缘的时候也并非一无所获，“林珠临走前干净利落地把湖梦的房子卖了，她理所当然地把五十万块钱揣进了她自己的口袋”。而对于这么一场风花雪月的事，康伟业也和任何粗俗的男人一样只发出了一句“我操”！落花流水春去也，天上人间。在这里我认为池莉还是将“第三者插足”、“婚外恋”、“情人”等如今已成时尚的东西，其内在的人与人关系的实质基本描述了出来。不过这部小说也和她的《小姐，你早》一样，是有美化“情人”（及其所代表的性开放消费式情感）、丑化“妻子”（及其所代表的婚姻家庭伦理）的嫌疑。

不管是直接宣扬“后女权”观念，还是借人物塑造间接暗示，当下文化叙事中都存在着将中国人心里残存的父权潜意识化为文学（或银幕）语言的“作家潜意识”。它因为符合社会流行观念而容易得到人们（不管是男性还是不少女性）心理上相当程度上的认可，又因为符合人们心理认可而畅销。批判男性叙事中的男权观念一直是女性批评的主要内容，不过这个任务在面对消费时代的女性小说时同样适用。甚至可以说在挑明、展示“后女权主义”观点这里，从生活的在场与当下出发的文学艺术，与面向现实讲求世俗化生存策略的女性价值观、人生观达到了某种契合，或者说“共谋”。

2. 另一种声音

承认文学半径迅速向世俗化消费化延伸的必然性与一定程度上的合理性决不意味着“欲望放逐”、“对生活妥协失控”、“消费休闲”之类主题就是当下文学的全部。不要说被市场收编的不仅仅是通常动辄说起的时尚“欲望”格调之类，就是一批使命感在胸的严肃作家也正在并且将来还会一如既往地坚守自己的人文关怀，这也是无可怀疑的。像“以笔为旗”的张承志就曾这样振臂高呼：“用不着论来论去关于文学的多样性、通俗性、先锋性、善性及恶性、哲理性和裤裆性……哪怕他们炮制一亿种文学，我也只相信这种文学的意味。它具有的不是消遣性、玩性、审美性或艺术性——它具有的是信仰。”[①] 张承志的这种激烈峻急态度如果说因为“姿态性”太强而遭人怀疑的话，他20世纪90年代出版的《心灵史》则基本实现了他的文学主张。我还想举一下黄季苏戏剧《切·格瓦拉》的例子。它把布莱希特情结糅进中国特色的古巴革命，把莎士比亚的铺陈张扬注入李白《将进酒》的慷慨，你说不清演员在舞台上表明的是诗歌、小说、传记、演讲还是杂文。在《国际歌》的落幕声中我们能够所到这样的声音：“如果你听到世界上任何不正义的事情都要气得发抖，就是我的同谱同宗。”可以说黄季苏目标直指的是“贫富不均”的时弊，这在文学纷纷投向消费主义意识形态的时代的确可以称之为来自遥远地带的“另一种声音”。而它以强大的艺术感染力征服了观众而被并之为“先锋戏剧”的事实，则有理由使我们相信：坚守艺术信念的作家在这个时代也正在以自己坚实的作品捍卫理想并能够赢得相应的回报。或许这种声音与上述时刻准备着全面投靠市场的作家相比，数量上只能算少数，但他们却让我们看到了一个文学真正“多元化”的现实及其未来。

文学这种“兵分两路”的双向度选择性质同样可以用来指称当今的女性现实：在许多人纷纷转向在服装、化妆、减肥、文眉、丰乳等商品包装事宜上进行大手笔投资以竭力提高自己的感性消费价值，并将人生乞望于男性世界的恩宠时，仍有不少女性以坚韧的毅力与自立自强的精神在自我奋斗着，并以卓越的业绩

① 萧夏林编：《无援的思想》，华艺出版社1995年版，第3页。

为自己赢得了相当的社会地位与不菲的物质回报。在这一点上，文学形象往往与其现实形象有一定距离，像在当代文化书写中"女强人"似乎成了一个明褒实贬的女性族类，不过在实际生活中事业强大的女性在个人生活选择上回旋的余地也会更大却是不言而喻的。《小姐，你早》中一定程度上被丑化的戚润物与被美化的艾月在现实生活中给人的实际评价或许会被"还原"：戚润物离开了王自立照样能保持现有生活水平，而且还可能生活得更好；艾月离开王自立之流则马上就会花容失色，而即使她亮丽光鲜地跟在男人后面也难免背后遭人指诟。所以文学存在也好，女性生存也罢，简单地以商品化市俗化、附庸化来指责之都是片面的，"共用空间"的概念或许才能更全面更准确地说明它们当今的话语状态。对于女性生活道路的另一种选择时下文学当然也会有所表现，这里我想以张抗抗 2002 年的《作女》为例来具体看一下这一类女性是如何处理同自我、同男性、同事业、同婚姻的关系的，这样处理的现实基础是什么，文学是如何表现的，为什么要在当下这样表现。

> 在这个故事开始之前，卓尔已经结过婚了。结过婚自然就意味着后来很快又离了——既然她该做的事情都已经做过了，在精力充沛的卓尔身上，肯定就得发生另外一些事情了。

在这个出手不凡的开头中，我们立即就感受到了一股同上文那些纠结在婚恋问题中的话语叙述截然不同的另一种女性声音。按照传统的或是"后女性主义"的价值观，这里面是有许多疑问在其中的：结过婚，为什么就"自然"意味着离婚——对谁是"自然"的？什么是她"该"做的，"另外"一些事情又会是些什么事情——为什么有的事情叫“该做”，有的事情只叫“另外”(不那么必须或干脆就是不该做)？这又是对谁而言的？显然这完全是一个反传统、反“后女性主义”的女人故事，承载它的也是一个反传统、反“后女性主义”的文本。李小江分析说，《作女》表现出来的是女性在男权依旧的社会中所表现出来的一种“性别优势”：但这不是在权力层面上的可以追求并已经追求到了同男性一样的“成功”，而是在心境上以“自由自在”的生存状态显示出对传统价值的彻底蔑视；而她不仅是反传统的（不要婚姻、不要孩子)，某种意义上也是反女权主义的（主要是对女性弱点与缺憾的某种清醒认识)；生活在这个男性世界中，她想作即作，敢作能作，却很少遭遇来自男性世界的阻力与压抑，反而有可能利用他们作为“作”的帮手或帮凶，她的形象不是在与男人的关系中被界定，而是处于一种真正的自在自为状态。[①] 言下之意，即连西方女性主义者，基至敢想敢干的男性都无法超越世俗的唯我之境，都被作女们轻松快乐地“作”到了，甚至连用如鱼得水、百战百胜来形容都不过分。女性在解放的大道上昂首阔步并没有遭遇男权势力的必然障碍，社会像是已经为她们搭好了平台，在这个时代的平台上，无须刻意反抗什么，“她们真正的敌人就在眼前——自己的身体和头脑深处”。这的确是中西女性文学中前所未有的一个全新的女性形象。而考虑到中国社会现代化进程与女性解放现代化进程的迅猛发展，这在一定阶层范围内(中产阶级/白领阶层)、一定地域范围内（北京等大都市)、一定女性群体范围内（知识或精英女性）中显然也是有一定根据的。张抗抗就曾直言她的创作是有其现实原型，虽然这几位创作原型

---

① 李小江：《批评的维度与女性主义解读——析张抗抗的〈作女〉》，载《文学评论》2003年第4期。

及新书发布会上所有杰出女性都不愿公开承认自己是“作女”。的确，要在广大女性的生存状态中择其一部分来展示当代女性解放到了什么程度，或者说拿她们来行颠覆既往文化书写中女性形象成规之实，恐怕并不困难。不管整体上女性生存状态多么苛酷恶劣、男权势力有多强大，总有一部分出色且环境优越的女性能够达到较高的解放水平，并能远远不受身边男士的羁绊。不过值得追问的是，在达到较高的“自由自在”生存状态的过程中，会有多少女性会被无情地逐级淘汰从而或早或晚或自愿或被迫地又回到了传统性别秩序之中？或者说我们究竟选择的是哪一部分女性群体来指涉这种女性现实的“新”的可能性？这便又回到了围绕《作女》谈论的最多的“个人性”与“普遍性”的问题上来。笔者认为：作为文学文本中的女性形象，“作女”的确给女性以强烈的思想启迪与审美冲击。因为说到文学形象的创新，是很接近历史的前行趋向的，对它的界定，从来就不是因为它代表了“大多数”，而是要看它在多大程度上反映了新的时代特征：它可以是（一些人物）一个时代的先驱，也可以是（一个事件）一种历史行为的先兆。作女的这种“作”出自己的价值“作”出自己多姿多彩的人生的“作法”，完全可以作为当下这个时代女性自我求证自我实现的先锋来看待；另一方面，作为女性人物的现实指涉，我们又不得不承认她们因居于女性构成之金字塔塔尖的缘故，而与普通女性的现实感受拉开了一定距离。从笔者个人的生活经验来看，我仍认为事业与家庭、男性与女性、公共空间与私人生活，这些老生常谈的问题，构成了困扰女性一生的永恒命题。女人跟男人不一样，结了婚的女人跟没结婚的女人不一样，有孩子的跟没孩子的女人不一样，绝大多数职业女性的这些困惑又岂是作女们一个“作”字就能了断的？张抗抗这部通体散发着自在潇洒气息的小说成了当年度的畅销书，也是一件颇值得玩味的事情。它引领了女性自我发展的一个方向，故能引起某些人尤其是职业女性的兴趣，不过这只能是其一；她对女性以“作”（读平声，源自北方方言，词汇演变同源于“兴风作浪”、“犯上作乱”、“作孽”、“作秀”之“作”）字呼之很大程度上构成了这个喧嚣时代（女性）文化的另一种奇观（spectacle）效果也是一个原因。在此之前张抗抗20世纪90年代的另一部重要作品是《情爱画廊》，但那是与“‘作女’精神”截然相反的另一种女性话语：在艺术与美的名义下，一个具有让优秀女人为之“眩目”的天赋的男人周由获得了众多女人的绵绵情爱，而又在这份“爱”的名义下，女主人公水虹和这个男人的前情人舒丽最终结成了一对“姐妹花”，她的女儿阿霓则满怀着同样的心事渴望长大。尽管小说中也不断出现“独立”、“自由”、“自强”、“公平竞争”等字眼，但从总体故事结构上看，这样的故事很能让许多情场失意或欲壑难填的男性读者得到莫大的满足，它如果出自男性作家之手被女性批评者指责为拙劣的男权主义似乎也不过分（为什么要三个女性，确切地说是两个女人加一个女孩在争夺一个男人的爱？故事中若性别角色换一下位置，何如?）但这丝毫不影响它的畅销，以及作家几年后来个“大变脸”并再度畅销。张抗抗只是一个个案，我只是想借此来探讨一下边缘化之后的文学在同样遭遇边缘化生存的女性生活时的关照维度问题。

就像我们上文一直强调的那样，女性的生存状态、价值观念在文学场中的表现是千差万别的，这正如文学本身在经济场中的立场也是多元多向的。如果以为只有大写欲望、时尚、女性的“后女性主义”、人性的猥琐庸俗的一面，才叫符合时代审美“潮流”的话，那肯定也是不正确，至少是不全面的。比如电影中的三级片，在韩国已完全开放了，但观众却并不像想象中的那样多，谁会成群结队呼朋引伴地涌进电影院看三级片啊。同样，将女性的自我“物化”生存本质化、女性的“私人”存在状态绝对化，不仅不符合女性的生命逻辑，也不符合文学的消费逻辑，尤其是此类写作大规模出现形成一定模式系列时。这从“身体写作”贬值，“作女”似的“大女人”话语横空出世便可见一斑。再者，性固然对市场是商机，“情”也未尝不是摇钱树（像韩国偶像片、琼瑶言情小说或言情剧，真的就是一个“纯情”），甚至连“愤世嫉俗”、“人文关怀”这样看起来十分严肃、十分精英的观念有时也成了市场的卖点（像时下被不少批评者诘难的余秋雨的“文化散文”）。当然很多情况下，其实市场也是一块试金石，至少在经过20世纪八九十年代转型聒噪之后的中国当下市场已逐渐慢慢走向成熟，要想自然畅销而非通过炒作等手段是需要一定功力的，我认为至少触觉的敏感与定位的准确两项是必须的。王安忆甚至说：“市场化将许多问题简单化且本质化了。市场化概括了民众日常化的需要，而不是意识形态的需要……通过市场的需求，我反倒看见了文学某一层真实的面目，开始接近于事物本身。”[①] 这样看来，文学对市场的要么趋之若鹜要么避之唯恐不及的两极态度必须改变。消费时代的市场主义不仅是以“媚俗”的形式表现出来的，有时还是彻头彻尾的“媚雅”姿态。但究竟是否在“媚”？如何在“媚”？这往往是仁者见仁智者见智的事。这才是我们在考察文学写作边缘化之后的双向度选择时特别需要具体问题具体分析的原因所在。阿多诺说：“艺术今天明确地承认自己完全具有商品的性质，这并不是什么新奇的事，但艺术发誓否认自己的独立自主性，反以自己变为消费品而自豪，这却是令人惊奇的现象。”就在笔者开始撰写此书的时候，笔者还

---

① 王安忆：《心灵世界——王安忆小说讲稿》，复旦大学出版社1997年版，第45页。

疑惑：“后女权主义”在消费时代的女性小说中如此突兀，究竟是怀着“生存不易”意念的女性的一种现实常态呢？还是当下低姿态的文学的一种“叙述常态”？在考察了张抗抗对女性话语的另一种叙述及其在这个时代的文学命运之后，笔者认为一种观念的盛行大概符合的都是在波峰波谷间平衡的逻辑：自觉自为的女性看得多了就需要一点小女儿情态，反之亦然。应该说这既是文学审美（消费）的需要，也是女性合乎人性的生存的需要。

中国当代社会于匆忙之中需应付“两种转型、一个崩溃”，一个是从前工业化的农业社会，跃进到工业和信息时代，这在欧美是二三百年的进程，但在中国要在一代人内完成；另一个是中国作为一个东方独立的文明体系，不得不接受大量在西方文明生成的各种信息，同时，过去100多年来自身传统的破坏和崩溃，使得今天的一切转型，都缺少一个稳定的价值体系为基础。当作家自身的观念同样受到冲击陷于某种混乱，而失去把握现实的制高点，尤其是某些片面的颓败的思想不是以“传统”而是以很“现代”的形式呈现出来的时候，比如，我们这里所讨论的“后女权主义”问题，创作主体的社会性别想象就会失去正确的思辨方向，这可以说是作家的“不能”；其次还有个“不为”的问题，消费时代作家们真正的兴趣或许亦并不在于揭示和描写（女性）现实本身，而是更多被充分时尚化的“思潮”裹挟，借助“现象性生活”（别林斯基语）来建立自己的写作根据而已，那些成名作家，更多思考的是如何再轰动一下，将自己送进文学史，而未成名作家，当下最主要的任务则是“正名”，于是多数作家便选择以新、奇、怪、巧取胜，“后女权主义”显然无论比传统女性观还是正宗女权主义都更容易在一个消费时代“出彩儿”，于是不少作家便放弃了对女性更朴素人生的关怀维度，这也就是像三陪、二奶之类在实际生活中比重很小的女人故事何以在文艺作品中频繁出现的原因。当然，站在上述原因背后的是这个时代文学伦理和道德精神的崩溃。如果说在启蒙时代，作家对国民的“哀其不幸，怒其不争”关怀还能发展出一种知识分子的“治疗性”文化和批判性意识的话，在启蒙话语失效的当下，知识写作者如何面对现实说话，如何对人众发言，以什么姿态、在怎样的话语关系结构中去发言，这一切并没有得到很好的解决。一段时间以来世俗、宽容、日常（甚至可以说是庸常）、人性（主要是物质欲望与身体欲望的世俗层面上的“人性”，而非精神乌托邦层面的那个“人性”），往往成了镶嵌在不少文学作品乃至文学批评文字中的闪闪发光语汇。而在这种思想指导下所实际纵容的苟活主义、个人主义、享乐主义情态就特别容易与经过时尚包装的“后女权主义”话语达成共谋。就在不久前学界还发起过一场“道德能拯救文学吗”的讨论，笔者的观点是，单纯的道德固然不能拯救当下泥沙俱下的文学于水火之中，但不道德则一定能断送原本就在刀刃上舞蹈的文学。或许本书所论述的“后女性主义”问题就是一个极好的例证。

下　编

文学生态

第六章

可见与不可见:女性小说人物塑造的现实性分析

女性主义思潮一经在中国文学批评界译介传播，就显示出了其强大的学术冲击力。尤其 20 世纪 90 年代以来，随着市场经济的转型、意识形态的松动、女性写作的日益高涨，女性主义思潮影响下的女性主义文学批评已成为学界一道任谁也无法忽视的批评风景。在接下来的几章中，让我们走进女性主义文学批评文本分析的腹地，看一下女性主义思潮是如何具体地、历史地影响到中国当代文学批评实际的。先从女性形象分析说起。

在我们这个以整体和谐为价值取向的文化中，性别问题是否存在着权力的复杂关系？前面我们曾引述特雷莎・德・劳罗提斯的说法，即仅仅将男女之间性的差异强调为妇女身份基础的做法是需要商榷的，因为它把女权主义批评置于普遍存在的性对立的概念框架中，而这使揭示妇女与妇女之间，或者说妇女内部的差异，变得相当困难。事实上，考虑到当代中国幅员辽阔、异常复杂的社会现实与女性现实，我们有理由询问：当代中国女性是不是一个可以一概而之的概念？有没有一般意义上的“女性经验”、

“女性生存状态”抑或“女性形象气质”？当代文化书写中这一切又是如何体现出来的？如果我们照着这样的思路去观照这几年女性小说中流行的人物画廊，我们就会发现体制转型年代中国当下各阶层女性的文化命运，即使在当今女性作家笔下也是不平衡的。或者说不同政治、经济、文化地位的女性所占据的文化份额是不一样的，其角色价值认证是有差异的，甚至可以说比照女性的当下生存现实是有严重偏斜的。本书试图谈一下中国各阶层女性在当下女性小说形象塑造中的现实性问题，并以此来透视当下文化书写中存在的暴露与遮蔽现象。

一 被遮蔽和消弭的底层女性

在这个动辄高喊“现代化”、“知识经济”、“后工业”的时代，政治经济地位均十分低下的底层社会/弱势群体在文化形象上被推到了不可见的边缘，这或许已为许多有识之士所关注。而与此相关的女性书写状态就是，底层女性在以“美丽”、“现代”、“时尚”甚至“性感”的当代女性“关键词”中的大面积失语或文化隐匿状态。如果我们关注一下当前热门的图书市场，《京城闲妇》、《上海闲女》、《白领丽人》、《住别墅的女人》、《洋行里的小姐》等一系列将优雅、休闲、靓丽、豪华同“女人”联系在一起的名字就会扑面而来。这些绝大多数出自女性之手的文字，或铺排她们的时尚生活或演绎她们的“绝对情感”，同晚报上的“小女人”散文一道提示着我们一个个关于奢华场景与闲雅女人的都市辉煌想象。其中，最近走俏书市的由淳子所著的《上海闲女》就对作者进行了如此骄傲的定位：“威士忌＋冰淇淋＋番茄汁＋巧克力＋冰块＝淳子。”上海大概是一个诞生情调与趣味的地方，知名女作家陈丹燕在完成了她的“风花雪月”、“金枝玉叶”、“红颜逸事”三系列之后，又成功地推出了她亦中亦西的《上海色拉》，可惜中国之大不能尽收上海的荣光，而且上海女性也不都是可以细品色拉的“闲女”，至少十几万的下岗女工和大批涌进上海的女民工们苦难朴素的生活在这种弥漫着浓重小资话语的场中是一个不可见的无。而且这种对底层生活的漠视状况从20世纪80年代至今有愈演愈烈之势。比如曾以关注产业工人和凡夫匹妇著称的池莉20世纪90年代中后期除了以来双扬继续那份对武汉底层市民的思考外，林珠、时雨蓬、戚润物、艾月等从纸上活跃到屏幕上的人物身份都让她的书写空间“上了一个档次”。尽管王安忆写出了《富萍》、《上种红菱下种藕》等不少关注弱势群体小人物的作品，但为她带来巨大殊荣并至今仍为人们念念不忘的还是她1995年的《长恨歌》，其中上海小姐的美人迟暮题材不能说没有在这个盛行红颜逸事的时代起了一定作用。至于那些以群体的方式集束性出现的60年代人的“私人化写作”与70年代人的“美女作家”们，前者抒发的是知识女性，具体来说应该是写作的女性自我发现纪实；后者则是电子网络时代“新潮女儿”的狂欢。20世纪90年代以来当然也有像迟子建、孙惠芬等继续关注黑土地上劳作的妇女的作家，但更大多数的人在城市情结和所谓“向内转”、“小叙事”、“个人化”乃至“私人化”的文学口号引导下所书写的女性生活范围其实是相当狭窄的，有时小到只限于卧房、书房、咖啡厅、酒吧的地步。而不会出没这些“上流社会”场景中的大批女农民、女工人、女打工者、女下岗者，这些在当下中国总数量上绝对要超过上述人物的女性族类，却似乎被当代女性文学的写作重心所无意遮蔽或有意视而不见了。两眼只盯着太平盛世下时尚风月的文学或许能发出一些由情欲膨胀所带来的疲惫喘息，或是自我发现的种种心灵呓语。但体制转型期间中国女性面临的最尖锐矛盾和其最强烈心声，比如她们所遭遇的经济/政治权问题、受教育权问题、同工同酬问题、具体的历史的条件下的男女平权而非抽象意义上的男女对峙叫嚣等，却湮没在这种文学叙事法则之下了。最明显体现社会权力置换与性别纷争的底层女性成为没有讲坛诉说的"沉默的大多数"，这不能不使她们本来在政治经济上就不可见的形象地位，在文化上（即使是女性文化）更加不可见。这样做的危害是严重脱离了文艺三贴近（贴近生活、贴近时代、贴近群众）的要求，作家成了高高在上，或只注意身边琐事稍远一些就看不到的特殊群体。如晚近"自传体"写作方式的流行，就与不少文化制作者对距自己生活有一定距离的人物生活空间缺乏相应体察和表现的兴趣有一定关系。诺贝尔奖得主大江健三郎所说的"作家与民众所关心的不仅要接近，甚至要重叠"[①] 的文艺观念，对那些不想囿于"个人"或"自我"神话的中国作家来说应该是一个有力的警示，这是其一；其二，这种漠视底层女性、无视"女性"这一性别内部构成的多层次分野的做法还有可能将某些"特殊女性"（多是作家偏爱的文化宠儿）遭遇的特殊问题做普遍化理解的缺陷。比如对于一个时期以来女性创作界理论界热衷的"自恋"、"同性恋"话题，笔者倾向于将其当作是那些执著于自我探寻与性别追问的知识女性，尤其是少数写作的女性，观照自我时的一个平台。而对于更大多数的中国妇女，比如那些为了生存而奔波的底层女性和她们更为普遍的生活经验而言，我宁愿相信孙惠芬《歇马山庄的两个女人》中两个农村新媳妇间既相互欣赏又相互嫉妒的没有肉体关系的友情行为，更符合她们的生活实际。

① 《文学应该给人光明》，《南方周末》2002 年 2 月 28 日。

二　知识女性的话语偏斜

相对于上述政治经济地位与所占文化份额均十分“弱势”的底层女性，那些受了相当教育、职业稳定“体面”、自我经济独立的女性，在这个崇尚成功耻于同失败者站在同一阵线的时代中，算是一个在文化形象上经常“可见”的女性群体。但我们说都市知识女性的身影常常可以被再现，却并不等于说知识女性生命情态的各个方面都得到了均衡的表现。20 世纪 80 年代文学中那种拥抱时代的热情和理想主义情怀在 20 世纪 90 年代逐渐滑落后，知识女性（当然不仅仅是知识女性）那种对知识的渴求、事业的执著、精神的追问、个人在时代浪潮中的踌躇之志与向世而生的悲悯情怀，这些知识女性优异于普通女性的“知识性”的地方，在当下不少女性小说创作中却日渐式微。女性要么在世俗关怀下成为操心柴米油盐物质利益的主妇，要么在欲望化语境中成为构造身体神话的女人，新写实小说之后尤其是后者差不多成了当今杜撰女性故事的中心环节，这一切对知识女性也不例外。或者说小说叙述往往要将女性的独立成功与其女性气质做悖论式处理，而与新中国成立后相当一段时期内张扬前者贬抑后者的主流思想不同，20 世纪 90 年代以来肯定性品格的重心在消费时代却慢慢发生了从前向后的位移。或者说基于对中国曾有过的抹杀女性性别的反抗，尤其是受当前欲望化时代对女性的消费期待影响，对知识女性进行价值定位时话语叙述重心却常常不在“知识”（或与知识相关的能力、胸襟、品格等），而在“女性”——这个消费时代最容易成为文化消费资源的性别。比如 20 世纪 80 年代陆文婷事业与家庭两难选择的矛盾 20 世纪 90 年代以来已难以再成为叙述“新女性”的话语焦点，而执著于独立的方舟姐妹因为身体的疏懒和粗粝在一片张扬女性之独特性别差异风潮中恐怕也已风光不再。在池莉近年创作的知识女性系列小说中，戚润物、苏素怀、来双媛等这些女性的专家学者就几乎成了不懂打扮、落伍于时代、心理幼稚，甚至有些可笑的“老（丑）女人”的代名词。可以说有市民作家之称的池莉在将知识女性解读成“知识性”与“女人性”二律背反关系的同时，基本是以肯定现世生活与世俗欲望为名义来贬抑后者而张扬前者的。在她的《小姐，你早》中，给有钱人做妾的艾月可以说是充分挖掘自身女人性实用功效的样板，而“同国务院副总理握过手”的粮食专家戚润物对她的自我物化理论大叫“精辟”，望着镜子里打扮一新的自己感觉“现代化真好”，并最后和她结成女性同盟的过程，则是逐渐摒弃自身的“知识性”特征向“女人性”靠拢而不是相反的过程。这部作品从小说到电视屏幕是如此著名，并得到了许多人的心理认同，不能不说与这个时代的审美风尚有关。女性某些传统的气质品性，比如《永远有多远》中白大省的善良、《桑烟为谁升起》中萧芒的典雅、《缠绵之旅》中黎渺渺的清高，都无可奈何地黯淡下去或注定难逃现实受挫的结局。在这种情形下，被无限放大的只能是一具女性的躯体。诸如此类的话语叙述在这个动辄将女性欲望化的时代当然不能说没有一点根据，但要以此来折射政治经济迅速向现代化转型、女性素质在日益提高的中国现实及女性现实却似乎有些失之绝对。笔者更愿意相信这种将女性同性话语相连的叙事策略是更多地承担了文学在这个消费时代的“想象的快乐”功能。在中国目前这个事实上由主流话语、精英叙事、大众之声胶合在一起组成的文化“共用空间”（戴锦华语）中，“女人性”自是女性话语中最诱人遐想的一极，但却肯定不是唯一的意识形态。比如各级奖励制度所大力褒扬的可以说都是针对女性“知识性”的（选美除外），而倚仗身体的艾月式生存即使在街谈巷议中也难以保证都是艳羡之声。阿多诺说：“在我们生活的世界中，总有一些东西，对于它们，艺术只不过是一种救赎；在是什么和什么是真的之间，在生活的安排和人性之间，总是存在着矛盾。”[①] 任何时代的文学艺术都是在时代风尚下经过创作主体选择的对现实的限制性个人观照。有关知识女性的这种怂恿世俗化和非批判性的文学想象，所符合的只能是消费时代中的女性之现实“一种”而已。当然20世纪90年代以来“私人化”小说中的女主人公自我形象在社会上的轰动一时也算知识女性叙述的另一种声音。在这方面女性主义的论述已颇多，本书只是从文学对现实的有选择性主体观照角度指出，这种执著于女性隐秘体验的叙述其实是更多打开了女性自我观照自我审美的一个深度平台，它之掉入大众对“女人性”的窥视癖陷阱是与上文我们分析的这个时代对女性的消费时尚分不开的。其次，笔者认为与其将她们那种喜欢采用“回望”、“追忆”、“梦想”、“幻觉”姿态，动辄同外界格格不入要逃回自我、逃往写作的写作，看成是观望现实生活的结果，不如说是执著于内心生活的写作女性对自我身份的一种幻想式表达更合适。如林白在多种场合就毫不掩饰对真实生活的恐惧和对幻想生活的热爱。女性学者兼作家崔卫平从写作的特殊身体状态与语言运用状态出发把写作看成一种“背离日常生活的活动”。[②] 那些将写作的自我融入“写作”的女性主义写作，尤其夹杂了经过事后带有不少想象成分所谓的个人经历的写作，混合着传奇性与自传性的诸种要素，其实在真

---

① 转引自陈晓明《无边的挑战》题评，时代文艺出版社1993年版。

② 崔卫平语，见李小江主编《文学、艺术与性别》，江苏人民文学出版社2002年版，第201页。

实与虚构之间很难划定边界。可以说，它并不是一般知识女性都有的心理反应，更毋宁讲普遍意义上的“女性经验”了。

三　大放“异”彩的白领之声

凡事有遮蔽就有夸大，在底层女性形象被愈益隐匿到不可见的文化边缘、知识女性不断遭到话语解构时，另一些女性族类则在20世纪90年代以来的文学创作中异常光鲜地闪亮登场了。作为体制转型后一个新阶层的代表，白领（称呼即为舶来品）是更多地同“公司”、“写字楼”、“中产阶级”等国人普遍的与世界接轨的“现代化”梦想相联系的。而同为“成功女士”，比起传统体制下书斋里生活的知识女性大大增强了女性魅力的白领女性，又是最大可能地与“美丽”、“时尚”、“高雅”、“品位”等这些当下时代金光灿灿的女性话语结缘的。至少各类读物、影视制品、大幅广告媒体上她们的形象是这样的，大众文化语境下的小说创作也不例外。于是我们在各类“闲妇”、“靓女”、“丽人”作品中往往触目就可读到有关她们的爱好特长、情趣品位，以及弥漫着布尔乔亚气息的“绝对隐私”的情感纠缠内容，甚至她们的饮食习惯、卧室风格、内衣品牌也作为这个时代提前步入“现代化”行列的新女性样板向我们事无巨细地展示着。米歇尔·福柯在其著名的《性史》中曾经说过：“权力”并没有完全为父权制所拥有；所谓“权力”本来就分散在文化结构的许多不同重点上。[①]文学自然不能以题材/人物论英雄，但我们却不能不说就是在“女性”这一边缘性别内部也存在着福柯所说的“权力”使然的

---

① ［法］米歇尔·福柯：《性史》，姬旭升译，青海人民出版社1999年版。

厚此薄彼。白领女性在时下成为一个雄踞在文化权力中心的女性阶层。当然每一个时期都有其特定的时代宠儿和文化英雄，不过作为一种风尚的文学样式大规模出现并迅速席卷当前图书市场时，却必然与一个时代和社会的意识形态相关。当然绕过这些光鲜华丽的外表，我们还想看到另外一些东西：这些白领丽人的富庶高雅生活是怎么来的？她们在资本时代同世界、同男性需要保持一副怎样的姿态才能得到这一切？这个成为新的购买力代表且已引领了大部分中国女性的前景想象的阶层，其真实状况究竟如何？她们身上的文化光环是如何生成的？事实上就像标记着摩登女郎的巨幅广告牌下走过的绝大多数是匆匆赶路的普通妇女一样，这个在数量上远远少于西方中产阶级的阶层很大程度上更像一种"文化"的产物。关于这个阶层的许多真实情形在我们目前的许多作为"培养女人魅力学校"的白领小说，抑或包装精美的白领杂志影视片里我们是看不到的。比如精心打造的微笑礼仪后面渗透的该是怎样一种感受？富丽堂皇的写字楼里日日流动的是怎样的生命呼吸？棱角分明的制服套装是否又是对人性的另一种压抑？就中国的实际情形而言，纯粹的白领（比如排除那些与权力/资本结缘，尤其是依仗代表这些因素的男性的"傍款者"）在现代社会生存竞争的压力下往往同样是一个疲惫不堪的阶层，如果不是更疲惫的话。只不过因为它符合了这个商业社会女性一种普遍的现代化崇尚情结而得到了她们的广泛心理认同而已。特里·伊格尔顿曾经说过："占支配地位的意识形态，如果不是恰恰在它各阶级心目中造成一个统治阶级自身经验似是而非的印象，它怎么能指望继续存在下去呢？"[①] 突出共同性消弭差异性

---

① ［英］特里·伊格尔顿：《文本、意识形态、现实主义》，参见王逢振主编《最新西方文论选》，漓江出版社1991年版，第427页。

以向更“文明”、“高雅”的生活方式看齐本来就是这个时代的一大文化特征。当然从接受者角度看，不少女性（可能不是白领，有些甚至是底层女性）亦不会拒斥这一文化符号下的女性镜像，而是更多将其当成了消费时代自我身份的幻想式表达，或许还有人当成自身的“理想”或“奋斗目标”。朱文颖《水姻缘》中小巷人家的女孩沈小红就这样设想过她的婚姻：“很大的房子，雪白的窗帘被风吹起来。身穿白裙的漂亮主妇笑着忙里忙外。楼下传来了汽车喇叭声，是成功的西装革履的丈夫，手里拿着一件礼物。”普通人家的普通女孩即使做梦又何以做得这样细致周贴？作者特意在她那个梦前加上的那句话不容忽视：“她的这些梦多半是从电视广告中得来的。”的确，中产阶级姐妹的富庶与雍容至少给现实中不甚如意的女性提供了种种有“可能”的遥远却美好的未来或“生活在别处”的希望，当然短暂的快感之后抽身回到现实而更加失落或更加痛苦也未为可知。不管怎样，制作者某种程度上的“现代化”崇拜和接受者想象的满足“合谋”促成了白领女性在当代文化书写中的大放异彩。

四　另类向“趣味化”发展

另类新人出场在文坛上风行一时是20世纪末的事。从社会心理学上看，另类的某些自我夸张的放肆表演之所以能迅速传播开来，牵动的是这个时代人们对社会规约下粘滞枯燥生活的另一种向往。当然何为“类”、又何为“另类”，都是些没有明确边界的模糊概念。据说另类写作是为是身居“边缘”社会并以“边缘”自居的年轻人代言，但需要注意的是并非主流社会，或者说既定价值观念与生活方式之外的一切人或事都可以进入她们这种“边缘”视阈的，比如那些真正物质生活困顿、经济地位低下、生活方式尚停留在“前现代”水平的弱势群体的边缘人就不在此列。而此另类人的另类做法，那些与时尚结缘的泡吧、蹦迪、飙车、性爱、吸毒等“残酷青春”内容，在20世纪90年代追求欲望化、奇观化、自我经历放大化的大众文化（文学）母题中却并非边缘的，甚至可以说是雄居某种“中心”的地位。当然透过那些将狂放、张扬、颓废甚至糜烂的事情讲得津津有味“神采飞扬”的文字，我们实际上往往会读到两层意思：一层是本真的此类生活；第二层可以说是对这种生活的话语讲述，或者更明确讲是为了把关于此类生活的讲述合法化的努力：比如将无所顾忌的自我中心表演网罗进“反抗”、“颠覆”的后现代语境中，将自身没文化、无价值的东西渲染成反文化、反价值的“文化”或“价值”，将女性自我物化的另类身体存在状态投放进逼仄苛酷的“生存第一”的理由下。当然任何人都明白对于另类我们该重视的是第一层意思，对于第二层意思可以看做是对此类生活的包装、遮蔽或者修饰，它们是将这种有争议的生活同中国现行话语空间与道德权威做某种程度上相调和的努力，以便可以被社会有限制的接受，至少可以在当下中国社会中得以公开刊发。所以我们不妨将其看作是文化符码下的另类想象。与现实中另类之为大多数人侧目不同，文化符码下的另类在这几年在文学、影视、先锋艺术中大规模出现并愈益显出向时尚化乃至趣味化发展的迹象。以至于有人在报纸上撰文感慨：“‘问题偶像’成了年轻人的偶像”，“妓女题材怎么成了香饽饽。”当然一旦从纸上、屏幕上这些负载另类形象的“文化”领域抽身回到现实中，我们就会发现本真另类与其文化想象之间还是有一定距离的，有时甚至是错位乃至分裂的。比如由酗酒、吸毒、淫乱、迷狂等造成的另类犯罪，如果一个人真正到过监狱、戒毒所、红灯区等地亲眼目睹一下那些活生生的都市边缘人的话，恐怕是不会有阅读棉棉的《糖》那种集另类青年之大成的小说的感觉的。还如考虑到中国大多数青少年的现实处境以及就业升学的压力，卫慧《上海宝贝》中那种一边享受奢靡华丽的个人生活，一边坐收渔利的恐怕也不是很多。而据社会学家研究，在社会生产力和女性出路都日益提高与多元的今天，卖淫事实上与经济状况甚至受教育程度都没有直接与必然的联系，自我定位与道德自律的不足已成了其基本原因，这也提醒着我们对于当下动辄振振有词的“乌鸦”类叙述保持一种有距离的阅读态度。一边是津津有味地看别人在文字里“另类”，一边是“千万别学那个‘北京娃娃’”的对身边人用心良苦的忠告，这大概是另类文化向趣味化发展的直接后果。这其中重要的也许不在于一群处于青春躁动之龄的年轻人将“另类”生存状态当成一种趣味来书写（这样的另类人当然大有人在，而他们也确实希求文化代言人），而是20世纪末的中国何以会将“文化另类”，或者说写作另类、阅读另类、争论另类，当成一种趣味。这里既有女性文学（当然也可以说是整个文学）在20世纪末急于寻求惹人注目的新人物、新主题、新气息的需要，也是体制转型之后中国文化大语境宽容开放的表现，更主要的是它迎合了大的社会变动之后重又陷入严格的秩序规约与阶层壁垒的人们对逸出常态的另一种生活或观念情态的窥视欲、观赏欲，甚至模仿欲（虽然大多数人大多数时候只停留在心理上）。但这一切都掩饰不了一个基本事实：堕落是可耻的，放纵是一种失控。

五　敞开或者遮蔽的可能性

以上我们粗略地考察了女性小说人物塑造在当下社会中的现实性问题。当然上述分类方法只能说是一种大概的划分，但是它却能有力地透视出作为社会表意系统的文学想象与这一历史时段的政治经济结构之间的关系。进入20世纪90年代之后，文坛上形式实验风潮已渐趋冷寂，绝大多数作家又重新回到现实主义的创作轨道上来。可是文学/艺术的现实性在哪里，究竟该如何理解这个“现实”，却是在美学上、诗学上各有纷争的事。对于以上我们分析的女性人物塑造的暴露与遮蔽问题，我们有理由询问：创作主体，而且多数是女性创作者（男性笔下的女性形象与此略有不同，本书暂不详述）为什么要进行这样的文学想象？这样的女性话语为什么恰恰会在当下被讲述？长期以来女性主义批评存在着严重的经院化或者说非历史化倾向，要么搬用外来语汇将活生生的作品肢解成观念的碎片，要么满足于做一些从文本到文本的符号学阐释。这样做的后果是中国当下具体的历史的政治经济环境，尤其是社会权力关系的结构性认知很难被纳入女性批评视域。一个明显的例子就是对向内转的所谓“私人化”的女性主义文本的过分推崇和对更具现实主义特点的大众化文本的漠视，确切地说应该是失语。从根本上说，性别研究是一种文化研究，它应该是语境研究和文本研究的结合体。而20世纪下半叶中国女性文化/话语的明显变迁是与这一时段中国政治经济形势，尤其是社会意识形态思潮所发生的迅速变化息息相关的。具体到本书所分析的女性形象在中国当下文学场中的可见与不可见问题，笔者认为其中不仅有一再被指认的社会文化原因（比如封建传统的男权意识以及女性对此的不自觉内化），更有一再被忽视的社会结构、权为分配（既包括对物质资源的控制与分配，又包括对象征意义资源的控制与分配）的原因。其中后者在新的历史条件下的运动变迁或许对此影响更大。具体到女性人物塑造问题，我们可以从以下三点获得启示：

首先，上文所提到的夸大一部分女性人物的生活状态情趣品位同时又遮蔽另一部分人的生活状态情趣品位的现象，应该说是体制转型之后中国社会逐渐发展起来的某些时尚思潮在文学中的折射。当然就一种精神事务而言，写作可以说是一件与性别无关的事，放眼当前整个文学艺术界，我们也可以说这种对人物的文化（学）身份或夸大或萎缩现象是 20 世纪 90 年代以来的整个社会观念生成中的一大人文景观。它其实是体制转型期间中国社会结构调整、资源配置变动或者说权力置换的大文化背景在当代文学中的某种折射，或者说它里面存在着某些变化着的意识形态要素。比如昔日处于领导阶级的工人、农民在当代社会中无奈地处于社会底层，这也决定了他们在象征意义资源方面占有的弱势。底层女性的文化命运由此亦可见一斑，当然处于这种文化喑哑状态的应该是整个弱势群体。而掌握话语权的文化精英（很大程度上讲作家也算）在当下时代语境中，不管是从生活情态还是文化情态上已很难成为底层社会的代言人，这都决定了上述底层女性被遮蔽或消弭的形象特征。而这些年在“现代化”或“个人化”“人性化”语境中吹气泡一样膨胀起来的白领女性和另类女性的文化形象则正好相反。在“自我”、“自由”、“格调”、“时尚”成为当下文坛的关键词时，社会意识、公民责任、价值承担、道德理性等一个时代同样应该具备的另一些东西则显然成为太过沉重与严肃的话题，被轻而软的东西悄悄置换并消解掉了。这其实与主导今日中国社会之一般精神生活的那种被王晓明命名为“新意识形态”的东西有关。[①]

其次，20 世纪 90 年代以来女性意识在中国对性差异的话语侧重，使其无法对商品化消费化这一具有父系特征的社会文化潮流形成一种有力的改造力量，相反更多的是对其认同，这也造成了文学想象中女性形象的社会表意性的不足。女性意识在 20 世纪 80 年代以李小江为代表的女性学人那里有明确的所指，即“女性作为一个独特性别群体的社会主体意识”（李小江的原话是“做女人，做全面发展的人”）。但是在 20 世纪 90 年代以来的文化语境中，“女性意识”更多被理解成是“对自身性别差异的意识”，女性的独特性得到了强调而社会主体意识则往往被忽略、湮没。这种对女性意识有所压缩又有所放大的理解必然导致女性人物现实塑造的失之偏颇。经由这种被人为改造过的“女性意识”创制出来的女性文本在遭遇 20 世纪 90 年代以来以男性为中心的大面积艺术商品化、消费化潮流时，不但愈发为新的男权规约制造意识形态的合法性，而且也与经过自尊、自立、自强的观念洗礼后的中国当代女性现实有一定距离，比如我们上文所分析的“小女人”对“大女人”的话语改造现象。还如那些“私人化”的所谓女性主义文本中的自恋自怜的主人公形象之所以备受争议，除了自身的性别弱视外，不能说不与其所宣扬的诸如“母爱坍塌”、“男女对峙”、“姐妹情谊”等性别观、幸福观与中国当下大众口味的女性认识有一定距离，而缺乏更广泛意义的现实支撑有关。

第二，20 世纪 90 年代以来女性文学在文坛“向内转”、“日常化”、“个人化”甚至“私人化”口号的诱导下，放弃了关注体

---

① 王晓明：《在新意识形态的笼罩下·导论》，江苏人民出版社 2000 年版，第 1—29 页。

制转型期间中国社会宏大空间的步伐，转而追求身边琐事、感情纠葛、个人或者干脆就是一己的悲欢。而且这种小叙事在媒体时代物理世界符码化的影响下，亦很难说就一定是再现现实的结果，而常常游离在真实性与幻想性之间，成为一种关于现实的想象关系叙述。所有这一切都造成了文学话语表意系统与社会现实系统一定程度的龃龉。卡西尔曾断言现代人其实是处在“符号世界”、意义世界中的，是透过文化的三棱镜观照客观自然的。而这种符码化的现实幻象与女性思维的形象性、幻想性的感性化特征又有着某种天然的吻合。比如时下流行的那些混合着纪实性与传奇性诸种要素的自传体写作。与创作主体的这种自我身份的幻想式表达冲动对应的是，消费时代的文学接受者亦很难说就一定要从中寻找多少现实根据，更多的也许是从自我幻象的乌托邦寄托角度接受此类作品，甚至仅当作一种消遣与游戏之物。这一切都降低了对其现实依据的关注程度。当然从本性上说，一切艺术都是虚构的，是创作主体对客观实在的有选择性个人建（虚）构。但是如何建构？保留什么舍弃什么？为什么要这样虚构而不那样虚构？却常常是有一定现实原因的。尤其是当某种样式的文学作品在一定时期大规模出现时，我们就有理由质问一下：它虚构的现实原因是什么？为什么恰恰在这个时代如此虚构？或许本章对于当代小说中女性人物塑造的现实性分析对此能有所裨益。

第七章

社会主义·贤妻良母主义·消费主义：当代文学的女性话语流变

如果说上一章的女性形象分析只是女性主义思潮对中国当代文学批评实践的“第一步”影响的话，接下来必然要从文本表层、人物塑造表层渗透到“话语”层面。“话语”一词源于文学批评中对 discourse 一词的翻译和借用。最初它被译为文体，后来成为“话语”，以表示语言超出了字面的意思而属于意识形态化的宽泛的实践并建构和影响人们的行为和思维方式。[①] 即通过文本表述触摸到女性言说的内质和肌理，在色彩纷呈的文本表象背后梳理出一条女性主义思潮演变的内在理路。如果以“话语”观念去考察中国女性在20世纪以来的现实形象与文学艺术形象，我们就会发现整个中国社会的政治经济乃至文化心理都在不断对女性进行着一种“话语”建构，而女性话语本身也会对上述因素产生某种反作用。下面我们就以当代文学中的女性叙述为例，谈一下女性话语的具体模塑问题，以及在此过程中发生了怎样的意

① 李小江、朱虹、董秀玉主编：《主流与边缘》，三联书店1999年版，第184页。

识形态变迁。

在具体论述之前，必须说明的一点是，虽然本章将当代文学的女性话语流变界定为“社会主义女性话语”、“贤妻良母女性话语”、“消费主义女性话语”的“三分法”，但这其实是为了论述的需要而对女性话语所做的一种概括性描述。事实上，要对中国当代文学中的女性话语流变问题理一条清晰的线索并不是一件容易的事，一个政治时代的结束并不等于社会文化心理会蓦然发生根本的断裂，文学文本中的女性认同问题随着时代的发展会有一些新的元素出现，但却不能完全斩断与“过去”的联系，所以我们只能说它所发生的是一种“渐变”：（1）变化是以社会及文学所习焉不察的过渡方式完成的。（2）“走进新时代”的女性话语亦不时出现与此前女性叙述不无关系的矛盾、困惑与挣扎之处。（3）“过去”那些渗透在各种话语缝隙中的女性问题在今天仍以某种方式部分地存在着。

一　社会主义女性话语

西方马克思主义理论家阿尔都塞曾将意识形态创造性地阐释为建构主体身份的实践活动，并提出了“意识形态把个体召唤为主体”[①] 的精辟见解。中国当代女性身份的主体建构也可以说是一个充分意识形态化的过程。在这个过程中，作为主流意识形态工具的国家政策与大众传媒（出版、广播、影视等）都具体实施

① Louis Althusser，*Lenin and Philosophy and Other Essays*，Brewster trans.，New York：Monthly Review Press，1971，pp. 170－171.

了它们的“召唤”功能，而一个时代一个国家的意识形态之所以对女性身份进行如此“召唤”则是有深刻的内在原因的。现在学界可能较多地关注到了国家制度更迭、社会思潮流转、人们性别心理变迁等政治文化因素，但我认为同样不应该忽视的还有社会经济因素。经济基础决定上层建筑，一个国家的经济结构其实根本性地制约了其内部机制的许多东西，女性话语的培育、建构、蔓延也不例外。新中国成立后最著名的女性话语“男女都一样”、“妇女能顶半边天”，我们也可以称之为“社会主义女性话语”。而握有权力或知识的男性之所以要对女性身份进行如此塑造，则是与其内在的经济诉求密切相关的，可以说它最大限度地适应了当时的社会生产力水平。共产党的男女平等政策可以上溯到延安时期。当时在党所领导的解放区，女性参加生产、做工赚钱，作为“潜在的劳动力”被利用了起来，专门研究过延安问题的美国人马克·塞尔登曾指出，这是与当时中国共产党在农村采取的发展工业的方式联系在一起的，即最重要的工业——纺织业——是采取动员、培训和组织家庭纺织工人（主要是女性）来实现的。[①] 延安时期的这种女性话语直接影响了新中国妇女问题的解决。1944 年到延安访问的中国记者赵超构曾对延安时期的女性问题有过细致的描述：

> 共产党人是尊重实际的，他们知道在陕北的农业环境里，家庭依然是生产的堡垒，破坏了家庭，也就妨碍到生产，从前那些女同志下乡工作，将经济独立男女平等的一套理论搬到农村去，所得报酬是夫妻反目，姑媳失和，深深地

---

① ［美］马克·塞尔登：《革命中的中国：延安道路》，魏晓明、冯崇义译，社会科学文献出版社 2002 年版，第 245 页。

> 引起了民间的仇恨。现在呢，决不再提这一切，尊重民间的传统感情，家庭依然是神圣的。妇运的“同志”，决不再把那些农村少妇拖出来，或者挑拨夫妻婆媳间的是非了，而只是叫她们纺线赚钱，养胖娃娃……她们群众妇运的特色，是折衷于贤妻良母主义和社会主义之间的改良派，是由农村出身并且熟悉农村生活的干部来做的，她们不需要“摩登”的女权论者。[①]

延安“不需要‘摩登’的女权论者”，这固然与当时农民文化素养的低下无法与女权主义获得真正精神上的共鸣、所得只是“夫妻反目、姑媳失和”这样的现实效果相关（就是现在于知识层次较高人群之中对女权主义也颇多误解之处）；更是党基于当时解放区的经济政策所采取的一种最现实的选择。而所谓在“贤妻良母主义和社会主义之间”定义女性，前者是同男性文化相关的让女性保持妻性、母性，后者则是与国家意识形态相关的让女性投身于社会主义建设洪流。可以说，这种说法高度概括了中国相当长的一段历史时期内的女性话语特色。

当然，新中国成立后随着政治经济形势的变化其女性叙述同延安时期还有一点微妙的不同：如果说后者让女性保持贤妻良母本色同鼓励其参加社会生产一样，都是为了解放区的政治经济建设的话，新中国成立后为了更好地建设“社会主义”则开始规避女性的贤妻良母角色，或者说贤妻良母主义及其表征的性别问题特殊性已经不足以构成一种哪怕微小的异质力量，女性男性化与男性国家化最终将女性话语压榨成一个需保持缄默的“无”。而

---

① 赵超构：《延安一月》，《毛泽东访问记》，长江文艺出版社 1990 年版，第 64—65 页。

面对意识形态下的这种女性身份，女性自身则难以做出相应的性别自觉。发表于1960年在当时及以后均获得了强烈反响的李准的《李双双小传》中有这么一段文字：

> 一九五八年开春，全乡群众打破常规过春节，发动起一个轰轰烈烈向水利化进军的高潮。孙庄的青年男女们，都扛着大旗、敲着锣鼓上黑山头修水库去了，村子里剩下的劳力，也都忙着积肥送粪，耙春地，下红薯秧苗，可是终因劳力缺少，麦田管理怎么也顾不过来。

显然这是一个发生在1958年中国大跃进背景下的故事，“劳动力短缺”已成为制约农村发展的最重要问题。这个时候李双双的那张大字报出现了：“家务事，真心焦，有干劲，鼓不了。整天围着锅台转，跃进计划咋实现？只要能把食堂办，敢和他们男人来挑战。”乡党委书记罗书记一看“可喜欢透了：‘要是能把家庭妇女解放出来，咱们这个大跃进可长上翅膀了’”。显然，在李双双的焦虑——“整天围着锅台转”，与罗书记所欢喜的问题的解决——“解放家庭妇女，大跃进长上翅膀”之间，本来是有一定的话语缝隙的：从李双双的角度，别人（男人）在轰轰烈烈地大跃进而自己被困在家庭里感到“憋闷得慌”，这是一种女性朴素的自我实现愿望无法得到满足的内心焦虑，如果除去社会阶级地位的迥异，它甚至与贝蒂·弗里丹《女性的奥秘》中那些“幸福的家庭妇女”所遭遇的“无名的问题”（the problem that has no name）[①] 有点类

---

① 美国战后“幸福的家庭主妇”由于只限于妻子和母亲的身份而不敢正视社会工作的考验，往往会产生“空虚、无用、我并不存在”的感觉，但这种感觉却被男权文化机制漠视、遮蔽，［美］贝蒂·弗里丹在《女性的奥秘》中把此类女性焦虑称为“无名的问题”。《女性的奥秘》，程锡麟等译，北方文艺出版社1999年版。

似，它虽然也有外界因素（大跃进）的刺激，但在本质上却是与女性要有所作为的主体诉求相关的；而从罗书记（小说中是党和国家的化身）的角度，让妇女走出家门参加生产却绝非出于解决“女性焦虑”的考虑，而是让一直囿于家庭（干“私事”）的女性走出家庭（干“公事”），借以增加社会劳动力。不过，当国家建设为了借用妇女资源以男女同工同酬的“平等”许诺鼓励女性走出家门参加生产时，那种苦于无法摆脱围着锅台转命运的“女性焦虑”（传统女性角色）就逐渐消隐在“大干快上”的民族亢奋情绪中了。将对父权社会传统女性角色的朴素反抗，终结于“社会主义新时代”对女性劳动力（而非女性全面价值）的认同中，自然体察不到所谓“时代精神”中的男性话语建构。在《李双双小传》中，女性投身社会生产的途径是通过办集体食堂、孩子集体照看等带有“去家庭化”性质的措施实现的，不过只要仔细阅读本文就发现，这里为了大跃进解构的只是原先以家庭为单位的社会结构使女性的“闲置”，而根本没有触及农村根深蒂固的男尊女卑家庭伦理规范。李双双在外面参加生产再红火，回到家里有了空闲还是要收拾屋子照顾不上幼儿园时的孩子，而同样参加生产的喜旺就很不同，这在小说中都有不经意的表现。

对于这种性别视阈中的“贤妻良母主义”与社会视阈中的“社会主义”的这双重责任或者说义务，李双双，当然也可以说第三人称叙述中男性笔下的李双双并没有特别的性别认知。有意思的是，李双双开始极力要跳出围着锅台转的拘囿，但是后来到村办食堂后却仍然要“围着锅台转”。阿姆斯特朗曾说：“那些我们自动地将其归于妇女的文化功能——例如，母亲、护士、教师、社会工作者和服务机构的人员——把新的中产阶级送上权力之巅，并使他们维持统治，如同我们自动地将其归于男人的经济起飞和政治突破一样。"[①] 显然，女性学家阿姆斯特朗的这种尖锐的职业意识形态观念——职业里的阶级政治与性别政治，对那个年代的中国人来说是太遥远了。李双双的界定简单而分明：在家做饭是个人的、家庭的、女性的“私”事；在食堂做饭则是集体的，国家的，足以与男性事业比肩的“公”事。在前者明显落后于后者，甚至已经成了后者的障碍的语境下，国家话语缓解并最终克服了女性性别焦虑：一个能为社会生产做贡献的女性就是一个“快乐的”女性。

> 她一面推着水车，看着清清的泉水顺着渠道往地里奔腾地流着，一面听着大家呼噜呼噜的吃饭声音，吃得那样香、那样甜、那样有味。就在这时候，她忽然感到她们在食堂里流下的汗珠，好像也随着清清的泉水，流到这茁壮茂密的丰产田里，变成了粮米。

这是一个具有“经典”意味的结局：爽朗、泼辣、伶俐，被主流女性话语成功收编的具有“雄强美”的妇女，舍“小家”为“大家”，既缓解了国家政治经济问题的紧张，又在热火朝天的劳动中寻求到了“家国一体”、“男女都一样”的新的身份认同（类似昂然亢奋的结局还有《青春之歌》中林道静高呼口号英姿勃发地走在大学生游行队伍中等）。在这种认同中，谁还会去留恋那种幽怨的女性“无名问题”呢？女性问题的最高解决就是“女性没有问题”，这是《李双双小传》以及同时期主流文学叙述中一

---

① ［美］阿姆斯特朗语，转引自［美］朱迪思·劳德·牛顿《历史一如既往？女性主义和新历史主义》，张京媛主编：《新历史主义与文学批评》，黄学军译，北京大学出版社1993年版，第209页。

种反复吟唱的“元叙述”。女性学者李小江曾说：“弱势群体追随主流价值观念，往往表现得比那个东西更过分，比左还左。”[①]的确，消隐女性焦虑的“快乐”表达不能仅仅看作是对乐观主义文学风尚的审美追随，在《李双双小传》中面对国家话语的一统天下，作为男人的孙喜旺尚有一丝细微的心理游移[②]，而李双双却只有单一的“快乐”认同。这当然不能仅以李双双性格的“单纯透明”或叙述人的男性身份来解释，对于世世代代“像牲畜一样被虐杀、被吃”的中国妇女来说，梦寐以求的离“家”做“人”的愿望一旦可以堂堂正正地实现，谁还在乎做的会不会是抽空自我性别的“男人”、投奔的会不会是利用占有一己资源的“大家”呢？正因为女性从来没有像男性那样有着明确的主体优越感，甚至不曾有过自我界定性别主体的机会，所以当有关女性的话语表达从男权制亲属系统中的支持性角色过渡到国家意识形态系统中的支持性角色时，女性反而少有与其并肩作战的男性个体那种隐隐的主体失落感，而更容易为民族国家话语收编改造。

或许也只有从这个角度，才能全面理解女性焦虑的“不在场”问题。一个“解放了”的妇女是一个不知“性别”为何物的妇女，这是新时期以来不少女性回首过去时的一种由衷感慨，不过它并非一种由离“家”与做“人”的向“中心”挺进女性主义策略所引发的必然现象，但却是中国特定政治历史时

---

① 李小江、张抗抗：《女性身份：研究与写作》，李小江等著：《文学、艺术与性别》，江苏人民出版社2002年版，第9页。

② 在《李双双小传》中，笃信“做饭就是屋里人（女人）的事”的喜旺在被选为村食堂的炊事员时并不像李双双那样积极，他列举了许多在菜馆里学徒做饭与为村人做饭的诸多不同，以证明自己不适合“做饭”这种活计。这种“男性话语”虽然很快就被老支书所操持的“大跃进”话语压制了下去，但它毕竟是男性主体进行民族国家话语的身份认同时一种复杂心理的曲折流露。

段民族国家共同体想象对这种女性话语加以置换与挪用之后的一种必然。

二　贤妻良母主义女性话语

贤妻良母主义与社会主义之间挣扎的矛盾真正成为女性问题焦点，是在20世纪80年代“东方女性”神话再一次走上中国的女性话语舞台之后，而这也与意识形态变更期的国家话语建构有着密切的联系。在改革开放之后的女性问题上，国家的政治经济结构调整同样起到了举足轻重的作用。在处处讲究高效率、高科技、大工业的今天，毛泽东时代那种让妇女参加生产以增加劳动力的观念受到了挑战。人的素质、工作能力、工作效率成为现代社会的重要指标，而非过去“人多力量大”时代对劳动者数量的要求。而且现代经济学还告诉我们，单纯劳动者数量的增加还有可能成为社会发展的障碍。在这种情况下社会萌生出来的“女人回家”论调——让从家庭里走出来的李双双再回去，就是与新形势下新的国家经济需求相关的。比如改革开放以来，在严肃的学术刊物上不断出现了诸如主张妇女退回家庭、“二保一（妻子做出牺牲，以保证丈夫事业成功）”，以及女性阶段性就业和家庭、事业分阶段重心位移的观点，而且它们一般都带有强烈的社会关怀色彩，从“顾全社会经济大局”出发成为其最重要的价值支撑。[①] 贤妻良母主义在世界上有些国家还相当有市场——比如在当代日本，政府公然保护的是家庭主妇，她们年老后可以领取养

① 林松乐：《关于性别角色的几次论争》，李小江、朱虹、董秀玉主编：《平等与发展》，三联书店1997年版，第385—388页。

老金，而职业女性的养老金则需要从她们工资里扣除[①]。而这主要就是从所谓“男主外女主内”的家庭结构有利于维持社会稳定并适应大工业生产而来的。当然，“女人回家”在很多情况下并不是实质意义上的女人辞职回家或精力上向家庭方面倾斜，有时候人们更倾向于指称女性在性格气质上向温柔贤淑相夫教子方面靠拢。它表明了从政治狂热年代中走出来的人们对“铁姑娘”、“不爱红妆爱武装”等既往女性主流话语的厌倦与反拨，曾经被男性化的女性应该还原其女性身份是它得以广泛传播的社会心理基础。

也可以说，在改革开放之后的中国，尽管要求女性为社会做贡献的国家话语依然有效，另一种对女性妻性母性的角色期待又给了女性莫大的压力。谌容《人到中年》中困扰陆文婷的最大问题就是事业与家庭的冲突。在“贤妻良母”拘囿中无法自我实现的女性站了起来，成了有事业有追求的大写的“人”；但这大写的“人”却又是有着具体性别的人，一个为人妻为人母的“女人”。西美尔曾说：“由于我们的文化是从男人的精神或劳动中产生，确实也只适合于评价男人式的成功……不仅仅文化劳动的数量，而且文化劳动的方式，都特别依赖男人的能量、感觉和理智。”[②] 的确，所谓的“事业成功”是有性别的，向“中心”挺进的女性本身要以“男性化”的方式引起主流社会侧目，同时又要转身以“女性化”方式完成妻职母职的社会期待，这怎不让人备生角色分裂之感！不过，或许与谌容在写作《人到中年》时所

---

① 荒林、大滨庆子、杉本史子：《“贤妻良母主义”与日本妇女现状》，荒林主编：《中国女性主义》，广西师范大学出版社2004年版，第58页。

② 西美尔：《金钱、性别、现代生活风格》，顾仁明译，学林出版社2005年版，第142页。

有意识采用的“社会”而非“性别”视角[①]相关，不同于同时期张洁、张辛欣等的女性文本更加关注男女交往过程中的权力不平等，《人到中年》在继续弘扬女性要对社会有所贡献的向“中心”挺进策略的同时，只是增加了家庭（具体来说就是“家务劳动”）对“个人”（不仅仅是女性）事业的牵扯羁绊这一性别认同焦虑。“她从来不曾想到，爱情是这样甜蜜，这样令人心醉”，是傅家杰的出现才使陆文婷只对女性社会主体性进行单一认同的刻板生活发生了某种转机，出现了一定意义上的“个人”和“性别”色彩。然而被塑造成“没有丝毫大男子主义”的傅家杰，正因为其对陆文婷的无限深情、无限关爱，才促成了后来女性写作中较为少见的傅陆二人之间无任何裂痕的堪称“完美”的夫妻（男女）关系，虽然是一种带有乌托邦色彩的“完美”关系。这种关系的文学建构在有效地保证了人物的正面性、主流性的同时，却有可能将主人公的性别困惑变得相对简单化：在这种“完美”的夫妻关系中似乎是无所谓“第一性”、“第二性”之分的（从傅家杰对陆文婷的温柔体贴以及她的家庭地位看她甚至居于优越位置），于是，陆文婷的性别焦虑在很大程度上便简化为剔除性政治之后的以“家庭”为单位的家务劳动与社会劳动之间的冲突（同她一样，傅家杰的社会工作也受到了家务事的影响），而她彰显其性别身份“回归女人”的过程也便简化为发现女性的妻职、母职的过程。“我最自私了，我把丈夫打入了厨房，我把孩子变成了

① 谌容在《写给“人到中年”的读者》一文中说：“我熟悉陆文婷们的经历和处境，知道他们生活得艰辛。他们应是大有作为的一代，但他们生活清贫，有着太多难言的困苦。我认为他们是在做出牺牲，包括他们的丈夫或妻子，而这种牺牲又往往不被重视和承认，于是我写了陆文婷。”见柯灵主编《当代中国作家随笔选》，东方出版中心 1996 年版，第 236 页。这是一段没有多少性别立场的话。事实也似乎的确如此，陆文婷的问题在其引发轰动的当时一直是被当作普泛化的、时代性的“中年”问题、“知识分子”问题来看待的。

'拉兹'，全家都跟着我遭殃"，"你应该是有所作为的，应该是科学家，是我和孩子拖累了你，影响你使你不能早出成果"，纵观陆文婷的这些自责忏悔之语，不难看出陆文婷心里未尝不觉得身为女性的自己"应该"比丈夫承担更多的家务，而他们这种丈夫为妻子做出牺牲的家庭似乎有点"不正常"。所以，爱情婚姻经历中未遭受多少个人意义上的性别压抑的陆文婷，却无法不受到作为整体的男性中心文化的影响。当然也可以说，正因为爱情婚姻生活的相对单纯和美满，才使得陆文婷对于男性中心文化在自己心里的隐性渗透缺乏明确的认知：建立在回归传统语境中女人的"'贤妻良母'性"的性属意识，是对毛泽东时代"不知性别为何物的"女性解放误区的修正和反拨，而并非针对于不但未随着那个时代的过去而"天然"结束、反而越来越向隐蔽处发展的男性菲勒斯中心情结。如果说在李双双的年代面对统辖一切的意识形态话语以及这话语中相对单一的女性身份界定，女性只有"单纯地"、"快乐地"服膺的话，现在的女性话语则要复杂一些，来自社会文化心理对妻职、母职的要求不断延宕着女性社会价值的实现。对于陆文婷来说，因为她的丈夫傅家杰被叙述成一个"没有丝毫大男子主义的好丈夫"，这就事实上中断了因为陆文婷专注于事业而引起的后院起火家庭纷争等另一种故事走向的可能(这在现实中是一个较为普遍的现象)，而使矛盾变成一种更多发生于女性内心深处的"一个人的战争"。"同时兼顾两种角色意味着相互的抵触，意味着以一个角色失败的代价换取另一个角色的成功。这使得解放了的职业女性抛在两种疏离中——她必须在家庭角色和社会角色中做出一个选择。"[①] 当然，作为20世纪80年代初文学中典型的"正面"主人公，在这两种选择中陆文婷是

① 王绯：《睁着眼睛的梦》，作家出版社1995年版，第128页。

被塑造成更多地“亲社会”角色而非“亲家庭”角色的。有一点事业狂影子的她不但把更多精力放在病人身上，甚至在心里竟至怀疑“我们究竟有没有结婚的权力，我们的肩膀能不能承担起一个家庭的重担”，这与中国主流话语的强大与李双双似的铁女人在中国影响之深有关，甚至有人还会想起在社会政治经济领域中争取权利/权力的坚强女性主义者的形象。在笔者看来，中国当代文学中陆文婷式女性与经受过西方现代女性主义观念洗礼的女性还是有区别的，那就是“我”的在场或缺失。女权主义是最讲求从女性自我的主体出发的，无论是颠覆男权社会制造的女性神话还是建构一套以女性为中心的性别政治，“自主的主体性（autonomous female subject 周蕾语）之觉醒”都是其至为关键的因素。而在《人到中年》中我们却多次发现“我的脑子里都是我的病人”、“病人的需要就是我的需要”、“我的病人”之类表述，可以说国家/病人的利益、丈夫孩子的利益始终作为陆文婷进行两难选择的出发点，这其中属于她自己个人的感觉却在“无私奉献”的美誉下被隐匿了。甚至可以说，相较于李双双，她的确是深层地体察到了女性角色分裂的艰难，但是对这种角色分裂的意识形态赋予性质（女性的两难矛盾是两种社会话语较量的结果）她却缺乏相应的性别觉悟，而自责（把不能两全的责任都推到女性身上）更是加剧了女性在男权社会中的受动地位。

关于“贤妻良母主义”何以会在20世纪80年代的中国如此流行的问题，我们可以参考一下海外后殖民女性主义学者周蕾有关妇女与民族国家之间复杂关系问题的论述：

> 中国妇女，如同其他父权“第三世界”国家的妇女同胞一样，一而再、再而三地被要求为了更远大的民族主义与爱国主义牺牲、延宕她们的需求与权益……每当有政治危机

> 时，她们就不是女人；当危机过去，文化重建之际，她们又恢复了较传统的妻子与母亲的角色，同心协力致力于秩序的重建。[①]

陆文婷就是处于20世纪80年代意识形态变更之后的“秩序重建”期，她的“贤妻良母”角色实在是一种当时政治经济形势的必然要求。事实上，“事业型＋贤妻良母”的陆文婷与同时期另一著名人物蒋子龙《乔厂长上任记》中“事业型＋男子汉大丈夫”的乔光朴其实在一定程度上具有“互文性”：社会领域中女性或许可以做出同男性一样骄人的成绩，但性别领域中菲勒斯“镜像”下的女性支持性角色却不会根本改变。乔光朴走马上任机电厂后做的第一件事就是宣布他已和该厂女总工童贞结婚（他无需事先征得童贞同意），这一细节甚至透露出性别领域的“革命”（恢复男性的绝对权威）是社会领域里改革开放的先兆，乃至前提的文化象征意涵。这与陆文婷的有关妻职、母职的心理焦虑不啻有天壤之别。非但如此，在同刘学尧、姜亚芬夫妇的告别酒宴上，陆文婷面对傅家杰有关“家庭妇男”的自我调侃颇感尴尬，在她的内心深处未尝不感到他们二人“性别错位”的不合时宜。《人到中年》中的其他夫妻，刘学尧与姜亚芬，焦副部长与“马列主义老太太”秦波，均为男主女从型，而作为院长、专家等领导权威型人物出现的赵天辉、孙逸民等人更是无一不是男性身份，这甚至隐含着能够作为民族国家主体出现的女性（陆文婷）可能只是“特例”。

显然，在《人到中年》诞生的1980年，无论从哪个角度都

---

① 周蕾：《其他国家里的暴力：中国作为危机、奇观与妇女》，莫罕娣编：《第三世界妇女与女性主义政治》（Indians University Press，1991），第88页。

没有适合女性话语生长的适宜土壤与可充分发展空间。这样，女作家在成功地挪用意识形态修辞进行女性人物塑造时，或许能够超越男性中心的叙事法则刻画出同样居于时代主潮中的女性形象，但是却难以在民族国家话语的女性主体建构中有所作为，甚至会进入主导意识形态霸权下的性别模塑之中，而对女性的“贤妻良母主义”期许便是这种性别模塑的主要内容之一。

三 消费主义女性话语

市场经济转型之后，中国的女性话语在此前的社会主义、贤妻良母主义之外，又增加了一种至为耀眼的“女人味”、“性感”成分，也可以说，另一种或许可以称之为“消费主义女性主义”的女性话语开始在市场经济的中国大肆盛行。市场经济的利益法则是“消费主义女性话语”在当下大肆流行的最直接诱因。2006年，在上海召开的“国际科技美容专家高峰论坛”传来消息：美容整容已经成为继购房、买车、旅游以后的第四个消费热点。的确，美容、化妆、服饰、整形等正在中国或西方异常火暴的所谓“美的工业”（beauty industry）更多是一种“女性工业”，是“女人味”的女性模塑带动了这些产业的发达，当然这些产业反过来也使女性话语更加朝向彰显女性性别特征的“女性化”发展（关于这一女性话语的某些理论问题详见本书第五章）。中国没有后女权主义这种明确的提法，但是市场经济转型之后的中国事实上也具备了这种女性话语赖以生长的物质经济基础，而当下铺天盖地的大众传媒包括某些文学艺术则在文化上已然开始了这种女性话语建构。

当然，“意识形态毕竟只是一种媒介，真正的建构活动必须在主体内部进行，必须发挥主体本身的认识（recognition）、认同（identification）或误认（misrecognition）功能。”[①] 消费主义女性话语如果缺少了女性主体的参与，肯定也不会如此愈演愈烈，但这其中却有某些中国特定国情下的女性隐衷。由于新中国的成立，中国女性在毛泽东时代“自上而下”得到的某些权利（如就业权、劳动权等）在市场经济、全球化、现代化、消费时代等这样由一些时髦语词来表征的年代里本身却成了问题，这种釜底抽薪式的变化也便成了中国当下女性话语的一切焦虑之源。

无论如何，消费主义女性话语在中国21世纪前后的风行却是一种不争的事实。在20世纪90年代以来的中国文化与文学语境中，来自国家意志的意识形态“硬性”要求已越来越松动，但来自大众媒体大众文化的“软性”影响却越来越深入。陆文婷时代那种对女性的“外面”要求与“家里”期待的双重角色的冲突依然存在，但其内涵却悄悄地发生了变化：“外面”不仅仅指业务技能是否优秀，还指能否表现出“现代化”的女性气质女性风韵；“家里”亦不再仅仅指女性料理家务的能力，还往往暗指女性能不能满足丈夫的性欲望。消费潮流下制造的无孔不入的“新女人”神话，使中国女性话语在经历了社会主义与贤妻良母主义双重角色的分裂后，又要面临新的也是更为致命的消费主义价值冲击。铁凝的《永远有多远》中一生善良仁义的白大省在现代功利社会中成了愚弱无能代名词的“滥好人”形象。因为身体魅力的欠缺，她只能眼看着身边的男人一个个被西单小六等妖精似的性感女人眨眼间勾走，而且眼看着她们一生过着“不败”的生活。铁凝将这种传统观念中的“好人”日渐落魄的命运故事放在

---

① 孟登迎：《意识形态与主体建构》，中国社会科学出版社2002年版，第137页。

北京胡同被拆迁的环境氛围下，从而对昔日价值观的陨落寄托了无限伤感。但是另一方面，小说又借叙述人之口一再强调“并不完全了解白大省”，善良或许只是她的表象，她心里其实一直在同她的仁义搏斗着：她“从来就没有恨过西单小六”，甚至“她最崇拜的人就是西单小六”，而她心中最大的郁结则是“永远也成为不了西单小六”。这样“谜一样不败”、性感迷人的女人西单小六自始至终都是一个光彩照人的形象，而白大省尽管被一再强调仁义善良这些人所共知的优点，但她终究是个连自己也厌倦的愚弱无能者。如果深究起来，流露在这篇小说中的女性话语重心，已由白大省所代表的善良仁义的传统女性观向以西单小六为代表的“现代”女性观发生了某种悄悄的位移。这不是社会主义与贤妻良母主义之间的冲突，而是女性的道德理性与消费主义之间的冲突。结尾处白大省对自己不变的滥好人性格以及由此带来的不变的受挫命运发出了“永远有多远”的呼喊，难道她心中经历的不是真纯善意一去不返（非变不可）的失落，而是欲求性感而不能（求变不得）的折磨？从这个意义上讲我们也可以说，铁凝事实上又认同了新的价值观的兴起，或者说无可挽回地加入了女性话语的“现代化”叙述行列。

最明显体现女性话语的消费主义倾向的是池莉。擅写市民题材的她近年来其实创作了不少有关知识女性生活的作品，如《小姐，你早》、《水与火的缠绵》、《一夜盛开如玫瑰》等，但她“市民化”的女性观却是根深蒂固的：知识女性在这里面临的不是陆文婷式的社会主义与贤妻良母主义之间的角色分裂；而是“知识性”（或与知识相关的能力、胸襟、品格等）与“女人性”（消费时代女性的被消费性）之间二律背反的矛盾，她甚至基本是以肯定现世生活与世俗欲望为名来贬抑后者而张扬前者的。比如隐忍坚强的曾芒芒因为不懂“风情”而被斥为“天真的无趣的良家妇女”，戚润物、苏素怀、来双媛这些自视甚高的职业女性更是成了不懂打扮、落伍于时代、心理幼稚，甚至有些可笑的“老（丑）女人”代名词。尤其在《小姐，你早》中戚润物同李开玲、艾月结成女性同盟的过程，更是典型地逐渐摒弃其自身的“知识性”特征向“女人性”靠拢而不是相反的过程。身为粮食专家的戚润物，一心扑在事业上、俭朴、不懂修饰，可谓毛泽东时代的主流女性的典型，她起初是并未意识到时代变迁对女性话语的影响的，直到自己丈夫在家里与小保姆偷情，才开始想起有所谓性别/男女之类的问题。“在戚润物四十五年的人生过程中，她突然地遭遇了一个问题，在1996年的春天，这个问题就是：男的。”而这个问题的解决则是伴随着她女性观念的“解放”而来的。下面就是作为“启蒙者”的李开玲的几段性别“启蒙”之词：

> “中年以后的妇女，身段皮肤就是在走下坡路，我们不承认人家承认，你不要一点化妆品，不穿得整整齐齐的，人家就是不爱看你，对你没有信任感。”
>
> “年龄是女人的致命伤。”
>
> “一个女人要有实用性。”“什么意思?”“就是能够勾起男人的性欲。”

尤其值得注意的是，女性对消费主义性别话语的“身份认同”，是同其对消费主义话语的“意识形态认同”紧紧联系在一起的。在《小姐，你早》中戚润物性别观的转变是始终与其价值观的转变相伴相生的。一心只知道学术研究的她在处理家庭变故时渐渐感到了自己没有“与时俱进”，而加入世俗化的消费主义潮流则成了她克服“落伍感”的一种主要方法。“今天我要学会打麻将，以后我将广泛接触社会，享受人生，做一个时代的强者”，这是她几次进出夜总会后得出的结论；“社会主义初级阶段，资本原始积累时期，大概就是会这么乱一阵，关键是我们自己要珍惜自己”，这是李开玲的一种社会价值观，事实上后来也为戚润物心领神会；被人请了一顿饭就透露了重要的科研信息，但想到“用她专业的一些资料换取了一个艾月”，认为还是“非常值得的”，这是她在不自知的情况下做了一笔交易后的心理。显然，戚润物前后的“成长”过程仅仅用女性观念的变化来概括是不够的。究竟是她人生观的改变促成了其性别观的改变，还是性别观的改变促成了其人生观的改变？可能这两者之间本就是纠缠在一起的，重要的是它们让我们看到了女性话语的当代培育被赋予了深深的意识形态性质。约翰·W. 墨菲说，后现代令人惊讶之处在于：“为什么是肉体或性欲而不是纯粹的理性成了哲学界注意的中心？被保留用作表示探索有效知识特点的术语是色情和肉欲，而不是稳定性？”[①] 面对中国当下的文学艺术我们同样可以发问：为什么是事关女性肉体或情欲的故事成了文学叙述甚至女性文学叙述的中心？被保留用作当代女性话语最新特色的是消费主义，而不是此前的社会主义抑或贤妻良母主义？显然，这些问题已不单单涉及历时性的中国女性话语流变，它们更与一个时期共时性的“主导”意识形态（包括官方“主流”话语，有时也用来指称大众“流行”话语）相关。20 世纪 90 年代以来的女性写作相比于 17 年文学甚至 20 世纪 80 年代文学，都多了一份自觉的性别意识，这似乎是毋庸置疑的。像《永远有多远》围绕白大省的婚恋遭遇就揭示了弱势女性的悲剧命运，而《小姐，你早》更是贴上了“女权”立场的标签。不过在对待阿尔都塞所说

---

① ［美］约翰·W. 墨菲：《后现代主义对社会科学的意义》，王岳川、尚水主编：《后现代主义文化与美学》，北京大学出版社 1992 年版，第 171 页。

的女性身份的"被'召唤'"性质时，不少文学叙事的社会性别想象却并未跳出这个时代主导意识形态的樊篱，尤其是对于以"亲大众"、"亲女性"面貌出现的当今消费主义女性话语似乎缺乏应有的反思与批判能力。

将一个时代的社会权力认知纳入其文化性别想象的研究视野非常重要。当我们谈论女性与国家话语的关系时，事实上是从两个角度来具体辨析的：一是女性作为一个个体，与作为意识形态的话语持有者的国家之间的关系；二是女性作为一个性别，与建立在男权文化基础上的国家话语之间的关系。通过对中国当代女性话语流变的考察，我们发现，社会主义、贤妻良母主义、消费主义分别作为中国当代各历史时期的女性话语重心，是有其深刻的社会政治经济与文化心理原因的。同时，面对意识形态话语下的女性身份制造，我们当代的不少文学艺术并未表现出与其相应的距离与张力，甚至可以说每一历史时期的主导女性话语都是国家意志与文化的社会性别想象之间双向影响或曰"互动"的产物。造成它们之间亲和关系的内部动力究竟是什么？有没有留有缝隙甚至裂痕的可能？中国当代文学中的女性叙述是如何体现的？这一系列问题有待于关心女性话语与女性文学的人去继续进行探索。

第八章

敛抑与狂欢的背后:现当代文学语境中的身体话语与性别

从弗洛伊德、萨特到梅洛·庞蒂、米歇尔·福柯乃至特里·伊格尔顿和约翰·奥居尔，在这几代影响深远的西方学人那里，我们会发现对于身体的文化及其符号学意义的研究已经长驱直入，成了20世纪以来世界范围内的一个学术增长点。中国由于20世纪特殊的政治经济文化形势，这方面的文化研究只是到了近几年才初露端倪。身体在中国社会中具有怎样的美学形态？其间又遭遇了怎样的意识形态变迁？现当代文学语境中的身体话语究竟是怎样具体展开的？它与性别、女性主义、女性写作之间的联系为什么在20世纪后半期达到高潮？这些都是本书关注的问题。在这一章中，让我们走进现当代（乃至古代）文化/文学的腹地，看一下身体话语在如此漫长的历史年代中究竟经历了怎样的话语变迁，尤其是近年来受市场经济转型的影响，晚近的女性身体表述发生了怎样质的飞跃？又该如何看待这种“飞跃”？

一　身体：从遮蔽到敞开的话语空间

身体在中国古代文明中向来是以内裹于衣装、冠帽、绣领、足鞋之中为标记的。古书说："黄帝垂衣裳而天下治。"衣裳的发达被标榜为文明的标尺，而袒胸露背、赤身裸体则是偏远之地断发文身的蛮夷或乡下粗人的标志。据说，表明文化修养的"文章"二字最初被节写为"纹彰"，指的就是服装的色彩与花样。衣冠既显示了夷夏之分，也指明了文野之别，衣服的重要性对一个人来说自然不用多说。就我们所接触的各色人等着衣装束的日常状态而言，赤裸的身体不但没有突出或暴露什么特别的东西，反而以千篇一律地裸露模糊了不同个体之间的差别。比如，当我们置身于公共浴室或海滩上，面对众多白花花的肉身时，也许会蓦然失去平日的身份识别能力。"服之不衷，身之灾也"，我们时时会发现类似的古语。

当然，中国古代对于衣装的过分推崇所造成的直接后果就是对于人的本真肉身的回避与否定，亦是将身体自身的结构特征与文化属性，部分甚至全部第让位给了服饰。这种中国古典时期的身体敛抑观最明显地在我们传统的文学艺术中体现出来。以父权制社会一向作为文化焦点的女性身体而言，西方叙事小说或直书个人的性历险，或对他人身体进行窥视性描写，常采取男性侵入女性私人领域的形式，追求的是一种使身体原形毕露的真相效果，借以满足写作和阅读的双重快感。与西方小说求真目的相反，中国古代文学中身体表述的关键词则是美。确切地说，是肉身被遮蔽之后的美感及其背后的性感。中国古典诗词中女性的身体往往被置换成罗帕、裙带、艳领、绣鞋等奢靡的女性用品，或堆砌一些诸如柳腰、桃腮、海棠春睡、红杏出墙的香艳意象。“日上花梢，莺穿柳带，犹压香衾卧。”“翠翘云鬓动，敛态弹金凤。”女性身体就在种种敛态的香艳绮靡中满足了犹如《红楼梦》中警幻仙子所谓意淫的文化想象。当然，与此一脉相承的还有中国古代仕女图、美人画，西方袖画中常见的精致真确、惟妙惟肖的裸体维纳斯主题对于中国画是不可想象的。中国古代人物画里的女性身体基本上是虚化了的服饰的包裹，在衣袂飘飘、长袖飞舞的流动气势下，呈现出来的只能是一具意象的躯体，给人的是一种暗示的关系。女性所有的性感部位都隐匿到不可见的远处，或者说是象征化了。[①] 女性身体在意密体疏、欲说还休、似近而远的意境中，往往可以寄托人们宦海失意、人生感怀，一直到情色爱恋的任何欲望，所有的不满足叠印在女性裙裾飞舞的身体上，它的不可接近性就有了普泛的意味。的确，敛抑于服饰之内的这种身体话语，或者说图像显现，由于是与不设定感知显现联系在一起的再造性想象，故往往“不是一个‘普通’的事物显现，而是一种‘感知性的想象’”[②]。这当然是与中国“意外之意”、“象外之象”的美学传统相一致的一种身体认知图式。

中国历史上这种“犹抱琵琶半遮面”的正统身体敛抑观（中国古代社会当然也有大胆赤裸的身体模式，如春宫画和《金瓶梅》等作品中的色情描写与暴露插画等，但这些并不具备香艳意味，也谈不上有多少性感与美感，而且它们均是被主流社会视为不齿的淫秽之物），是从现代西方意义上的美学观念大规模地影响中国文化界开始彻底倾斜动摇的。伊格尔顿曾经说过：

① 康正果：《身体和情欲》，上海文艺出版社 2001 年版，第 9—11 页。

② 梁康倪：《图像意识的现象学》，陶东风等主编：《文化研究》（第 3 辑），天津社会科学院出版社 2002 年版，第 95 页。

“审美……是身体对理论暴行长时间的无声反抗。”[1] 美学的兴起意味着肉体的觉醒和感性的崛起。1924年，《晨报》副刊发表了一则启事，宣布“审美学社”在北京大学成立，它的宗旨是注重“美的人生观”，提倡各种“美的生活”，使日常生活乃至社会组织的运作“以美为依据”，也就是说使人生艺术化。[2] 这便是人生艺术化的唯美主义在中国的登陆，发起人是留法归国的张竞生。张竞生以自由爱情说与快乐原则的性学观曾被誉为“性博士”而轰动一时，而张竞生性学话语的基础便是人的感性肉身的解放。中国传统那种在衣服里面躲躲闪闪欲露还藏的身体观，如同已黯然失色的东方文明一样，此时已成了落后的象征和对人性的严重束缚。张竞生完全推崇一种西洋式的服装观，比如他崇尚西洋女性低领的上衣、高跟鞋等，并将其称为一种“自然”、“健康”之美，纳入他的艺术人生观中。而且，张竞生一反古代人对肉身本体的回避态度，公然分析男女的身体结构，尤其是性器官的结构。

至于异性间的身体接触，作为主流意识形态的古代正统之说更是讲究“男不言内，女不言外”的授受不亲，即便对于文学艺术来说，两性情欲亦往往像“春风一夜入闺闼，杨花飘荡落南家”“蟋蟀夜鸣断人肠，长夜思君心飞扬”那样，在大量赋、比、兴中以铺景咏物来抒情，将男女性爱实景推至相思、追慕、哀怨等缠绵悱恻的情感背后，而避免对身体行为的正面描写。虽然中国古代社会也有流传将男女躯体作详尽剖析的房中术的癖好，但那剔除任何欲念激情的器官符码式操作方式，使性活动变成了一

① ［英］伊格尔顿：《美学中的意识形态》，转引自周小仪《日常生活的审美化与消费文化》，《文化研究》（第3辑），天津社会科学院出版社2002年版，第207页。

② 周小仪：《日常生活的审美化与消费文化》，《文化研究》（第3辑），天津社会科学院出版社2002年版，第202页。

种脱离人性体验，在阴阳相感下排泄精液或吸收精气的生物过程，终究是道家为确保男性所谓益寿延年的一道工具。张竞生则要打破中国古代社会观念上的这种性羞耻感与实用主义态度，他不但着力分析女性性反应，更是提出了感官色欲享受在两性交合中的重要作用，使男女双方由肉的享受达到灵的升华。张竞生甚至创造出“神交法”、“第三种水”这样意指性交过程的某些特点的名词，专门以书面形式进行严肃探讨。张竞生的著作在当时可谓畅销一时，而且像周作人这样的知名学者亦在刊物上就“神交法”之类的问题，同他一本正经地进行辩论。[①]

如果我们今天对此还有些陌生和疑义，甚至说感到有些不可思议的话（这应该联系五四运动前后特有的时代气息与那时中国个性解放的特点进行思考，当然也与现代史籍的整理长期对这类内容的湮没有关），至少应该对下面一些文学现象比较熟悉：20世纪二三十年代以自我为题材的“私小说”曾风行一时，比如郁达夫、丁玲以写受惑于肉体觉醒和追求性解放的男女青年而名噪一时，张资平、叶灵凤则以婚外情、乱伦、多角恋爱题材著称，而且几乎部部成为畅销书[②]，而强调感官色欲描写的新感觉派文学亦引起了文坛的广泛注意。另一方面，像茅盾这样的作家，在《蚀》三部曲中亦浓墨重彩地描述过章秋柳、孙舞阳这类革命理想幻灭后，在肉体的放纵与颓废中发泄心头难耐激情的时代青年。而蒋光慈、洪灵菲等罗曼蒂克的“革命＋恋爱”小说，于革命的间隙也不时能让人闻到阵阵人欲的气息。为什么这些政治趣味迥异的小说都表达了对身体资源（尤其是女性身体）开发的浓

---

① 有关张竞生的情况参见彭小妍：《性博士张竞生与五四的色欲小说》，叶舒宪主编：《性别诗学》，社会科学文献出版社1999年版，第158—162页。

② 同上书，第152页。

厚兴趣？而这些小说又何以比其他题材的作品，更容易在那个时代脱颖而出？除了暗合人类隐秘的窥私癖外，它们的话语空间是如何得以合理合法化的？这些爱将自我的解放同性解放联系起来的小说，其实为中国人遮蔽已久的身体的全方位敞开寻求了一种现代性诉求的庇护：个人解放是国家民族解放的首要条件，性解放是个人解放的必要前提。当然，性解放的内在依据是身体从服装的文化遮蔽挣脱出来，是突破道德约束和理性规范的解放。

这样，同张竞生快乐主义原则下自由性爱的人体审美化一道，20世纪初年中国自我解放大潮下的这些小说，在文化的话语实践上，对中国传统身体观进行了一番现代意义上的美学改造：从遮蔽到暴露，从模糊审美到定格写真，从在意境中虚化感官的神秘主义，到正面注视身体的快感，并希求灵魂在身体中得到安慰甚至救赎。如此一来，感性肉身终于从中国几千年的封闭和羞耻意念中跳将出来，完成了身体的艺术审美形态的一次重大的现代转型。

二　身体与自我的悖论

身体话语浮出历史地表成为社会正面关注的话题，意味着中国古典时期的终结，当然也是人们个人意识提升的一个表征。正如有学者所言："躯体是个人的物质构成。躯体的存在保证了自我拥有一个确定无疑的实体，任何人都存活于独一无二的躯体之中，不可替代。如果说，'自我'概念的形成包括了一系列语言秩序内部的复杂定位，那么，躯体将成为'自我'涵义之中最为明确的部分。”[①] 现代西方哲学更是从不得不面临的多元文化杂交相错的处境出发，指出现代人失去了与自然、自我的传统和谐后，呈现出一种身份认同焦虑或者说失重感。于是，人转向“自己的‘处身性’，人的本质不再是一些抽象的形式原则，而是充满肉体欲望和现代感觉的‘生命’”[②]。当年，张竞生及众多描写感官色欲的小说，就是从这个角度肯定身体的充分审美化与可自由支配的现代性意义的。当然，身体堂堂正正地变成人们自我概念的重要组成部分后，新的问题又随之而来：身体自由就意味着个人自由吗？话语敞开是不是就叫做身体自由？审美独立在感性肉身解放的同时还有什么其他作用？在此，笔者从身体自身的独特属性出发，剖析身体与现代性自我话语的悖论所在。

囊括面部四肢集中各种感官神经的人类身体，其复杂之处在于它既是个体生命感受世界（包括自身）的主体，又是自我认知或他者认知的对象。人的身体之眼注视着一切事物，也注视着自己，并时刻观察着他人眼中的自己。因此，身体在看之时能自视，在触摸之时能自触。身体既是能见（感）的，又是所见（感）的，是自为的“见”与“感”。所以，身体完全可以也本能地领会自身，表达自身，并构成自身。但是另一方面，身体虽为我们所有，却又外在于我们，它同时又是被光照被表征的客体。身体是个体生命自身的血肉之躯，却又从来都是社会实践和话语观念的产物。时至今日，如果说大千世界尚存有一种能够对每个人的性别、种族、阶级、文化身份进行最简单、最直接的目测工具的话，那就是我们姿态万千却又一目了然的身体。但是，身体又最有可能为外界所感染。“身体社会学认为，人的身体观念是

---

① 南帆：《身体修辞学：肖像与性》，《文艺争鸣》1996 年第 4 期，第 30 页。

② 王岳川：《中国镜像》，中央编译出版社 2001 年版，第 333 页。

一个二重的观念：物质（自然）的身体和社会的身体。社会学家道格拉斯发现，这两种身体的关系是：'社会的身体限制了自然的身体感知的方式。身体的自然经验又总是受到社会范畴的修正，通过这些社会范畴，自然的身体才被人所知晓，并保持一种特殊的社会方式。在身体的两种体验之间存在着意义的不断交换，结果是各自都强化了对方'"。① 的确，作为社会交往符号的身体，不但其肉身之外的穿戴、装饰、姿态等人为附加上去的那些东西很容易被认定为一个人文化身份的象征，就是身体自身的高矮胖瘦甚至五官比例也被社会学家精确估算成阶级品位的符码。如曾畅销一时的保罗·福塞尔的《格调》一书，除了煞费苦心地勾画一幅中上层人士和下层贫民肖像的对比图外，还庄重地引用一则广告告知我们："您的体重就是您社会等级的宣言。一百年前，肥胖是成功的标志。但那样的日子已经一去不复返了。今天，肥胖是中下阶层的标志。与中上层阶级和中产阶级相比，中下阶层的肥胖是前者的四倍。"② 这些振振有词的美学等级宣言不管文化含量有多少，却都无形中演变成了一种身体修辞，造成了道格拉斯所谓社会的身体对自然的身体的限制和修正。于是乎，一个时代的身体标准，往往代表了某个社会集团在占有社会文化资本的前提下，对人类肉身进行的感性塑造要求，从而身体领会自身、表达自身，并构成自身的本能不断地被社会时尚与意识形态的公共话语所打断。

乔纳森·弗里德曼在《趣味的专业》中对人类审美活动曾有如下观点："审美'以赋予某些特权阶级超量的文化资本（皮埃

① 周宪：《读图，身体，意识形态》，陶东风主编：《文化研究》（第3辑），天津社会科学院出版社2002年版，第80页。

② ［美］保罗·福塞尔：《格调》，梁丽真、乐涛、石涛译，中国社会科学出版社1998年版，第64页。

尔布迪厄的术语）为手段加强并再生产社会控制的结构’。”[①] 对身体的人类审美实践亦难脱此窠臼。在中国，当“劳动的女儿”的形象成为身体的权威话语甚至说唯一的形体身份表达时，社会便滋生出一种身体霸权力量，同其他政治、经济政策一道加强了对人的控制。而一旦“性感的女人”成了时尚标签，在大众传媒的直接刺激和消费时尚下，远距离的身体控制也就成为可能。因此，身体是时时处于作为感受主体与被认知客体的较量纠结中的。受后者无形力量的左右，人们会身不由己或趋之若鹜地做出违反思想意志甚至肉身本性的“为身体而身体”之事（比如从缠足束腰到瘦身丰乳的身体时尚）。这时，身体就会由充当别人眼中的他者而成为自我的他者，那么自由就会走向它的反面，或者说身体在最明显呈现自我概念的现代性话语中，又包含了自我否定的另一种现实。

另一种异己的力量来自人们对美的刻意追求。正如道格拉斯所说的，自然的身体与社会的身体两种体验之间，在不断交换中各自也强化了自身。现代社会，当男女自然的肉身不惮服饰的包裹，争相呈现出迥异而又互补的性特征时，男性阳刚与女性阴柔等关于两性社会的身体的公共话语，也愈益堂堂正正地显示出有据可依的正确性。同时，这类对于两性不同心理期待的社会话语，又反过来加强了人们从形体上人为地突出两性区别的主观意愿与行为。所以，讲究两性差异，凸显个体之美的身体观，应该说一直贯穿于漫长的人体发展史。比如考古学家发现的旧石器时代的大母神像——委兰朵的维纳斯，其身体特征的重腹、巨乳、赘肉更多与母性、生殖的蒙昧状态与雌性本质相联系的，而与当

---

① 转引自周小仪《日常生活的审美化与消费文化》，《文化研究》（第3辑），天津社会科学院出版社2002年版，第213页。

今纤腰阿娜的女性美是有相当距离的。[①]

这一点在中国古代文化中亦不乏其例，比如《诗经》里人物刻画得最细致入微的“硕人”就是一位丰腴、富态、宜家宜室的妇人形象。现今观念里的女性美其实是最初为了将一部分（上流社会）女性同普通妇女区分开来，在扬弃生育、哺乳等具体女性事务的过程中发展起来的，比如缠足最初只是中国宫廷女子为了表演之用，18 世纪和 19 世纪以鲸骨紧身搭束腰更是欧洲贵妇的时髦之举。然而，美的规律是把特殊事物推向普遍甚至走向极端，进而奉为标准，成为普泛人群效仿的对象。当人们对美的渴求变成一种使自己变形的渴望时，强加在人体之上的手段就具有了扭曲其自然本性的性质，比如当下社会那些形形色色的化妆品、抽脂术、整容法、填塞异物，等等。有意思的是，人类的这些举动原本是对动物只能遵从“躯体就是宿命”的超越，希求以改变本来的面目形象来呈现并强化新的自我，但这些花样翻新的“身体技术”，在人们主观意愿的对美的追求中，堂而皇之地内在化为冷漠的物来强迫矫正自然感觉的皮肉血脉。借用心理学上的一个术语——拜物（即人迷恋于某种外在于自己的东西，视其为唯一的价值，自己则成为那东西的附属以致最后陷于物化），这应该叫作身体“拜美”。当然，美丽之所以能成为一个如此绝对的命令，强化剂更在于它在商品社会中实质上是一种资本的形式——经营“美丽工程”的企业主分分秒秒都在推波助澜地估算着市场投入和产出的收益。只是当大街上走着一律从美容院、健身房、减肥中心生产出来的俊男靓女时，人们千差万别的身体本原个性反而消失了，丰富多样的身体多元形态反而渐趋单一。身体成了视觉快感的最大实验场，但这究竟体现了人类对躯体的自

① 康正果：《身体和情欲》，上海文艺出版社 2001 年版，第 42 页。

由支配，还是身体对人本身的控制?

三　走向和谐的身体美学

时至身体已暴露彰显如斯的今日，当年张竞生等人对身体话语由遮蔽到敞开所付出的努力，恐怕已经很难具备 20 世纪初那样的革命性和解放意义了。张竞生关于身体意识的许多提法，也在不知不觉中成为消费文化的某些口实。如西式高跟鞋同中式缠足，在挤压磨损女性天足方面，恐怕只有程度上的不同，而快乐原则的性爱自由，则容易滑入性混乱的滥觞。张竞生当年的一切皆从审美的角度出发，呼吁并身体力行的由公家在许多地方设立宏大美丽的商场，出售世界各地华丽的商品，并使穿着美丽的女性为售货员的美的社会组织法，在当今大都市里已经比比皆是，但它们已渐渐剥落了以唯美对抗恶俗的现代性意义，而变成资本渗透的商业行为。虽然如今仍有像女权主义人士提倡的那样，以女性自我呈现的身体艺术模式去对抗现代社会的审美理念，比如重构女人身体，消解传统理想美，颠覆男性中心审美程式等。但总的说来，审美的物化与艺术的商品化已无情地浸淫了整个当代文化语境，身体张扬与花样翻新的社会对抗性质已渐趋淡化。即使在女性主义作品里，妇女辨认自身、感知自身的用心良苦的努力，也很容易就能被置换成男性视角的色情味，这就是当今女性学界耿耿于怀的“看”与“被看”的两难境地。

作为人最后一块领地的身体究竟如何才能回到我们手中?敛抑与狂欢的背后我们该怎样收回自己的躯体话语权?这其实已不是简单的身体与自我、身体与他者的问题了，它牵动更深的或者说需要救赎与解放的，应该是现代与后现代以来，在肉体的跃跃欲试中反而沉睡不醒的灵魂了。心灵意识的薄弱以及灵与肉的严重分离偏斜，已成了当代社会的最大症结，而注定要生存在文化观念与话语实践中的身体，求解放的最大力量却只能来自自我的精神意志。当然，大众媒体推波助澜的所谓时代潮流，对人耳濡目染的影响是极其巨大的，就像社会群体嗜好妇女小脚的时代，几乎没有一个人对这明显的荒谬与残忍行为发难一样，对待身体问题要坚持脱俗态度，尤其是落实到自身行为上，恐怕要比其他事情更为困难。业内人士的焦灼思虑，往往成为主流大众并不理会的边际之声。当然，即使在一些激进主义者那里，自由的身体尚停留在观念层面上的情形也仍然存在。比如，虽然理论界早已从人类起源与父权社会构成的不同角度，论证出美神是父叔神话的产物，把美的主题对象化到女性身上本身就反映了“男性主体身份的成熟和对女性客体地位的确认”[①]。但是，在我国那些从边缘出发的女权主义色彩浓烈的私人化文学艺术作品中，平淡、晦涩、病态，或者说是有缺陷的身体，在那些对男权社会进行孤军反叛的女性自画像中，仍几乎是不可想象的。相反，在自恋与自怜的女作家笔下，我们看到的是一个个更加光彩照人的女性形象。对于她们潜意识里一直焦虑的，恐怕不仅仅是因为害怕身体的“不美”会伤及艺术的“不美”吧？的确，不管是在生活中还是在艺术中，“不美”都是需要勇气的。既然谁都想美并且无权禁止别人爱美，人类对自己历史形成的荒诞，就似乎有些无可奈何，自由的身体仍停留在观念层面由此亦可见一斑。

当然，人类历史的发展过程，同时也是人体自身发展的漫长过程。在这一过程中，人类由于医疗、保健、科技水平的不断提

---

① 李小江：《女性审美主体的两难处境》，叶舒宪主编：《性别诗学》，社会科学文献出版社 1999 年版，第 47 页。

高，自身的形体会被塑造得越来越美，这是身体发展的规律。但是，作为人的物质载体的血肉之躯/身体的自我呈现是一回事，加在身体上的人类意愿与这意愿的实现途径则是另外一回事。大概只有当大多数将身体的舒适、放松、自我感觉看的比美观更重要，那些所谓性感的部位同身体其他部位一样，被既不格外张扬也不特意隐匿地对待时，世间美与不美的身体才能心无旁骛地并肩走在一起。然而，身体的这种绝对自由终究只是一种理想性的设想，社会现实中肉身罪恶与身体崇拜、服饰遮蔽与肢体狂欢、机械矫正与"科技美体"却总是"我方唱罢你登场"地更迭着。当然，这其中任何一种偏废最终导致的只能是身体的美学霸权与不自由。据说，在中国人一片灰头土脸大唱样板戏的年代，《杜鹃山》的女一号柯湘因为"纽襟精致、白衣胜雪"，梳短发但眉目顾盼与身段造型之间"柔媚俏丽"，不同于样板戏中的其他女英雄，革命的同时又有了几分"超阶级的美"，于是，1974 年，不少城市满街的女孩子都梳起了"柯湘头"。[①] 可见，在"文化大革命"那样人性禁锢的年代，性别的个性魅力也会通过身体悄悄地绽放传达出来，并能感染别人。

当然，这"万绿丛中一点红"的身体美学效果的由来，当需要不俗的心计与勇气。同样，我们今天再去观赏古代那些在裙带飘飘中，将胸、腰、臀等今天所谓女性性感部位均包裹得严严实实的仕女图时，仍能感到与现代绘画不同的美感甚至性感。束缚和压抑当然是身体的不幸，只有小心翼翼地规范张扬的维度，并将一切控制在社会允许的话语范围之内，才能寻求一方不甚宽广的合法空间。当然，如果匠心独运，它所造成的视觉效果与艺术魅力，也是非一具暴露无遗的躯体所能比拟的。

---

① 刘嘉陵：《为女英雄补上爱情》，载《文艺报》2002 年 12 月 26 日。

时至身体的樊篱已然拆除的今日，在身体暴露与不暴露、整形与不整形的问题已经不会再成为意识形态强制性话语的时候，这本该是身体多元形态自由发展的一个最好时期。可是，当我们看到从时装模特到封面女郎，从广告明星到演艺名流，从选美大赛到媒体主持，那些风姿绰约的美女们证实着同一个身体工业塑造出来的标准时，我们不免要对这开放时代的身体美学心存疑虑。无论任何文化，当它只有一个标准时都是很危险的，不管这标准是直接限定式，还是由传媒舆论造成的远距离控制式。或许只有走出这些硬性、软性的身体陷阱，真正走向健康、个性、放松时，我们才可以说，我们的身体不但是美的，而且是我们自己的。

四　变动社会的性别修辞：新时期以来的女性身体表述

如果说以上我们主要是在普泛意义上讲述身体话语的文化变迁，本章最后让我们瞩目于与本书主旨密切相关的女性身体的文学表述问题。如前所述，身体，尤其是女性身体，在中国古代文化语境中一直是隐匿在话语暗角漂浮的能指。一方面承袭从孟子那里来的“杀身成仁”、“舍生取义”的道德意识准则，封建社会对妇女立下了“饿死事小，失节事大”的惨烈道德训诫，以对身体“饿死”的灭绝来成就那个“贞节”的精神，人的物质肉身遮蔽在这种虚妄的意志欺骗中成为讳莫如深的黑洞或者说凌空蹈虚的不在场，最终是被蔑视需要回避的对象；另一方面作为男权社会“文化看点”的女性身体又不能从话语场中轻易化为无，于是我们看到在另一些叙事文学中，女性身体又会沾染过多放纵、淫邪的肉体趣味，明明白白地出场（如《金瓶梅》等市井小说）。就是在这种缺损变异的角色反动中，女性身体才在五四以后迎来了正面书写的第一次高潮，比如庐隐、丁玲的不少作品。

相对于古代与现代女性叙述，当代女性文学不但是更大胆地“写身体”，而且突出了“怎样写身体”。从20世纪80年代至今，女性文学不仅在文本叙事层面上实现了身体的由“无”到“有”，而且在身体写作的诗学层面上完成了从身体的社会文化意义到自然意义、从他者的语言的身体到在我“现场”之身体的话语转换。新时期初最具女性（权）意识的女作家是张洁，但张洁当年轰动一时的《爱是不能忘记的》采取了身体的羞涩和对婚外性关系的回避式处理，这种情形一直延续到她的女权代表作《方舟》。以后从王安忆开始，铁凝、陈染、林白、海男等才开始了身体叙事的更深层面的努力。她们叙述身体时方式的差异是明显的，这里没有什么高低优劣之分，但我们从中却可以窥见20世纪80年代以来中国社会语文学变动的具体潜流。陈平原在其著名的《中国小说叙事模式的转变》中曾说：“在具体研究中，不主张以社会变迁来印证文学变迁，而是从小说叙事模式的转变中探求文化背景的某种折射，或者说探求小说叙事模式中的某些变化着的意识形态要素。”[①] 对身体叙事而言，如果说王安忆以编攈故事的方式体现了刚刚冲破身体禁区时期对身体力量的社会学与文化学思考，林白等人的小说是在女权主义大旗下从自我回望的角度出发以坦陈女性躯体激情为己任，棉棉、卫慧的身体写作则是追求当下生活与肉体欲望的在场感，在一种所谓“另类”状态中呈现出身体面对当下生活的战栗之声。

---

① 陈平原：《中国小说叙事模式的转变》，（台北）久大文化股份有限公司1990年版，第3页。

王安忆在20世纪80年代中后期就开始了身体叙述的捷足先登。她当时那一批此类小说的特点是多在远离自身现实生活的时空环境中进行一种身体叙事的文本实验。比如她著名的“三恋”是将故事设置于“小城”、“荒山”、“山谷”等远离自身当下生存的“他乡”（一种遥远的在别处的现实），《岗上的世纪》则在时间上描述为知青年代的“历史”（一种消逝的现实），叙述视角亦均为全知全能式外视角叙述。比如《小城之恋》中作者对那对恋人面对无法控制的原欲是这样描写的：“他们真苦啊！苦得没法说，他们不明白这么狂暴地肆意推动他们，支持他们的，究竟是来自什么地方的一股力量。他们不明白，这么残酷地烧灼他们镣铐他们的，究竟是从哪里升起的火焰。”这里以疑问的语气对“他们”、“他们不明白”等第三人称的使用与将欲望描述为“力量”、“火焰”的理性化陈述方式是很一致的。在“三恋”或《岗上的世纪》中主人公都是被不可知的身体变化/性欲力量拨弄的小人物，他们是作为一种被动承受者出现的，隐含作者在全知叙述的客观冷静中透出一种向下俯视的悲悯情怀。这种写法增加了身体叙述细节化感官性的控制边界，避免了让人窥视的情色感觉。但也由于作者置身于事件之外的态度，客观上造成了叙述人与人物间有距离的间离效果，使通过叙述人为中介的身体爆发与读者间有种“隔”的感觉。另外，尽管王安忆要有意舍去除性搏斗外的一切社会文化（包括爱情）的因素，对男女主人公的性吸引力与性征服作浓墨重彩的描摹，但笔者认为她这种编撰故事的方法还不可能从根本上脱离外界因素去对人做本原意义上的“人性”还原（当然如果真有这样的“人性”的话，那也只是抽象的观念上的人性）。比如《岗上的世纪》中知青生活中“欲”的强大力量，其实是以上山下乡这场社会化活动对人的本性的约束为前提的。以肉体做交换的女性，痛恨身体的堕落也罢，沉醉于身体的欢乐也好，都可能是一种暂时性的解脱或无奈的自我麻醉。在笔者看来这种把人物推到绝境的身体实验，体现更多的依然是身体纠结在历史环境中的一种非常态的状态，或者说它的盲目无序非理性体现的恰恰是那一年代对人的正常身体品性的破坏。“人们听到肉体的声音，我会说欲望的声音，内心的狂热……如果人们没有体验到这种肉体的激情，他们就什么。”显然。相对于杜拉斯所说的这种从人的本性深处挖掘的活生生“肉体激情”的感性告白，王安忆的身体叙述方式显然更理性一些，也更注重挖掘身体在走向“自由”的过程中背后的社会与文化“负载”。这种有距离地介入，注重身体文化意义的身体叙述行为，在以现实社会中女性经验为表述主旨的小说中很具有代表性。

被普遍认为受杜拉斯影响的是林白、陈染等人的女性主义小说。其中林白在《一个人的战争》及一系列中短篇小说中关于女性身体的成长、欲念萌动、性感觉、自慰体验等均以内视角的直觉，翔实、细节化的大段书写成为身体写作的典型篇章。“……那人四肢并用地在我们的身体上奔驰，舌头像春天一样柔软娇嫩，湿漉漉的温热，像闪电一样把我们的欲望驱赶到边缘，我们的身体如同花瓣，在这热烈的风中颤抖，我们必须控制，我们的面前是春天的野兽，它通过太阳把一个器官插进我们的身体，它刚刚抵达又返回，在往返之中唱着一支蜜蜂的歌，这歌声使我们最深处最粉红的东西无尽地绽放。”这是停留在色情边缘的一幅美丽图画，它从长期作为“第二性”的女性主体身份出发，揭示了性、美、生命力的内在关系，也充分体现了杜拉斯所说的那种肉体激情一旦爆发的快感。林白这里使用的“我们”同其小说中不时出现的“她”、“多米”或其他人名一样，其实都是“我”的化身，这是“叙述人—人物—聚焦者”三合一的一种“内部隐知视角”的叙述样式。娜塔丽·萨洛特评价此类叙事时说：“这个

'我'篡夺了小说主人公的位置，占据了重要的席位。这个人物既重要又不重要，他是一切，但又什么也不是，他往往只不过是作者本人的反映。"[①] 视角与人称的改变或者说作者的切入与淡出也许算不上衡量一部作品的关键因素，但却能影响整体的艺术风味。在身体叙事问题上，这种内部隐知视角为从自我感官出发拥抱个人内心激情提供了依据。从阅读效果上我们也能发现，林白以繁复、热烈、浓密、华美的文字对身体的感性叙述和铺排程度与张爱玲、王安忆的写法大异其趣。这种让身体在文字的飞翔中自由绽放的写作方式最大限度地表达了女性从自我本身（而非通过他者中介或文化诉求）出发感受到的躯体欲望以及这种欲望的旋涡，它与女性主义写作那种急于控诉或颠覆的激情也很吻合。只是林白这种诗性化叙述以及对于语言的过分偏爱与迷恋，在某种程度上也影响了她对肉体家园表达的现实感。有人曾经针对 20 世纪 90 年代以来女性写作中出现的诗性化问题指出，话语操作的抒情性使语言不仅是诗性经验的载体，而且是诗性本身。这导致了意义指向的潜隐性，写作方式的非理性与随意性，使作品的意义显得模糊而游移。过分沉迷于语言的叙述的确有使躯体写作语言化的可能。事实上林白对此亦有所察觉，但她更多地将其当作它的一种写作特色。她曾这样明确说过："在事实中真正的性接触并不能使我兴奋和燃烧，但我对关于它的描写有一种奇怪的热情。我一直想让性拥有一种语言上的幽雅，它经由真实达到我的笔端，变得美丽动人，生出繁花与纸条，这也许与它的本来面目相去甚远，但却使我在创作中产生一种诗性快感。"的确，身体在林白这里获得了"美丽动人"的诗性品质，它同海男既是

---

① ［法］娜塔丽·萨洛特：《怀疑的时代》，柳鸣九主编：《新小说派研究》，中国社会科学出版社 1986 年版，第 35—36 页。

诗又是散文的新文体小说《身体传》一样，成为从女性心底自然流淌出来的一首身体欲望之歌。它是对女性身体感性经验的一种直接确认和幽雅式升华，但也因为语言的渲染使肉体的真实显得有些凌空蹈虚。

“那些温暖的身体/在一起闪光，/在黑暗里/那手滑向肉体的中央，/肌肤颤抖/在快乐里……是的，那就是/我需所求的东西，/我总想回到/我所来的肉体中去。”艾伦·金斯堡这首作于20世纪50年代的诗，曾被出生于20世纪70年代的“美女作家”们广泛引用过。它所蕴涵的把肉体当做存在的焦虑和欢乐来领会，“从肉体中来，到肉体中去”的思想对他们的身体写作产生了极大的影响，至少她们是有意模仿过这种身体话语。如果我们说躯体自然意义上的肉身本质，是从20世纪70年代人直截了当、毫无顾忌的文字开始的也许有些绝对和勉强，但她们的确显示了与前人迥然不同的写作风格：首先在叙事格局上抛开过多的文化重负与诗性修辞，让身体的原初欲念还原，离开过往或他人的身体虚设，追求自我身体爆发的现场感。出生于20世纪70年代的一些女作家也是采取第一人称自传或准自传式写作，但她们无一例外地抛弃了回忆、梦想、眺望、“生活在别处”的冥想等对她们而言仍属于“上半身”的躯体外衣，而直接插入自我内心深处那种身体本能感受。斯宾诺莎说：“欲望是人的本质自身——就人的本质被认作人的任何一个情感所决定而发出的行为而言。”作为神学家的斯宾诺莎没有回避人的欲望，他知道自从人堕落以后，欲望就成了人存在的基本形式，也是本质。20世纪70年代人拆除一切文化与诗性壁垒的目的就是直奔这种身体的欲望而来。但我们不能不承认，让身体在场，对我们每天置身其中的现实生活有切肤之痛，这是文学以语言通往内心和世界的秘密通道，人们是无法绕过身体的欲念感官这一根本性质的中间物，去直奔那些社会学、文化学、诗学与语言学意义的。

当然，作为与动物有别的人类躯体的意义又不能仅停留在自然意义上驻足不前，或者说将身体演绎成肉体乌托邦。身体写作的关键并不像一些人说的那样，写了还是没写，多写还是少写，或者注入暴露程度、煽情控制的量化分析等，而是在于是否通过对身体的书写与人的精神及存在的体验发生了关联，这就必须对身体写作提出更高的要求：身体叙述不是为了提供人物的一些外在行为或纯生理感受，而是提供一个空间，让人物的生命存在及作者对存在的理解得以展开。从这个意义上讲，我认为棉棉、卫慧的问题不在于写了身体，也不在于直面身体的方式不对。在看了过多、过滥的肉体分泌物与快感话语之后，人们又理由询问：你这个“身体”接通的是人类精神领域的哪条血管？难道它只是表明了性和肉体的存在？文学里的性是否有其必要的美学原则？J. 韦尔斯曾说：“把大量起源于别处的矛盾集中到自己身上来：阶级的、性别的、种族地位的、一代人与一代人的冲突、道德上的可接受性和医疗上的解释等矛盾，在性欲（身体）这里有了一个交叉点。”[①] 显然，严肃意义上的身体写作是定义在“沉重”之上的。刘小枫曾在其《沉重的肉身》中说：“身体的沉重来自于身体与灵魂仅仅一次的，不容错过的相逢。”我觉得身体叙述应该建立一个“身体场”：在这里既要有身体的肉身本质（“躯体”），又要有由此而来的身体的价值承担（“梦想”、“交流”、“思考”、“对存在的感悟”、“与神的对话”）。只有它们的共同存在，才能真正完成埃莱娜·西苏所言的“一种与忧惧的欲望无关的爱”。但是我们从年轻一代的身体话语中却读到了一种这二者之间越来越松弛的现象。这才是身体写作的致命所在。

---

① 转引自叶舒宪主编《性别诗学》，科学文献出版社1999年版，第127页。

不管怎样，身体浮出女性叙述地表是文学回归其自身丰富身体性的一种表现，而它的话语流变也是社会变动中女性对自我性别处境之探索逐渐深化的结果。对于当前过多过滥苍白庸俗的欲望话语，我们当然有理由嗤之以鼻，但这并不意味着要文学再回到过去那种只和社会思想与个人智慧有关，不需要身体在场的时代中去。一个无法反驳的问题就是：身体叙述是否为人的存在状态与生命空间提供了一个更新更深入的展示平台？玛丽·道格拉斯说过："肉体的身体可以象征性的复制出大宇宙，即'社会肌体'的脆弱与焦虑。"进入20世纪90年代以后，每一个有现场意识的作家无不卷进更新、更深的时代思考与人性表达的困惑中。如果我们不过于褊狭就不得不承认，那些亲近日常体验，并看起来与人的自我、内心、隐秘感觉、本原意识联系紧密的写作，是更有可能考问到这个时代人的罕见本性的：轰轰烈烈的时代潮流下面究竟潜隐着怎样的生命存在形态？我们应该看到，凡是真正与生命存在相联系的女性身体叙述，比如自我在场的历历可感、欲望的飞升与坠落、身体的膨胀与精神的萎缩等，其实并不仅仅是女性的体验，而是一个时代中人类共同的精神内核。是的，成长、激情、欲念的可控与不可控、身体与个人分离的无奈与无助，这一切都是无法用人类下半身的异同来区分的。真正成熟意义上的身体写作是建立在对身体的存在与美学意义的双重释放之上的，这大概才是20世纪末的"身体写作"景观带给中国当代文坛的真正启迪吧。

第九章

性别魅力的彰显与女性“主体”地位的确立

中国的女性主义似乎没有经历过西方社会由激进主义到消费主义的“渐变”，而是一开始在文学艺术中就是先锋与大众、女性主义与“后女性主义”的“混合物”。它最主要的，当然也是问题最大的一点就是，在女性自恋、身体叙事、自然生理欲望的张扬上构建女性性别、女性魅力，并以此来确立女性的“主体”性位置。或者说，20 世纪 90 年代以来的中国女性主义文学艺术“女性解放”的焦点同样是自我欲望的满足。但与本书所说的西方消费文化浪潮中女性主义强调女性欲望满足的“强硬”立场相比，中国女性写作的表达姿态相对暧昧：它不是直接宣称女性也要抓权、揽权，享受男人享受的一切，而是摆出一副拒绝男权社会公共空间的架势，在女性自我的私密欲望上大作文章，抑或大肆宣扬女性的美丽与魅力，女性以自己的性别将男性置于掌股之间的“能力”。而且这并非如一般人认为的只存在于那些暴露隐私的所谓“女性主义”文本中，即使在更大众化一些的故事型日常叙述中对女性“性”价值的张扬亦随处可见。

一　魅力构成及其表现

当然，具体到不同的小说文本类型，性别魅力彰显的具体途径、话语方式、表达视角是不同的。首先，那些面向大众日常生活的都市“故事”型小说往往通过客观事件的结撰来张扬女性自然性征的“身体价值”，它往往是外视角的、世俗化并带有或隐或显的功利倾向的。浪漫的爱情故事陨落，与性话语相关的女性叙述的日益高涨成了20世纪90年代以来女性文坛的一个突出特征。“浪漫故事的问题之一是，它的传统男性/女性符号已经和后现代社会大众媒体中流动性极强的性别符号不再吻合，也不再适应后艾滋病时代年轻人对性的看法。”[①] 如果说安吉拉·默克罗比的确道出了当下社会的某一事实的话，在没有了浪漫骑士和白马王子的时代女性却又面临着新的危机：即由自然生理特质而来的躯体价值在性别魅力彰显的名义下节节攀升，大有覆盖女性其他品性之势。这当然与新中国成立后在事实上的性别取消政策下女性性别身份长期遮蔽之后需要大量释放的心理渴求相关，但更是体制转型之后整个时代对女性消费性“审美”的直接结果。正如我们本书的第八章在讲到女性话语流变的“消费主义女性话语”时所言，在当下社会女性的某些传统的气质品性，不管是政治一体化时代的朴素大方、只争朝夕，还是20世纪80年代的温柔善良、心灵美，在这个时代已似乎难以作为女性审美的中心而存在，真正站上女性美舞台正中是女性的性感、妖娆之态，美其

---

① ［英］安吉拉·默克罗比：《后现代主义与大众文化》，田晓菲译，中央编译出版社2001年版，第214页。

名曰“女人味”，也就性别“魅力”的彰显。像20世纪90年代后期在两部得到大众广泛认可的作品池莉的《小姐，你早》和王海鸰的《牵手》中，女主人公形象气质和身份遭际的设置是耐人寻味的。不事修饰、一心扑在事业上的著名粮食专家戚润物，作为一个尚停留在政治一体化时代“男女都一样”性别规范下的“铁姑娘”，其“跟不上时代步伐”的形象气质和行为举止让她付出了被抛弃的代价；放弃事业、一心辅佐丈夫，而且美丽、贤淑、温柔，符合20世纪80年代“回归女人”话语一切标准的夏晓雪，同样遭遇了被遗弃的命运。这不仅仅是巧合，这两种曾一度被既往性别意识形态高度评价的女性气质类型现在遭遇“滑铁卢”的性别编码原则在20世纪90年代以来的文学市场上频频出现：《水与火的缠绵》（池莉）中的知识女性曾芒芒因为被斥为“一个天真的无趣的良家妇女”而面临离异；《来来往往》（池莉）中曾经美丽的段莉娜因为后来已经变成了一个只关心柴米油盐和丈夫钱包的俗不可耐的“黄脸婆”而不得不接受丈夫屡次出轨的事实；《女友间》（陈丹燕）中的安安因为固守着单一的服装发式和刻板的夫妻生活模式而使得老公移情别恋于女友小敏；《桑烟为谁升起》（蒋子丹）中的淑女萧芒因为过分娴静典雅和不谙“性”趣而婚恋生活屡遭不测；《仅有爱情是不能结婚的》（张欣）中的夏遵义因为过于持守中产阶级女性的矜持与自尊而无形中把丈夫推向了“第三者”一方；《永远有多远》（铁凝）中的白大省因为恪守善良仁义的古老规训而在爱情婚姻市场上毫无斩获……这些“失败”女性的情变/婚变的具体原因尽管各异，但在气质类型和个性风貌上都有一个共同的“致命”之处：缺乏“女人味”。当然我们也可以对上述女性人物画廊做出其他方面的解读，但一个不容忽视的问题是正是这些每每得到不少读者心理认同的女性形象，客观上使女性所倚重的性别格局中不可避免地带上了以自身生理特质来彰显女性“魅力”、“价值”的“后女性主义”痕迹。而这一切都同“平等”观念下独立自由的女权主义追求拉开了一定距离。

其次，性别魅力的彰显还有第二种表现方式，也是更直接的表现方式，那就是对女性自然生理特征进行浓墨重彩的具体直接描摹，它往往是内视角的，从女性人物主体进行的自我呈现与自我探询。女性身体及相关的躯体语言、躯体感受、躯体意象随处可见，这些在都市故事中“客观”体现的女性“魅力”，到了这里，也就是文坛常言的“女性主义文学”中，成了主人公自我“主观”的审美对象与审美结果。身体存在及其地位的思虑与寻求俨然是这些纠结在“性别”问题中的女主人公们心理活动和日常行为的关注中心。就像不少人指出的那样，主人公流连在镜子、浴缸、床榻旁边是此类小说描述甚为琐细、重复、占篇幅的场景，而以此为道具女性自恋、自赏、自窥的身体叙述及各类身体感觉，尤其是女性性感受则成了她们文本中最引人注目的特征。这在女性形象的文学表现历史上不啻为一场具有开创意义的革命。可以说到此为止躲藏在话语暗角深处的女性内心最隐秘的一极才从女性自己的笔下大大方方明明白白地出场了。相对于古代被置换成香帕、罗帐、绣鞋等女性用品来满足文人士子的意淫想象的女性身体，相对于现代在男性笔下用于建构男权意识形态的女性想象，女性的自我书写无疑是惊人而感人的：它最大限度地还原了女性美丽灼灼、欲望灼灼的性别魅力本色。

那人四肢并用地在我们身上奔驰，舌头像春天一样柔软娇嫩，湿漉漉的温热，像闪电一样把我们的欲望驱赶到边缘。我们的身体如同花瓣，在这热烈的风中颤抖，我们必须控制。我们的面前是春天的野兽，它通过太阳把一个器官插入我们的身体，它刚刚抵达又返回，在往返之中唱着一支蜜蜂的歌，这歌声使我们内心最深处最粉红的东西无尽地绽放。（林白《致命的飞翔》）

林白所勾画的这一幅停留在色情边缘的美丽图画，无论批评界某些人如何指责它迎合了男权看点的作秀姿态，笔者仍然认为它是从长期作为“第二性”的女性主体身份出发，揭示了性、美、生命力的内在关系，也充分体现了肉体情一旦爆发的生命快感。因着女性躯体形象、躯体感觉的长期被遮蔽或被男权话语的挪用改写状态，因着埃莱娜·西苏的“女性写作”理念对中国女性文坛异乎寻常的影响，当然更与当下男权时代对女性书写“看点”的消费趣味相关，以两性“差异”为基础的女性性别魅力的彰显在女性自我发现意义上的“躯体写作”这里达到了高潮。它与前文所述的在日常事件中突显“躯体价值”的作品一道，似乎宣告了一个女性魅力高扬的身体时代的到来。

二　女性作为结构文本的中心

与张扬性别魅力相关的是女性小说中女性主体地位的确立。从打破男权话语对女性的文化想象这一角度来讲，女性小说对其性别魅力的极力张扬本身就是确立其主体地位的一个表征。尽管这一过程中存在一个以女性之“美”，更负面的说法就是男权社会中的女性“色相”（looks）取胜的问题，但“后女权主义”彰显女性魅力本身就是对男权的最大反抗这一理念在消费时代的女性小说中得到了最大的体现。而且在文本叙述表层女性人物的统领者身份也非常明显。当前女性小说当然不乏从社会或精神问题剖白处入手，甚至“无女”之作，但大部分却都是以女性主人公为视角中心或线索中心、以性别问题的思虑来结构全篇的。在生活中身处边缘并属于弱势群体的女性，在女性小说中却并不边缘，有时甚至是绝对的中心。比如晚近女作家流行的“自传体”写作中，从20世纪60年代人的“私人化”叙事到70年代人的“另类”新人书写的小说中所使用的“我”、“我们”或其他任何称谓，从叙事学上讲都是“我”（是隐含作者，但在个人经历、生存状态等方面却常常同真实作者有诸多混淆之处，有时甚至是故意混淆二者界限）的化身。用学术术语来讲，就是“叙述人—人物—聚焦者”三者合一的一种“内部隐知视角”的叙述样式。视角与人称的改变或者说作者的切入或淡出也许算不上衡量一部作品的关键因素，但却能影响作品的整体布局：作品中一切的人物、情节、意念都经这个人物的眼睛、头脑、心灵过滤过了，这就确立了这个（女性）人物在作品中绝对主体暨中心的地位。

除了这种叙事层面上的原因外，女性主体地位的确立还往往与女性性别意识的强烈外露及颠覆男权的峻急态度结合在一起，这其中最具话语开创意义的可以说是以女性为主体的性爱原则的建立了。女人坚持同男人一样，不但有性的自由，而且有言说性、讨论性的自由，有权选择一种以女人自己为中心的“性政治”，这与性话语相关的女权观点在20世纪90年代以来的女性小说中得到了女作家极大的关注热情。从王安忆笔下的李小琴、铁凝笔下的小臭子，到林白笔下的林多米、陈染笔下的倪拗拗，再到卫慧的倪可，甚至张抗抗《作女》中的“作女”卓尔，都体现了一种对以女性自我为中心的性体认、性细节、性感受、性场面描写的极大关注。快乐原则下性愉悦的表达也好，受虐感中性暴力的控诉也罢，甚至厌恶与欢喜交织的性暧昧不明状态，都要以女性主体体验为依据，而非既往文学中男性角度对女性想象的话语强权。席建蜀《一剪梅》中当男性主人公问到“性快感与性骚扰有何区别”时，女性人物雪梅快速地回答：“女人要，就是性快感；女人不要，就是性骚扰……事情就是这么简单。”这或许只能算是一时的戏谑之辞，但却能从中窥见当代都市小说中有相当多的女作家在处理性爱题材时总有种颠覆男性性霸权的强烈渴求，让女性在性的王国里握有主动权，并以其建立一种以女性为主体的新型“性权力”的多样可能。

再次，或许与女作家较之常人更甚的“自恋情结”相关，与现实生活中女性整体的弱势地位不同，不少女性小说中还不约而同设计了“女强男弱模式”。（像有些评论家指出的陈染的系列“私人生活”小说中，女主人公无论在日常生活经验还是在性生活上，对一个涉世不深的大男孩的“启蒙”情节曾不止一次出现过；而将时尚生活糅进狂野风格在文坛昙花一现的卫慧，更是多次叙写女主人公魅力十足，几乎将一到多个或有财或有才或帅气的男子轻松地以“爱或被爱”的名义玩弄于掌股之间。即使在像《作女》这样重在申述新兴的中产阶级女性自我奋斗的作品中，流动在全篇的也是一种“阴盛阳衰”或者说“男弱女强”的叙述基调。张洁 20 世纪 90 年代最具代表性的《无字》、《世上最爱我的那个人去了》等小说中更是冷峻地戳穿了男性神话的冠冕堂皇外衣，将女性的美丽、柔韧、无私、坚强浓墨重彩地表征出来。女性在女性小说中不仅成为贯穿全篇的叙述中心与审美中心，而且以自身的魅力十足反衬出男性王国的庸俗、色情、无聊，甚至丑陋、卑劣。这一切都有形无形地将生活中常被置于对象化的客体地位的女性，在文化书写中牢固地树立其自身的主体地位。而不管是精英一些的女性主义还是更世俗化的“后女性主义”，要想从女性立场出发重建一种全新的性别政治，这一点无疑都是十

分重要的）

三　悖论

当然，既然是着重从两性“差异”的角度来彰显女性自然意义上躯体外形、躯体感受上的性别“魅力”，并主要在这一基础上构建起女性的“主体”地位，就难免不存在着“后女权主义”的话语暧昧姿态。首先，以性别“差异”为女性存在女性意识的合理性依据与差异诉求本身的合理性不充分之间存在着矛盾。从五四运动到 20 世纪 80 年代初，我国女性的主导话语都是关于社会权利地位方面的，20 世纪六七十年代这种向外转的性别求“同”思维甚至发展成性别取消政策。致力于对这一事实进行反拨的近年来的女性写作关注更多的势必就是向内转的那部分求“异”的女性意识。躯体叙述可以说就是这一性别情态的典型体现。如果我们说女性意识之所以区别于男性意识，是由于它是建立在不同于男性躯体的女性躯体上的一种性别的自我感知和自我体认，恐怕是不会有太多异议的。“自我首先是一个肉体的自我，它不仅在外表是一个实在物，而且它还是自身外表的设计者。”[①]“我们的经验（需要得到反映）……靠我们的肉体存在于这个世界上，靠我们的整个自我存在于真理之中。”[②] 现代哲学在 20 世纪的发展不断证明着“身体”在个人/自我主体意识建构方面的

---

① 转引自［美］大卫·M. 列文：《倾听着的自我——个人成长、社会变迁与形而上学的终结》，程志民译，陕西人民教育出版社 1997 年版，第 97 页。

② ［法］梅洛·庞蒂：《看得见与看不见的》，转引自［美］大卫·M. 列文：《倾听着的自我——个人成长、社会变迁与形而上学的终结》，程志民译，陕西人民教育出版社 1997 年版，第 148 页。

巨大作用。女性意识的构成自然也离不开身体意识的发现和开发，而且由于历史上女性生存处境的幽闭和边缘状态，就像苏珊·格巴在《“空白之页”与女性创造力问题》中所说的，在很多情况下，身体是她“唯一可以被用来作为自我表现的媒介”。针对中国过去蔑视女性身体（饿死事小，失节事大）、抹杀女性性别（男女都一样）的历史文化语境，强调身体是女性之社会存在的物质性实体就似乎更有必要。肯定身体写作，并强调在此基础上可以建构女性主体的人也大多是从这一角度来引证女性魅力彰显的性别政治意义的。不过文学叙事中身体的悖论却在于它虽然是建构女性（当然不仅仅是女性）主体的一个必要条件，却不是充分必要的合理性依据。毕竟它只是女性社会存在着一种“物质性”实体证明。罗洛·梅说：“无论自我、躯体、还是无意识，都不可能是‘自主’的，而只能作为整体的一部分而存在。”①女权主义理论家玛丽·朴维更是尖锐地指出：“并不是说具有生理特征的女子不存在，而是指性欲和社会特征并不绝对通过躯体而达到，尽管躯体是有性别的。”② 在我看来，身体的物质性在场当然是保证女性生命充盈繁富的先决条件，但女性存在又绝不仅仅是一种躯体的存在，它在社会语境中的主体性在场决定了它是身体存在（躯体、欲望）与价值存在（思维、情感、梦想、形而上的冥思）的结合体。而所谓性别意识则是建立在这两者之上的而不是其中之一的女性自我生命情态的经验感知。或者说当越来越多的女性写作者集体性地纷纷将性别差异、性别颠覆作为女性话语的当代社会表达中心时，恰恰忘记了性别的某些方面其实

---

① ［美］罗洛·梅：《爱与意志》，冯川译，国际文化出版公司 1987 年版，第 216 页。

② ［美］玛丽·朴维：《女性主义与解构主义》，张京媛主编：《当代女性主义文学批评》，北京大学出版社 1993 年版，第 333 页。

是难以区分或者说无从颠覆的。蔑视身体固然是对身体的遗忘，而以身体存在否定价值存在则是对女性广阔丰富的社会人生所作的一种"身体化"萎缩。也就是说，"后女权主义"所谓彰显女性躯体的独特魅力就是对男性权威的反抗这一命题，本身就含有向男性中心既挑战又妥协的两面性：挑战的是男权中心贬损女性遮蔽女性光辉的那部分，妥协的则是将女性作为欲望化消费对象的那一面。而当今时代男尊女卑的性别格局实质，很多时候恰恰是以表面上抬高女性价值的方式出现的，比如"美女经济"现象的发生。再如，获得了性爱话语的主动权甚至"性颠覆"就能代表女性整体地位上的性别颠覆？在越来越商品化、消费化的今天，性解放潮流裹挟下受害而非受益最大的性别恐怕还是女性，这是无论在西方还是中国当下开放的都市族中正被事实演绎的一个命题。波德里亚曾经说过："身体之所以被重新占有，依据的并不是主体的自主目标，而是一种娱乐及享乐主义效益的标准化原则，一种直接与一个生产及指导性消费的社会编码规则及标准相联系的工具约束。"[①] 应该说与性别魅力相关的躯体话语在中国文化语境中从过去长期的被压抑被遮蔽被革命，到 20 世纪 90 年代以来突然如从潘多拉魔盒中释放出来一样到处弥散、膨胀、招摇，其间是经过了一个复杂的意识形态变异的。或许女性作家在大力彰显以自然性征为魅力标记的性别经验性别意识时，还要关注其为"何种的身体"以及"何种的身体写作"。

与此相关的是，因着追求女性叙事领域的"写作"独立性与消费时代女性文学"阅读"的不独立之间存在矛盾，在性别彰显基础上苦心经营建立起来的女性"主体"地位就有轻易置换成被

---

① ［法］波德里亚语，转引自孟繁华《文化时尚与话语空间》，《文艺报》2002 年 12 月 17 日。

欲望化“客体”的可能。20世纪90年代以来，作家们追求从既往意识形态共名下脱离出来的独立意识陡然增强了。女性作家由于自身处境的边缘状态，对男性叙事传统的无法认同，抑或是天生的自恋情结使然，比男性作家似乎又更倾向于一种远离公共话语的“个人”姿态写作。于是我们发现“个人化”、“边缘化”的，甚至更直接就是为自我写作的情形在当代女性文坛上都不是个别现象。比如林白曾经说过：“写什么不重要，怎么写不重要，是否深刻不重要，是否富有道德感也不重要。关键是它能否激扬你的生命，驱逐你内心的黑暗……”[①] 棉棉在《一个矫揉造作的晚上》中也表达了类似的小说理念：“艺术就是东捅捅西蹭蹭添点乱才好，重要的是创作者得时时保持兴高采烈的状态。”即使看似颇富大众气息的池莉在创作谈中也这样说道：作家“更依赖的是写作的形式本身”，东西写得如何已不重要，“重要的是我已经习惯于这种生活”。[②] 与作家们这种追求写作过程中的主体感觉相悖的是，现代社会主要以期刊、出版等为传播途径的文学其实是以一种社会精神资源的面目出现的，至少一篇发表出来作为公共读物的文学作品本质上讲已经是一种社会性存在了。我们没有理由也不可能，将其从公共领域中隔绝出来完全纳入私人空间，或者说成为作家个人情感宣泄的通道。这就是说作家所追求的个人写作方面的独立性，在现实社会机制下又是不充分的，它至少需要接受来自社会阅读效果的检验。这一点对于消费时代女性文学的身体叙述来说显得尤为尖锐：叙述者将女性内部的感受和冲动以及有关性心理性幻想的一切当作生命本然现象做自在表

---

① 林白：《玻璃虫·后记》，作家出版社2000年版，第258页。

② 池莉：《写作的意义》，《池莉文集》4，江苏文艺出版社1995年版，第238页。

达时，写作这种通向社会的行为最终会将写作者的主体感觉转变成阅读者的对象性客体。这也往往形成所谓“女性的写作”与“男性的阅读”之间的悖论。女性在镜子前自我抚摸、浴缸中身体探索，甚至在床上做爱，在她们或许只是一种无关乎他者的本色生活，然而加上一个文化“窥视者”之后从这个观察者出发往往就有了色情与否的评判定位。卫慧的《上海宝贝》，或木子美的《遗情书》，之所以被列为禁书主要就是从社会影响不良这个角度而来的。我这样说并不是否认就没有个别女性写作者有挑逗炫耀欲以“身体写作”在文坛杀出一条血路的主观企图，甚至存在利用这种误读，以“诅咒男权”的名义从男权市场获利这样荒诞的事情发生，但对大多数人来说，这种追求女性写作独立过程中的审美主体地位与由于女性文学阅读不独立而来的被欲望化客体之间的悖论，确乎是她们面对的一大难题。乔纳森·卡勒曾倡导过“作为妇女的阅读”，但对中国文学目前的接受现状而言，不要说让作为消费主体的男性尝试作为女性去阅读是一件难乎其难的事情，就是为数不少的女性也似乎难以接受那种女性主义式的文学阅读。这就客观上加剧了女性写作所孜孜以求的“主体”地位的动摇之声。当然若是从世俗意义上部分女性主义写作者可以“名利双收”（即是“反抗男权”的女性精英，又是男性图书市场上的赢家）的角度计，这种悬置起克里斯多娃曾说“两性间的必要认同可以作为解放‘第二性’的唯一的、独特的手段”。害怕一旦介入公共话题女性写作就会失去性别特征与优势，或是出于对男性叙事传统的不满与敌视，而张扬女性自然性征魅力，并希求在此基础上构筑女性之“主体”地位，这种写作理由同样是不充分的。

（所以说，作为一个长期被书写被湮没的性别，女性当然要张扬自己的激情、思维、躯体、欲望、对过去的回望与对未来的梦想，但这并不意味着只有女性性征及其附属物才是她们得心应手的独一无二表达，更不足以说明女性写作要以“差异”叙述为前提。更进一步我们甚至可以这样认为，在身体膨胀汹汹如此的21世纪，以“身体”作为反抗意识形态束缚的政治意义已相当稀薄，或者说这个概念原先所指向、所反对的那些对立物已不存在了。这就要求女性主义者在定位“女性意识”时必须找寻女性与自我、女性与男性、女性与社会的新的现实关系。）

第十章

纠缠在利用与依赖之间的性别修辞

在我们所处的社会文化中，社会发展起来的性别角色期待的一部分，便是男人与女人怎样被期待或不被期待运用权力。依循人们对于权力的固定期待，在经济和政治生活中，男性因为通常占有着权力运用的决定性因素，比如金钱、地位，而拥有着权力；女性则因为缺乏这些东西而无法获得权力。作为女性一方若不想按照固定权力观念下的社会期待出场，一个方法是采用直接性的权力迁移手段，即把固定观念上男性天经地义拥有的上述东西直接迁移到女性名下，另一方法则是采用间接性的权力实现手段，即通过与握有金钱或地位的男性建立一种交换关系，以女性的性资本去间接地得到自己想要的东西，进而获得某种权力。当然正如俗语所言：权力也许不分性别，但通向权力的道路却有性别之分。对于某些自身难以具备跻身社会强者的条件与素质、又渴望拥有“权力”的女性来说，往往会弃第一条“精英”道路而取第二条大众化的“捷径”哲学。也可以说，“后女权主义”所标榜的凡俗性、个人化、平面化原则，在消费时代物欲横流的时代大背景下，在女性内心的利益渴求与社会因素的外部压力的双重挤压下，虽然有反抗男权的初衷，但又难免渴望厕身其中（男权支配下的主流社会），将性别作为一种“资本”、以“适应”既成偏见或歧视为代价去寻求在现世的男性世界中一种女性性别“权力”，即为这一心理的具体表现。女性“身体”则在此类性别话语中起到了穿针引线的“关键”作用。

阿里夫·德里克曾经说过：“身体是资本，也是象征的符号；身体是工具，也是自身控制和被控制被支配的‘他者’。身体还是一种话语的形式，在现代性的状况之中，在身体和社会之间，具有多种不平等的权力关系。”① 女性主义的“躯体写作”便是通过放纵自我躯体生命，冲破男性手腕下女性肖像修辞学的种种枷锁，强调女性写作在历史中的不可替代性和文化内涵的无与伦比性，这无疑是女性小说身体叙事在当下最引人注目的一笔。但是，作为 20 世纪 90 年代以来文学的一个“显性”意象，身体代表的又不仅仅是女性主体重申自我的企图，进入消费时代以来，如果说“性欲”和“物欲”已成了支撑社会存在形态的两大指标的话，在男权依然盛行的当下社会中“女性身体”便成了连接这两大要素的价值中介，所谓“男人的性欲，女人的物欲”映照的就是女性身体这一件地老天荒的武器。在当今女性处境依然不尽如人意的情况下，因了物质主义的甚嚣其上与道德自律上的松动，“只有一具躯体”的女性因为利益关系进行身体交换的题材在当今小说中可谓屡见不鲜。这也便构成了同女性身体息息相关（甚至可以说更普遍更与大多数女性现实生活相联系）的另一大主题：物化。

---

① ［美］阿里夫·德里克：《世界体系分析和全球资本主义》，《战略管理》，俞可平译，1997 年第 1 期。

一　身体感觉的不在场

身体的物质化是女性自我的物质化。在这里，“物”的张扬遮蔽或者说稀释了作为“人”（更不用说“女人”）的主体感觉。这种物化选择首先中和掉的就是身体的本能感受，或者说新时期以来快乐原则下的性爱叙述在这种身体交换中是一个需要保持缄默（甚至是饱受折磨）的无。“她静静地由着他解，还配合地脱出衣袖。她想，这一刻迟早要来。她已经19岁了，这一刻可以说正当其时。她觉得这一刻谁都不如李主任有权利，交给谁也不如交给李主任理所当然。这是不假思索、毋庸置疑的归宿。”这是王安忆在《长恨歌》中对于要给一个政界要人做金丝雀的王绮瑶奉献处女身时的描写。处变不惊的镇定和不动声色的简约是它的叙述基调，这是女性在“李主任”（没有具体名字的职务代称，集权势、金钱、男性权威于一体的菲勒斯能指）的强大光环下，自我自动萎缩的一个表征。建立在交换基础上的身体行为往往剔除了性爱过程中的“爱”与“美”的因素，更与“张扬自我”“个性/女性解放”、“反抗压抑”、“重建女性话语”等身体性别政治无关。它其实是一种人性/女性自我自动萎缩的表征。这在那些处于绝境中的下层女子身上更是褪尽了它以性易物的“公平”外衣，暴露出让人触目惊心的狰狞与兽性本质。旅美作家严歌苓首获大奖的小说《天浴》描写了一个下放到偏远山地放牧的知青文秀，为争得回城指标出卖肉身的凄怆故事。“来找文秀的男人不再是每天一个，有时是俩，有时是仨……清早，文秀差不多是只剩一口气了。她一夜没睡，弄不清一个接一个进来的是谁……”这是强权男人在权色交易的幌子下欺凌弱势女子的最本质写照，同时也是女性自我客体化的原始本相。康正果先生曾这样概括这一类女子的行为："赐除了情爱和美感作用的性行为成了一种随时随地都会发生的日常活动，与内心的真正快乐无关……（物化）实际上成了把身体作为消费品去使用的活动。女人一方面把自己作为'物'供他人享用，一方面又从他人手中索取物来满足自己，通过'我占有物'的形式，最终使自己陷于'我等同于物'的事实。"①

物质（利益）的彼岸能否承载起身体失重感的代价？或者说将男性欲望自我对象化的女性是不是可以在物质世界繁华的背后获得生理与心理上的平衡？不论文秀这种交换是否能达到自己的预期目标，在这一过程中，她已先期地将自我主体感觉悬置了起来。我认为在文秀，或者还有王瑶（九丹《乌鸦》中的"我"）、小黄米（铁凝《小黄米的故事》）这类女子身上，最恰当的结论应该是她们对于物的欲望大于性的欲望，更毋宁讲情感的因素了。在这方面或许《岗上的世纪》是一个转换的例子。但我认为王安忆将李小琴的社会处境一直向无限制的边缘推，实际上造成她性欲力量的升腾其实是对"物"的彻底绝望后的一种别无选择和孤注一掷的结果，我认为她前后的迥然有异恰恰验证了"物化"对人的正常身体品性的侵蚀和破坏。

身体感觉的不在场，恐怕是把自我"等同于物"直奔那个现实目标时的女性所必然要付出的代价。当然试图揭示女性在高度精神化的生命渴求与现实中的物化行动之间强烈反差与冲突的也有，比如以大胆袒露女性性体验中的细腻感受而著称的林白，在其《致命的飞翔》中就通过北诺这一人物形象表现了性欲与物欲

---

① 康正果：《浮世的炎凉风光》，康正果文集：《身体和情欲》，上海文艺出版社2001年版，第83页。

的不可调和。为了一张事关个人前途的表格，第一次来到那个她并不喜欢的秃头男人家里时，“已经很久没有过性生活的她对自己说：这不是一场交易，而是她生理的需要，就像饿了要吃饭一样，尽管饭不好，还是可以吃的。”但是怀着“流水”、“阳光”、“飞翔”等诗性期待的女人在遭受了多次性暴力之后，终于明白了要从作为一种物质手段的身体中获得想象中的生命渴望是一件多么虚妄的事。“一切北诺想象中的手的美妙，舌头的美妙全没有出现……她体内的液汁凝固成一小坨冰冷的固体，冰冷而尖硬”，“她僵硬而干涩地感觉着男人身体的压迫以及干硬的进入”。非但如此，与丧失身体感觉一并涌来的还有被轻慢的侮辱与牺牲不果的愤怒。与文秀只能以自杀回报她那个永远也实现不了的回城梦相反，这一次经受身体折磨的女人心中燃起的是复仇的火焰：战争终于爆发了，但这不是“一个人的战争”，而是在两个人（性别）之间爆发的战争。林白最后为我们描绘了一幅“鲜血上涌”的壮丽画面，实际也宣告了在自我物化中寻找生命激情的彻底失败和不可能。

二　物质的笃定与精神的虚无

由身体物化而来的惨烈结局（比如文秀的自杀、北诺的杀人），造成了女性同外部世界（也可以说男性）剑拔弩张的紧张与危险关系。当然并非所有作家笔下的身体物化话语都以这种激烈峻急的面目出现的。当人们将故事设置于我们当下感受着的都市日常喧嚣时，当困扰女性的生存境遇不再那么苛烈和极端，尤其是当作家放弃从女性主义的单一立场来审视我们这个物质时代时，她们笔下审时度势的女主人公们更愿意以一种笃定平和的姿态来看待这场交换：一方面，物质的力量，或曰利益的诱惑是巨大的，在我们这个金光灿灿的都市日常生活中，一切的文明、高雅、情调、时尚都需要以物质为底子，甚至物质本身就成了一种精神（只是没有准确的命名而已）；另一方面，因着道德主义的滑坡及性与爱情婚姻关系的越来越松弛，身体上的精神因素又日渐稀薄。所以女性更希望将物化行为看作是自我“主体”选择的结果：赢了，得到的将是一个世界（虽然只是物质）；输了，不过是一具“躯体”（《小姐，你早》中的艾月就振振有词地宣称：“我没有出卖灵魂，我只是出卖肉体。”）

物质的笃定牵引的是我们这个时代情欲泛滥的另一根神经。20世纪中国那段以集体贫穷的方式消除对贫困本身的恐惧的日子已经永远过去了，那种完全漠视物质存在的姿态不仅空洞而且脆弱。财富成了中心的价值坐标，贫穷或者匮乏才是滋生一切阴暗心理的温床。在这种物质话语已基本合法化的时代空间里，女人要“有钱、强大、具有力量”的愿望（朱文颖《高跟鞋》）并不比同时代的男人弱，而在人的欲望以充分张扬为“真”、克制为“伪”的现代语境下，她们身体的物化观念也比以前任何一个时代的人来得更坦率、更彻底，甚至更轻松。魏微《情感一种》中为了一份体面的工作同一个中年男人交往的栀子对“身体”的这种领悟，在年轻一代写作者笔下是颇具代表性的：

关于身体，栀子是这样想的：它不重要，对女人来说，只不过是身体，需要维持它的基本需求；吃饭、排泄、做爱——她喜欢和谁做爱，就和谁做爱，和这个男人是做爱，和那个男人也是做爱；做爱不但能够得到快乐，而且比快乐更重要的，还是利益；妓女可以得到钱财，女间谍可以得到情报，女职员可以升迁，女演员可以出镜，女歌手可以扬名，女作家可以发表小说……栀子可以得到一份工作，留在上海。

就像王绮瑶似乎并未感受到身体（甚至可以说是精神）的多少受辱感就自然而然地投入了李主任的怀抱一样，比起张爱玲《第一炉香》中的葛薇龙，当下作品中的不少女性人物已大大缩短了身体物化前的心理挣扎过程。她们不再将自身的行为定义为走投无路之后的决绝“沉沦”抑或男权势力下的无奈“苟且”，不少自视甚高的女性甚至要在物质化的背后努力寻找一种“意义”的支撑，或者说她们与世界“和解”的平衡支点。比如《高跟鞋》中追求物质生活的安弟就根据馈赠者的不同将礼物分为纯物质的礼物和“带有精神特质”的礼物，而接受后者（自己对之有一定“感觉”的人的礼物）“是可以的，是应该的，是令人愉悦的”。栀子更是愿意将她与潘先生物质的身体的交往在心里不知不觉地自我置换成“情感一种”，才能找到行动下去的理由。还如上文提到的《男豆》中的女主公对傍人这种事竟提到了“时髦”这样的“时髦”说法。爱情退场之后，性与婚姻的关系亦往往脱节甚至相互钳制，如盛可以的《手术》中说：“很多婚姻让性爱毁了——已经提前感觉腻味，哪来结婚热情：很多性爱也让婚姻毁了——婚前没了解对方身体，哪里知道性事和不和谐。”但是身体与物质（利益）的或隐或显联姻在新一代作家笔下不动声色、镇定自如甚至有些“天经地义”地不断演绎着。这里不仅有借助下层女子“活着”、“活下去”的理由使身体物化成为女性生存之“必需”，更有本来就属小资阶层的女人在“活得更好”的名义下对自身身体资源的自觉“开发”利用。殷慧芬在《焱玉》中的一句话：“堕落也要讲品位，讲格调哩!”应该说不但是这些“新一代”物化女性的最好写照，还提出了一种物化“阶层化”的命题。“格调”光环下的身体付出自然排除了下层女子的走投无路呼天抢地色彩，它是平缓的、迂回的、进退自如的，斤斤计较的，一切都控制在理性范围之内的。只是不管哪种方式，在物质的排山倒海气势面前，身体都成了女性人物手中最后一个，或许还是唯一的一个可供利用的道具。

但是，我们说女性努力“寻求”这种物化过程中的主体感觉，却不等于说她们就一定“找到了”这种感觉。弗洛姆曾针对那些张开双手拥抱物质的人说：“……他（她）的‘自利’已专心致志地把他（她）塑造成能雇用‘他（她）自身’的主体，塑造成在人格市场上能卖到上好价钱的商品。”[①] 自我他者化的女性既然在利益面前选择了不动声色地身体付出，而这“付出”也便势必影响到她们所希求的那种物质背后的“精神特质”。如果说个人化时代的写作已将“女性可否物化”这样的问题做了大致肯定的简约式处理，却很难绕过“物化之后怎么办”的命题。事实上，很多此类题材的作品都不约而同地写到了主人公不管为自己找寻多少“高雅”的理由，却几乎难逃相同的心灵结局：那就是比广阔的物质更无边无际的是精神的虚无。住进了“爱丽丝”公寓的王绮瑶就只剩下繁华背后的“静”（不为人知、无所事事的）和“等”（被动的、依赖于他者的）来填补那漫长难挨的日子了。同样20世纪90年代以来从小城搬进上海艾温公寓的王小蕊亦是直接感觉到一种“说不出来的空虚。她不知道这种空虚是什么时候、又是从什么地方跑出来的，她不知道这种空虚到底是什么东西。它们现在围绕着她”。醒悟到身体与利益之间的交换实在插不上“情感”这颗砝码的栀子则在寒冷孤独的

---

① ［美］埃里希·弗洛姆：《寻找自我》，陈学明译，工人出版社1988年版，第176页。

学生宿舍里，慢慢滋长了受伤和逃离之情的。《高跟鞋》中叙述人的感叹，“究竟要走多久，物质才能抵达精神的边缘；或者换句话讲，精神要付出怎样的代价，才能得到它赖以生存的物质基础”，应该说是困扰20世纪90年代小说中物化人物的两难境地。在我看来，坦诚地面对物化的这一代人是笃信物质是建立精神尊严必不可少的基础的，但是当庞大的物质主义世界全面降临时，温暖而柔情的人性世界却有悄悄退场的尴尬了。当一个女性在利弊权衡中，甚至无法或拒绝从自我身体的拥有与失去中，去体认生命的那份欢乐或痛苦之情时，物质的幻象当然就腾空了她的内心，精神性的麻木、虚无、疲劳也就在所难免了。

三　是性别利用也是性别依赖

对于时下的这种女性自我“物化”问题，笔者认为应该同上文所述的在性别魅力的彰显中寻求一种以女性为中心的“主体”地位有相关，或者最恰当的说法是，一种在男权社会中女性以“性”为资本的性别利用行为。或许这种类似美国粉红剧场中的女性故事，的确能够牵动生活中某些处于弱势地位徒有一副“躯体”的女性的内心。反正如果少了它，当下的女性小说，至少新一代作家的小说肯定会少了的诸多表征时下女性生存的话语特色。《情感一种》中进行“性别启蒙”的表哥对栀子说过：“聪明的女人既成了事，又毫发未损……次一些的虽成了事，也付出了一点小小的代价；最笨的女人是折了身体，又赔进去了许多感情。”这似乎是戏言，但却清晰地印证出当下某些人心中一种对内“保留几分”对外索取多多的世俗气息的“后女权主义”心态。陈晓明在评价 2001 年引起图书界轩然大波的《乌鸦》时说："一个女孩为了自己想要的生活，就得和一个老头子睡觉。她……所有的痛苦，源自青春没有卖个好价钱。"话虽刻薄了一点，却透露出时下女性创作中对于拘囿在性别关系中的此类女性寄居心态有着异乎寻常的摹写热情。这里不仅有以卫慧系列作品为代表的围绕女主人公而来的"依赖—抛弃"模式：年轻性感、受过高等教育，但无业，或者是不屑于体制内就业的女性身边不乏富有而死心塌地的男性追求，并且一般不止一个，而女性则凭借其自身"魅力"自如地操纵他们，其物质上剥削与精神上把玩的姿态正所谓男权主义者对于女性态度的颠倒版；还有九丹、朱文颖、魏微等，对于以或明（直接从事身体与物质的交换）或暗（以"爱情"或婚姻的名义）方式企图将"性别"作为改变个人生存境遇砝码的女性心理的细腻剖析（如《高跟鞋》、《水姻缘》、《情感一种》、《大老郑的女人》等）；更有金仁顺《水边的阿狄丽雅》（改编成电影《绿茶》）、张人捷（《何日君再来》）等，对具有双重身份双重性格（一边是研究生、大学生的"高贵身份"，一边是进行赤裸裸性交易的妓女）的女性人物的偏嗜和迷恋。可以说在这一点上当今的小说比以往任何时代都对纯洁、浪漫、爱情、理想、道德等过去往往罩在女性主人公身上的美丽光环作了彻底虚无主义的剥蚀性处理。站在以自我为中心的"后女权"立场上睥睨由女性魅力而来的性别"特权"，当然就能诠释出一幅女性收放自如的性别利用图。世界整个地脱节了，太多的不正当交易无声无息地在我们周围发生，这使更多的人仿效不择手段的手法。妓女（包括更多带着形形色色伪饰的"准妓者"）在这种性别关系中便被认为是女人用性来控制男人的谋利者。美国的异端女权主义者佩格利亚竟言，妓女是"性王国的君主，男人若想人内，就必须付钱”。[①] 这大概是“后女权”发展到巅峰之处的一种“妓权主义”的理论吧。

尽管有社会学家在考察了一番中国当下社会现实之后发出了“女性商品化、商品阶级化”的命题，奉劝大家莫把“女明星出写真集”与“妓女接待糟老头子”混为一谈，“大多数妓女不过是为弟妹攒学费、为父母挣药费，还达不到‘自由’‘民主’的程度……‘笑贫不笑娼’的价值观虽然流行各界，好像还没有真正落实到妓女的头上。”[②] 不过，同冰冷残酷的从妓者现实相比，从九丹到木子美等不惜自我兜售隐私以出名赚钱的“文化妓女”却在骇世惊俗之下披上了一件时尚的外衣。然而当妓女惯于以职业的耐力把身体甩给她们的嫖客时，往往会以自己的无性消解了男人太多的性；这情形同那些在各种时髦理论包装下以太多的物欲与性欲将个人的灵魂、情感乃至情欲完全抽空有些类似。因为这内中真正核心的问题是女性在性别“利用”之途中对男性以及男权社会的彻底依赖：在性别魅力彰显的基础上建立的女性“主体”地位很容易就能转化成（男性）消费性客体，或者说其中本身就包含着将男性欲望对象化的因子。而她们作为女性的魅力，只能够通过男人的肯定才能得到；离开了男性的赏识、追逐，她们作为女性的心理优势将会消失，当然一并消失的还有她们其实更加耿耿于怀的物质享受。物质上的依赖肯定使她们在精神上、心智上得不到真正的自立，一个一个更换男性的“自由”掩饰不住作为整体的男性社会对她们的更深的控制。

挑明并强烈反抗男性作品中的男性霸权观念一直是女性批评

① 转引自康正果《身体和情欲》，上海文艺出版社 2001 年版，第 101 页。

② 社会学家吴小英的发言，参见黄纪苏整理《性、性别与中国社会转型》会议纪要，《天涯》2003 年第 5 期。

的一个重要内容，但是对于女性作品中的性别依赖思想却一直未能引起女性学界的必要重视，其实这或许本来就是一个问题的两个方面。如果严格地按女权主义的独立平等要求计，笔者认为即使在时下拥有强硬女性意识的作家作品那里，也难免会残留着某些性别依赖的影子。比如公认的女权主义代表性作家张洁就曾在一篇文章里由衷地写道："虽然每每批评电视里那些以男人为中心的广告，对画面中那些在男人的百般呵护下，甘愿做依人小鸟的女人'哀其不幸、怒其不争'，即使连自己也不知道这些批评正是艳羡使然。"① 这种心理也可以解释她前期作品中何以会出现那么多大男人/小女人模式（如《爱是不能忘记的》、《沉重的翅膀》等），甚至于她近期以自我为原型叙写女性不幸命运的长篇小说《无字》，有人竟解读成"是一个想做'小女人'的女人在付出了努力之后，发现到手的男人并非她原先期待的那种能像母亲般让他任性享用的'大丈夫'，而是一个同她一样地自我中心的世间俗物而产生的失望与愤怒。"② 我们当然可以指责这种阐述是一种"男性视点"，但就像陈染在其作品中曾直言一直想找一个"能覆盖自己的父亲般男人"一样，我们无法否认女性作家作品那里似乎有一种根深蒂固的性别依赖情结。这或许与前述新生代作家那种物质依赖、世俗依赖有所不同，更多表现出一种能力依赖、经验依赖、文化依赖，甚至人格依赖、精神依赖，但是女性祈望来自另一性别的扶持并先期地以"小女人"自居的心态恐怕是相同的。而当女性辗转在性别利用与性别依赖的夹缝里，妄图在两性格局中以依赖的方式达到利用的目的时，必然要

---

① 张洁：《可怜天下女人心》，《张洁文集》2，作家出版社 1997 年版，第 554 页。

② 徐岱：《边缘叙事——20 世纪中国女性小说个案批评》，学林出版社 2002 年版，第 176 页。

以女性人格真正意义上的自由、独立、平等的磨损与丧弃为代价。这也就解释了“后女权主义”观点中女性意识的“强硬”何以只能是一种表面上的强硬，而一贯倡导对女性心理“真实再现”的当下女性小说又何以继承了这种女性意识的衣钵。

无疑，性别利用与性别依赖都与真正的女权主义性别政治相去甚远。眼下的问题是：为什么那么多的女性作家作品，都要不约而同地纠缠在这种性别修辞中去表现女性人物在自我物化之途中“甘愿如此”或“不得不如此”的一种不健康（至少与女性主义的倡导背道而驰）心态呢？我认为这与目前文学叙事追求故事素材与价值取向上的新异性尖锐性不无关系（正面表现“坏女人”的堕落故事并在“人性”的名义下做大致肯定的叙述，相对于既往文学史中此类题材的鲜见与态度上的否定，或许更利于年轻一代的女作家们在文坛争得“脱颖而出”的话语空间）。当然从文学是对现实生活的反映这一古老的现实主义原则来看，中国当下现实生活中又确实存在着某些女性自我物化的生存状态，而据社会学家经济学家观察，在某些地方某些阶层中这样的女性生存还相当普遍，并且与上文所述不少小说中女性人物在“物质的笃定”背后还往往感到一种“精神的虚无”相比，有些人甚至连这种“虚无”（进一步说应该是“羞耻”）之情都没有，这种“另类”之态恐怕是令关注女性问题的人们感到最悲哀的。[①] 这其中最关键的问题应该是中国时下那种无所不在的“泛市场化”现

① 这里的“另类”与当代文学批评中用来指称新生代作家中所描述的泡吧、飙车、摇滚等时尚生活的“另类”有所不同，它是指女性通过个人“性”资源用来赚取利益，甚至直接谋生的生活方式。社会学家用“灰色女性”一术语专门呼之。关于她们的实际生存状态可详见何清涟《“灰色女性”及其他——原始积累时代的社会众生相》，骆晓戈主编：《从神话走向现实》，湖南师范大学出版社 2000 年版，第 157—170 页。

象——即生活中每一种行为均变成交易，没有任何“公共空间”可以逃脱市场化的渗透，比如“公共厕所”、“义务教育”、“公园”、“公交”等所谓“公共”的地方或活动其实都需要钱作后盾，这一切不仅加重了人们的经济负担，更对人们的心灵产生了难以估量的负面影响，它最终导致缺乏对自我权利、他人权利、公共空间的严格划分，泯灭了什么东西必须用钱买、什么东西不必花钱或花钱也买不到的界限。

与传统市场以产品生产为主导方向不同，现代市场是一种消费市场，而且，据巴伯分析说，现代消费市场也正经历着一场从“硬消费产品”生产（服务于人的身体）到“软消费产品”生产（服务于人的灵魂和精神）的转型。巴伯还曾以揶揄的口气说，这种灵魂服务的结果，在很多时候可能会使你丧失灵魂。[①] 消费时代的女性小说从某种意义上讲，就是这样一些“软消费产品”。生产总是沉重的，它联系着汗水和责任；而消费总是轻松的，它联系着欲望与满足。而这对一个人来说会直接促成个人主义与私欲主义，对一个社会与群体而言就是道德沦丧与价值紊乱，对女性来说则会形成一种拿青春/身体作赌注的自我物化行为。它是拒绝深度人性追问的个人主义、私欲主义、享乐主义思想在性别领域里的反映。甚至我们可以认为，这既是从女性角度对父权社会道德沦丧与价值紊乱的一种变相反抗，又以自身的道德沦丧与价值紊乱加剧了这个时代的道德沦丧与价值紊乱。由于它的存在，消费时代的女性小说演绎了一曲纠缠在利用与依赖之间的性别修辞。

---

① 《天涯》2003年第1期，第191页。

第十一章

“空白之页”:性别围城之外的话语缺失

对于现代女性主义而言，不论是要求平等地进入现存性别秩序，还是要摒弃和改造它，也无论是属于何种体系何种派别，其女性主义的基本宗旨是相同的：那就是在社会政治领域强调平等和独立基础上的社会进步；在精神创造领域则强调为这种社会政治权利的争取而进行文化造势。中国女性写作繁荣如斯的今天，似乎已没有多少人非要扼住女性说话的咽喉，但女性在文学艺术中所发出的声音是否倡导的就是鼓励其真正的自立、自强，有助于其自我主体意识的逐步提高？在这一点上我认为某种程度上说，中国当下的女性写作并未做出有力的回答。正如某些人所批评的那样：一段时期以来，纠缠在性别关系中，进而只谈论女性中的自己，而自己之中最重要的又是自己的身体，便构成了时下女性（主义）文学的一种层层退缩的简约方程式，而这一切都使女性在文学叙述上的话语持有者身份与其社会政治领域里的边缘地位极不平衡。或者说女性主义在是否争得话语权与怎样争得话语权之间存在着深深的悖论。其消费时代的文学表现形态便是女性写作体现了一种严重的敞开（女性“私人生活”）与遮蔽（社会公共空间）的话语偏斜性质。与以往文学评论总爱从作家作品出发审视其究竟“写了什么”不同，在本节中我们要关注一下消费时代的女性小说“没写或少写了什么”[1]，以及这种遗漏透露的是怎样一种女权观念变异的悄然信息。

一　另一种“空白之页”

《空白之页》原是西方一部文艺作品，大致说的是，一群修女种植的亚麻布被送进皇宫去做国王们婚床上的床单，新婚之夜过后亚麻布被庄重地向众人展览，以证明皇后是不是处女。随后床单被归还修道院，装裱好后镶上框子挂在陈列室中。床单下都附有一块刻有王后名字的薄金属片，而其中一张未标明名字的床单引起了人们的兴趣，那床单一片雪白，就像一页空白的纸，小说的名字由此而来。女性主义者苏珊·格巴在其著名的论文《“空白之页”与女性创造力》以此为隐喻提出了女性身体书写与女性创造力的问题。她首先援引了在西方家喻户晓的皮格马利翁的故事，即：皮格马利翁根据自己的意愿塑造了一个美丽的女性雕像，并向爱神维纳斯祈祷，希望爱神赐此象牙女郎给他为妻。于是女郎活了，这使皮格马利翁欣喜若狂，那是因为，象牙女郎是他按照自己的意愿塑造的女性生命，她是一个柔顺、随和、纯粹的肉体，他也因而避开了男人不得不面对的自己是从女性身体

---

① 结构主义文论的代表人物彼埃尔·马舍雷指出，一部作品与意识形态的关系不是看它说出什么，而是看它没有说出什么，正是在一部作品意味深长的沉默中，最能确凿地感觉地意识形态的存在，“我们应该进一步探寻作品在那些沉默之中所没有或所不能表达的东西是什么”，“实际上作品就为这些沉默而生”。［法］彼埃尔·马舍雷：《文学分析：结构的坟墓》，董学文、荣伟主编：《现代美学新思维》，北京大学出版社 1990 年版，第 363 页。

被创造出来的羞辱。苏珊·格巴认为，我们的文化深深地植根于男性本位的创造神话里，男性希望以他们的想象重塑女性，女性没有自己的声音和品性，完全是在男性的操控下被创造出来，女性不仅是一般的物，还是文化的产物——男人规范的艺术品，被异化为文化之内的人工制品。而《空白之页》的故事却反其道而行之，在苏珊·格巴看来，修道院陈列馆是一个隐喻之所，亚麻布上的血是女性贞洁的象征，如同处女的献祭一般，暗示着婚姻就是一场殉难——处女从此被埋葬在这婚床中，它暗示着妇女的艺术创造力乃是通过创伤而生产出来的男权的副产品。男性运用其阴茎之笔在处女膜之纸上书写，这种模式是一种源远流长的传统的创造，它规定了男性作为作家在创作中是主体，而女性则是一种缺乏自主能力的次等的客体——男性的被动的创造物，被驱逐出文化创造的殿堂。她们对自己操纵笔的欲望感到一种僭越的恐惧，为自己对于天赋的无力压抑而感到怨恨。而无名皇后的空白床单却不是被动的符号，它成了一种神秘的抵抗行为，是对纯洁的拒绝、对男权的否定。无名皇后不再像其他女性一样服从于父权制的统治，她通过不去书写人们希望她书写的东西来宣告自己。“空白之页”并非一无所有，它代表了女性真正的内心世界，是女性丰富多样的创作力的体现。它有意地抗拒男性的权威，忠实于女性的内心，为灵感和创造作出一种准备的姿势，以便重新改写女性身体的历史。一言以蔽之，“空白之页”的故事说明了“女性作为本文和艺术创造物这一意象是怎样影响着她对自己肉体的态度，以及这种态度反过来又怎样影响了构成她创造力的隐喻”。[1]

---

① 张京媛主编：《当代女性主义文学批评》，北京大学出版社 1992 年版，第 165 页。

如果说“空白之页”在经典女性主义那里总是充满了昭示女性反抗、颠覆男性菲勒斯—逻格斯中心主义的激进意味的话，我们在这里却不是从这个层面来使用“空白之页”这个著名的隐喻，而是指出消费时代中国女性文学与女性主义所面临的某些问题，一些缺失与空白：因为纠结于性别格局的小圈子而无法面对宏阔社会情怀的缺失与空白。借用一个经济学术语“马太效应”（典出基督教的《马太福音》，指越是穷人越少挣钱的机会，而越是富人就越有生财的空间，两方面都呈两极化发展），女性主义在上述两点上的一致关系，可以表述为女性越是在社会政治领域争得更多的独立自主地位便越是在文化精神领域拥有更多的独立话语权。在西方女性主义兴盛的20世纪60、70年代，借助于轰轰烈烈的女权主义政治运动，对女性有利的系列政策法规相继出台、女性现实处境的相对改善、为数不少的女性主义经典论著以及传承这种思想的女性主义文学艺术的出版问世，很大程度上便体现了女性主义在这两个领域同步发展的一种顺承关系。

然而女性问题的复杂性在于其社会政治权与文化话语权并非仅如上述所言是相互促进的一种关系，就像“马太效应”也不排除穷人破釜沉舟反而广开财路，富人坐吃山空结果家徒四壁的戏剧性逆转现象，有些时候女性在精神领域里引人注目的独特话语权的取得却并非意味着为其在社会现实空间争取了更多的权利与权力，相反甚至会以后者的丧失为代价。这其中最关键的问题是，女性在文学艺术中所发出的声音是否倡导的就是鼓励其在社会政治领域里的自立自觉？急于争夺话语权的中国当下女性写作在这一点上并未做出有力的回答，甚至很大程度上背弃了女性主义在社会政治领域争取主动的初衷。这与其对“女”、“性”特色的片面强调相关。即内容上放弃与男性“在同一地平线上”的社会话语转而追求以“差异”为中心的性别格局；形式上摆脱所谓男权中心建立起来的那套整体的、宏阔的、理性化的叙述方式，强调女性经验的感性、幽闭、偶然性和碎片化。应该说这急于同男性文化划清界线的女性主义性别政治的提法本身难免不包含着一种缘自压抑太深的性别偏见：它将人类既往文明一概划为男性文明、又期望能在远离这一切的基础上建立一种纯粹的“女性文明”。无奈任何文明都是现存社会条件下物质与精神的成就总和，而单单以“性别”作为轴心的文化建构必然会自觉不自觉地割断了同一个时代的政治、经济的更深的联系。或许论及“时代”、“社会”、“政治”、“经济”等问题在某些女性主义者那里往往会演绎成“以‘人’遮蔽了‘女人’”的性别漠视，但笔者认为恰恰是这种处处强调性别的方式造成了女性写作的“空白之页”，使其对自身其他权利拱手相让，并由此沦为一个更为弱势的性别。

二 社会意识的黯弱与自我边缘化

客观地说，当下风姿绰约的女性写作往往是同“边缘”状态、“私人生活”、与历史的疏离和对记忆的发现紧紧联系起来的。从女作家偏爱的成长小说看，20 世纪 60 年代人的私人化写作与 70 年代人的另类书写对公共秩序的或决绝逃离或放纵反叛自不必说，那些相对来说力求让文本更具历史感和文化厚重意识的作家则喜欢将她们的女性人物构筑进“过去时态”的历史空间里。比如旧上海流逝指向中的女性怀旧情怀（《长恨歌》）、重庆饥饿时期的自我发现纪实（《饥饿的女儿》），或者干脆以年谱的形式进行“记忆的耙疏”（《乌泥湖年谱》）。可以说在目前被普遍叫好的女性写作中，时代“现场感”的缺乏和对公共话语的回避与排斥的限度问题并没有引起批评界的足够重视。甚至可以说，写作范围偏小、重心嗜私语与自恋、趣味偏“女化”“性化”已成为目前流行于女性学界的主要特征。换句话说“性别”往往是女性文学创作成功或备受争议的关键词。笔者在此并不是否认女性小说中也存在以男性为中心人物，甚至从男性角度进行书写的现象，而是说相对于当下名目繁多的诸如官场小说、商场小说、战争小说、生态小说而言，女性写作即使不能笼统地称之为“情场小说”的话，也大可因为大多纠缠于男女关系的日常悲欢中而称之以“性别小说”。比如曾提出“超性别意识”的陈染实际创作贯穿的其实是典型的性别意识，同样一直倡导超性别之说的张抗抗 20 世纪 90 年代以来最重要的两部小说《情爱画廊》、《作女》所突出的也是性别观念。笔者在此同样不是否认性别是人类的一种最基本的关系，而社会的现实的种种冲突可以通过文学的社会性别想象表达出来，况且不少男性写作关注最多的也是性别问题；而是说一个时代复杂的政治经济文化状况或许从性别关系中能有所折射，但却并不必然从性别问题中反映出来。当过多纠缠在饮食男女间的具体而微的记录上时，性别问题可能会遮蔽了诸如描绘一个时代的中心问题、揭示社会政治压迫、关注弱小群体的命运、追求人类理想等对文学而言同样重要，甚至说更能体现一个作家胸襟的开阔与运笔的精到的另一些问题。上海学者蔡翔曾经说过：“近十年来，当代中国一些尖锐问题的提出，几乎都和文学无关。”笔者认为他这话应该是针对 20 世纪 90 年代以来告别所谓“宏大叙事”之后的文学整体上呈现的那种轻而软性质而来的。如果从具体的文学个案上看，笔者认为时下不少主旋律作品、新现实主义作品等更多面向广阔社会现实的写作还是能够一定程度上揭示出当代中国正在进行着的某些社会问题的，比如反腐倡廉、国企改革、工人下岗、农民出路等。蔡翔的那句话用来指称更多纠缠在性别关系中的女性文学倒是较为恰当。或许有人会说女性由于感性、细腻、爱幻想的个性气质以及人生阅历的苍白，是天生地适合这种日常生活的小格局叙事，并易于忽略女性问题之外的其他社会命题的。但是女性小说本质上就该是一种性别小说吗？“天生”这种说法是不是一种将女性及其艺术进行“女性化”界定的本质主义性别成见？而本质化问题又是为女性主义所强烈反对的一个性别定位。波伏娃当年“女人不是天生的，而是被造成的”论断针对的就是那种将女性仅仅限定在闺阁、绣房、个人琐事一隅的本质主义性别成见。当然就一种个体的文艺创作而言，题材的大小或者说是否关注重大社会问题，对有着既定生活熟悉范围的作家而言，并不是一个关键的问题，不过它往往会影响一类文学的整体气象。女性文学普遍的社会意识黯弱，一方面可能是她们解构宏大叙事的一种“自觉”追求，即由意识疏离男性中心传统、对自身边缘的琐屑的生活进行“去政治化”书写；另一方面，对女性问题的执著也势必会导致她们忽视了关注其他社会问题，并对时代现场产生某种隔膜感，当然，恐怕也不能排除她们把握重大时代命题的虚弱与无力感，非“不为也”，实“不能也”的尴尬。

除题材的偏小外，社会意识黯弱的另一种表现形式是对“女性”、“个人”甚至“个人的‘身体’”的聚焦与张扬，遮蔽了其所负载的社会话语与公共诉求的必要思考。强调社会主体意识并非意味着让作家都去摹写轰轰烈烈的时代风云，而是说咀嚼身边日常悲欢时一定要让其有种超越性，使自我真正成为人类共同体的一部分，使一件看似散漫的、偶见的小事成为变动社会的一种折射。但或许源自对过去常说的“以小见大”传统的不满，现在的情形似乎是正相反：不少小说常将“大”题材往“小”处写——无论是与中国某段历史时期相连还是当代社会的现实变迁都往往会以个人的、女性的、日常的视角，去疏离解构乃至颠覆那种民族国家的，也往往是被视为“男性中心”的宏大叙事。让一度曾被置换成民族国家话语的女性叙述得以真正展开可以说是当今女性文学的一大贡献，但这种疏离与解构应该是有必要限度的，它不能让女性个人话语压抑了所有与之相关的诸如社会、公众、阶级、集团甚至精神、道德的命题，更不能以牺牲后者为代价。遗憾的是，此类现象却不独那些专写个人幽闭生活的所谓女性主义作家所独有，即使在那些看起来更大众化一些或力求让文本更具历史感与文化厚重意识的作品，对公共话语的有意无意回避与排斥现象也时有发生。比如在好评如潮的《长恨歌》中阶级斗争激烈残酷的年代程先生都会跳楼自杀，王绮瑶躲在上海里弄里搓麻做甜点照常打牌是否真的是一种可能？王绮瑶/上海后来的抑郁不得志与其前期的千娇百媚十里洋场是不是就没有一点关系？“革命”究竟是一种什么样的所指？王绮瑶躲在大时代背后身体的物质的生存真的能作为一种“女性方式”代表40年来历史沧桑巨变的“上海精神”？显然，如果只有远离了社会话语与政治诉求才叫一种将女性边缘生活拉出历史地表的“日常关怀”的话，这种关怀的实际意义必将大打折扣。此类叙述表现在一些致力于对历史上的女性人物进行“人性化”、“女性化”重书的历史小说中，如赵玫表现唐代贵族女性的《上官婉儿》、《高阳公主》、《武则天女皇》等，则容易剥蚀人物身处的时代、政治、阶级因素而呈现出一种非历史化，甚至欲望化倾向。而在当代题材中，囿于女作家对性别问题的独特关注，尤其是叙写都市爱情故事的需要，往往会不自觉地放松，甚至偏离了对更深层、更尖锐的当代社会矛盾的进一步思考与批判力度。比如池莉、张欣的不少小说都涉及了当下时代的不少重要问题，诸如阶级重组、财富分流、权力与资本集团沆瀣一气而非法暴富、精神道德因素在物质面前黯然退场等，但她们对这些社会问题的批判往往是有限度的。像池莉笔下的康伟业（《来来往往》）、张欣笔下的尹修星、艾强（《婚姻相对论》）等现代社会里富裕时尚的“成功人士”，他们作为当代爱情故事中的“新白马王子”得到了女作家相当程度的理解与宽容，而对他们投靠权力背景或使用各种非法手段的不正当致富过程作品则往往轻描淡写地一笔带过。比如康伟业由以前的好友现在某外国公司的中国代理贺汉儒提挈，共做一笔向国内某大型水电站输入专用配件的生意。商业情报由贺汉儒提供，水电站进口这种专用部件的论证人和主管人则由康伟业“搞定”。“搞定”一系列高级干部与专家是需要钱的，于是一个跨国公司与当地政治权力的合作关系就诞生了。池莉在小说中虽然以较少的笔墨直接提到了这一点，以作为康伟业在几个女人间“来来往往”生活的发家背景，但她对此在行文中并未透露出明显意义上的社会批判，只是强调了康伟业工作真“忙”而已。这就失去了除爱情生活外从另一个角度叙写一个圆形人物的天然时机，致使这部作品更像一部纯粹的新都市言情传奇。再如张欣的《你没有理由不疯》，篇名即体现出一种同商业大潮冲击下大家都“疯”（想钱想疯了）而作为这个时代的个人“没有理由不疯”的这种“现代化”理论共谋的思想，或是对其持模棱两可态度的气息。“社会主义初级阶段，资本原始积累时期，大概就是会这么乱一阵，关键是我们自己要珍惜自己。”这可以说是时下不少人认同接受的一种新意识形态观念，《小姐，你早》中李开玲在进一步开导戚润物时就自觉地直接挪用了过来。果然，又被“启蒙”了一番的戚润物由最初痛恨这种“乱”到渐渐容忍了这种“乱”。在用事关国家机密的专业知识换回一个可以报复不忠丈夫的艾月时，她也便放弃了她一贯的精神坚守，认为是“非常值得的”。到这时，简直可以说她似乎已开始欢迎这种

"乱"了。显然，就像有人指出的那样，由于女作家本身的特点，再加上明显的商业化痕迹，完美的爱情故事或单一的性别控诉往往淹没了更深的社会批判，或者说对当前我国体制转型期间深刻复杂的矛盾现状造成了一定程度上的遮蔽。① 这不能说不是女性写作（当然也包括当下不少男性写作）"告别革命"、"远离时代"、"警惕壮烈"之后往"小"处发展的一种必然结果。

"边缘化"是当前文坛常用的一个批评术语。女性学界每每运用它自是表明女性及其艺术创作的一种非中心存在与弱势地位。但这种由动词派生来的名词（marginalization）往往由于其笼统的状态性描述而掩盖了某人在某地做某事的具体探究与真相考问。"边缘化"的原意是某人把某人或某物推到边缘而非中心，不过是谁在推，谁又被推？以何种方式，怎样推？这一切为什么会发生？面对女性在社会生活领域里不断地被男性往边缘地带推的处境，在精神创造领域至少可以发出自己声音的女作家本应作为反抗这种"被"推逼命运的女性代表，勇敢地背负起历史参与和价值承担、到更宏阔的社会领域里为更多不写作的女性争得那份一直被男性垄断的话语权，这才是女性不甘边缘地位或者说反边缘化策略。不过受当前文学的"个人化"倾向影响，以及对西苏等人提出的"女性写作"的有意无意误解，尤其是在男性中心的商业化市场机制的诱惑下，不少女性写作纷纷放弃了对自身边缘处境的更深入思考，如同将彰显女性魅力本身视作对男权中心的"反抗"一样，让笔触仅仅停留在描述边缘生活的琐屑状态中，甚至以"边缘"自居，将对时代中心问题的可怕冷漠与逃避

---

① 池莉、张欣小说的意识形态倾向性问题参见刘旭《小说中的"成功人士"》，王晓明主编：《在新意识形态的笼罩下——90 年代的文化和文学分析》，江苏人民出版社 2000 年版，第 76—97 页。

当作一种对父权制的“不合作”态度来津津乐道并沾沾自喜。这就是自我边缘化了。而它势必会根本上背弃女权主义争取社会解放的强烈追求，而陷入了自我中心的、世俗化的“后女权主义”窠臼。“女性主义的问题不是女性主义自身所能解决的，而必须是和社会批判意识、社会批判立场、批判性思考中国当代的现实问题联系在一起。”[①] 但愿戴锦华女士切中肯綮的这句话对社会意识愈益黯弱的当前女性文学能有切实的警醒作用。

三 “个人”向何处发展

社会主体意识的缺席与底层关怀的退场，可以说大大消减了当前女性写作在为广大女性争夺社会政治权力时的话语力量。当然，或许可以把消费时代的女性小说归入“个人化”写作潮流中。“个人化”在 20 世纪 90 年代的批评界是一个动辄被提起的说法，与之相对的往往是“宏大叙事”。不过关键的问题是如何看待这两个概念。针对中国历史上相当一段时期以来意识形态对文学主体性的不自觉钳制，改革开放以来文学界讲究以“个人化”的视角、观念来对抗社会政治权威下的宏大叙事立场。不过正如批评家薛毅所指出的那样，它们的含义在中国当下似乎与列奥塔德等的著作拉开了从西方到东方的距离：人们常常将所有与政治、社会、公共、阶级相关的题材与主题，都称为“宏大叙事”，都是不真实的，虚伪的；反之只有写自我、个人，以及与个人相关的身体、欲望、梦幻、回忆、潜意识，才是真实的，是

---

① 戴锦华：《为大众文化“祛媚”——女性主义的视野应更宽阔》，《文学报》2002 年 9 月 5 日。

"个人化"的写作。[①] 在笔者看来，随着社会和人性观念的变化与发展，20 世纪 90 年代之后，"个人化"这个概念原先所指、所反对的那些对立物已相当松动，其批判性对抗性内涵亦日渐脱落，而"个人"本身的抽象与局限性却日益暴露出来。或者说这其中关键的问题是"个人"再也不能作为一个笼统的、一概而论的概念，作为社会的抽象对立物而存在了，在将"个人化"作为一种标签往某些作品上贴时，追问一下"谁的'个人'"与"何种的'个人'"是非常有必要的。比如蜷缩在自己的天地里关注自我身体、欲望、孤独、虚无等所谓人类"永恒"命题的是一种什么样的"个人"，在具体的历史的社会条件下为生存焦虑、为理想奔波、为人类的不幸担忧又该是一种什么样的"个人"。具体到"个人化"色彩鲜明，甚至惯于以（准）自传体的方式叙写"个人（自我）"的女性写作而言，我认为的确需要关注一下文本叙述的究竟是"个人"哪一个侧面，或者说"个人"在向何处发展。

在这一点上，当前的女性写作往往偏重于对女性"个人"自然性别差异的认知，而疏于向社会平等观念的其他方面泼墨。比如相对于上文所说的底层女性经常被遮蔽消弭的文化命运，都市知识女性是常常被文学再现的女性人物。但这却不等于说知识女性生命情态的各个方面都得到了均衡的表现。20 世纪 80 年代文学中那种拥抱时代的热情和理想主义情怀在 20 世纪 90 年代逐渐滑落后，知识女性（当然不仅仅是知识女性）那种对知识的渴求、事业的执著、精神的追问、个人在时代浪潮中的踌躇之志与向世而生的悲悯情怀，这些知识女性优异于普通女性的"知识

① 薛毅：《浮出历史地表之后》，载《沉默的含义》（骆晓戈主编），湖南师范大学出版社 2000 年版。

性”的地方，在当下不少女性小说创作中却日渐式微。女性要么在世俗关怀下成为操心柴米油盐物质利益的主妇，要么在欲望化语境中成为构造身体神话的女人，新写实小说之后尤其是后者差不多成了当今结撰女性故事的中心环节，这一切对知识女性也不例外。或者说小说叙述往往要将女性的独立成功与其女性气质做悖论式处理，而与新中国成立后相当一段时期内张扬前者贬抑后者的主流思想不同，20 世纪 90 年代以来肯定性品格的重心在消费时代却慢慢发生了从前向后的位移。即基于对中国曾有过的抹杀女性性别的反抗，尤其是受当前欲望化时代对女性的消费期待影响，对知识女性进行价值定位时话语叙述重心却常常不在“知识”(或与知识相关的能力、胸襟、品格等)，而在“女性”这个男权时代最容易被消费的性别身上。比如执著于独立的方舟姐妹因为身体的疏懒和粗粝在一片张扬女性之独特性别差异风潮中恐怕已风光不再，《爱是不能忘记的》中女作家钟雨“连手都没有拉一下”的纯情之恋自 20 世纪 90 年代以来也难以再成为叙述“新女性”的话语焦点。不少作家，如池莉，在将知识女性解读成“知识性”与“女人性”二律背反关系的同时，基本是以肯定现世生活与世俗欲望为名义来贬抑后者而张扬前者的。在她的《小姐，你早》中，给有钱人做妾的艾月可以说是充分挖掘自身女人性实用功效的样板，而“同国务院副总理握过手”的粮食专家戚润物对她的自我物化理论大叫“精辟”、望着镜子里打扮一新的自己感觉“现代化真好”，并最后和她结成女性同盟的过程，则是逐渐摒弃自身的“知识性”特征向“女人性”靠拢而不是相反的过程。这部作品从小说到电视屏幕是如此著名，并得到了许多人的心理认同，可以说不能不与这个时代的审美风尚有关。还如徐坤，她反映知识女性爱恨困惑的《如梦如烟》、《厨房》等小说，也对女主人公身上的“知识性”与“女人性”两个侧面做了悖论式处理。但与池莉在“现代化”的名义下基本认可“女人性”对“知识性”的逼近覆盖相反的是，站在学院立场的徐坤则让女性人物面对“女人性”的诱惑，选择了保住“知识性”的最后底线，不过这是以女性对日常的更合乎“人性”的个人生活的拒绝为代价的。像佩茹在初尝女人滋味之后生活又旋即归于由职业压力而来的枯寂，被当作女强人的枝子则是欲过婚姻家庭生活而不得。池莉和徐坤看取女性人生的角度是不一样的，但是得出的结论某种意义上讲却有相互“补充”的作用：一个表明的是女性的“女人性”在消费时代似乎已成大势所趋；另一个暗示的则是女性的“知识性”只能加剧其枯燥寂寞的命运。诸如此类的女性观念在这个动辄将女性欲望化的时代当然不能说没有一点根据，但要以此来折射政治经济迅速向现代化转型、女性素质日益提高的中国现实及女性现实却似乎有些失之绝对。在中国目前这个事实上由主流话语、精英叙事、大众之声胶合在一起组成的文化“共用空间”（戴锦华语）中，“女人性”自是女性话语中最诱人遐想的一极，但却肯定不是唯一的女性意识形态。比如各级奖励制度所大力褒扬的可以说都是针对女性“知识性”的（选美之类行为除外），而倚仗身体的艾月式生存即使在街谈巷议中也难以保证都是艳羡之声。T. W. 阿多诺说：“在我们生活的世界中，总有一些东西，对于它们，艺术只不过是一种救赎；在是什么和什么是真的之间，在生活的安排和人性之间，总是存在着矛盾。”[①] 任何一个时代的文学艺术都是在时代风尚下，经过创作主体选择的对现实的限制性个人观照。有关知识女性的这种怂恿世俗化和非批判性的文学想象，所符合的只能是消费时代中的女性之现实“一种”而已。代表着女性中最具个人自强意识与文化

① 转引自陈晓明《无边的挑战·题评》，时代文艺出版社 1993 年版，第 3 页。

自觉观念的知识女性在文学想象中尚且如此，那些事关各类时尚女性的文本表达就更易于在世俗化、平面化的“后女权主义”观念中展开叙述了。

最后，笔者想以筱燕秋（毕飞宇《青衣》）、乔师傅（李铁《乔师傅的手艺》）为个案分析一下女性在性别围城之外寻求个人发展的价值选择与命运走向。研究女性小说却要从男性文本中找寻依据似乎是一件无奈的事，这与本人在女性小说中难以找到在此方面给人印象深刻的女性人物形象相关，也是当前女性小说在塑造女性“个人”形象时话语偏斜的具体表现。为了对一份事业或理想的近乎偏执的追求（筱燕秋对唱戏的痴迷、乔师傅对抡大锤手艺的偏嗜），而牺牲了一般女性往往最为看重的爱情生活、世俗人生，然而却终尝无力回天的悲剧结局（前者得以再登台时无奈青春已逝、后者费尽心机手艺学成之后机械化作业却替代了手工操作）。这种人生况味显然与我们上述分析过的渗透着过多个人主义、实用主义、凡俗气乃至庸俗气的女性人生大相径庭。当然，笔者在这里并不是说她们就是积极追求社会政治权力的女权主义实践者。事实上，她们身上都有无法克服的人格缺陷：筱燕秋面对理想与现实的矛盾因无法以更积极的态度去自我解决，而陷入自恋自怜的怨妇心态不能自拔，高远的人生理想似乎只是让人的实际生活走入沉闷的误区；乔师傅为学手艺则一再地以放弃女性正常情感生活为代价，甚至还想累及他人（女儿）。尤其是筱燕秋，因为根据小说改编的同名电视剧是由创作《激情燃烧的岁月》班底人员制作而来，难免不易于让人与同怀理想梦想的石光荣进行对比。然而与石光荣最终赢得了家人理解与观众心理认同的美满结局不同，筱燕秋却始终生活在理想得不到实现的自怨自艾中，并让人感到一种来自其性格本身的难言压抑。我们可以说这与石光荣的理想（打仗）有一个中国特定历史时期的宏大背景相关，有这种背景做底子，他的理想就是趋于“外向”的，他的以自我为中心的人格缺陷并未影响他“男子汉”的人格魅力；筱燕秋的理想（唱戏）则是相对内敛，甚至是只与个人相关的，这就显得有些狭隘，天生一个不愿面对世俗的“古典怨妇”，也似乎就注定了她一生的哀怨命运。不过在这内中更隐秘之处应该是人物所属的不同性别因素所致：男性理想主义的“精英”气浓一些尚可以原谅，女性的非生活化、非日常化，则无异于“非女人化”而得不到更大多数人的心理认同。不管怎样，相对于时下生活中大批女性随波逐流、随遇而安或唯求找一个如意郎君的现实生存态度，这两个女性人物的人生轨道无疑是卓尔不群，或者说相当“个人化”的。当作家纷纷转向两性纠葛的恩恩怨怨之上时，太多相互雷同或模仿的“个人化”写作似乎就不是“个人化”，而是“群体化”或“类群体化”了。

消费时代的女性写作在性别围城之外的其他话语层面上的虚无与苍白，难免在某种程度上消减了人性内涵及其文学表达的丰富多样性。或者更恰当的说法是，离开了对个人性别话语的极力彰显，女性小说同样可以塑造出栩栩如生的“这一个”女性形象。

第十二章

“外来者”故事的女性改写

“外来者”故事——有着现代文明背景的外来者来到一个闭塞、落后的传统空间中，由于这个“外来者”的闯入，原先的文明、文化、社会秩序发生了某些或隐或显的变化——是20世纪中国文学中的一个常见命题。这一叙事将有关现代与传统、进步与落后、过去与现在的现代性时间观念，嵌入了西方与中国、城市与乡村、文明之所与蛮夷之地的空间化叙述模式之中，形成了“时间化的空间”或“空间化的时间”这样一种深刻而独特的文学表达。“外来者”故事的盛行与书写者个人的生活经历与文化体验有很大关系：20世纪的主流知识分子大多有着离乡背井、异地求学谋事或漂洋过海到西方接受现代文明的个人经历，他们对与传统文化胶着的本土空间——乡土、地方往往有一种疏离感，而当有了一定异域游历的他们再回望生养他们的乡土时在自我感觉上往往成了本土空间的外来者、游离者（尽管他们与这一空间中的秩序有着宿命般的联系）。

但是，在20世纪的主流文学中，这种本属中性化的“外来者”故事是有着明显的性别寓言色彩的。一如鲁迅《祝福》、

《故乡》中经历了现代文明洗礼后的“我”再回到“鲁镇”、“故乡”，在众多亟待他启蒙的民众中总会闪烁出祥林嫂、杨二嫂这样的底层妇女身影，作为男性的“外来者”（启蒙/救赎者）与作为女性的“原乡人”（被启蒙/被救赎者）往往成了内在于这类故事中的一种固定“性别组合”。当然，20 世纪文学中真正成为“外来者”故事“经典”性别模式的是男性启蒙者与女性被启蒙者之间性爱关系域的设置（鲁迅小说中的男女关系往往并不构成一种性爱关系，《伤逝》或许是个例外，虽然涓生和子君最后的悲剧性结局仍暗中宣告了这种性爱关系域的失效）。不管怎样，从 20 世纪二三十年代鲁迅的《伤逝》、柔石的《二月》、叶紫的《星》，到 20 世纪四五十年代的《白毛女》、《青春之歌》、《红色娘子军》等“红色经典”作品，不管“外来者”的社会身份或其所携带的现代性话语（人道主义、个性解放，抑或革命、阶级、民族国家）发生了怎样的变化，“外来者”无一例外都是男性，他所承载的启示真理、拯救蒙众、引导方向的总体指示功能却没有根本改变，同样被救赎一方身上的女性性别亦一如既往，“外来者”男性与身陷封建专制的精神牢笼或在“水深火热”中劳苦生活着的女性中心人物所发生的情爱纠葛更是似乎无论如何都要或隐或显占据文本的叙事一隅，即“外来者”故事的性别寓言没有发生根本改变。俄国形式主义者普罗普说过，人物关系的基本结构“在故事中起着稳定恒常的成分的作用，不管他们是由谁和怎样具体体现的。它们构成一个故事的基本成分”。[①] 普罗普在考察民间故事时得出的这个结论同样适用于我们这里所说的“外来者”故

① 转引自［美］罗伯特·休斯《文学结构主义》，刘豫译，三联书店 1988 年版，第 98 页。

事，只不过并不为普罗普所注意的“性别分工”是这些文本中最为“稳定恒常”的成分：作为“外来者”的男性是真正主体在场的人物，亟待“外来者”启蒙、救赎的女性则是无助的蒙众代码，“外来者”男性与女性中心人物间的关系设置则是有效弥合男性菲勒斯政治与大众罗曼司间裂隙的文学修辞。有意味的是，政治一体化时代结束之后新时期文学中最为脍炙人口的一个类型仍然是重复“外来者”故事的性别寓言：发配到绿毛坑守林的李幸福把现代文明传达给深山老林中的小木屋时，也带走了瑶家阿姐盘青青的心（古华《爬满青藤的木屋》），当了五年兵“跑野了心”回到鸡窝洼的禾禾从外面闯荡回来的本乡青年门门，以新的经营方式和灵活的处世方式强烈地召唤起了农村少女烟锋和小月的追随与爱慕（贾平凹《鸡窝洼人家》、《小月前本》），从县一中高中毕业回乡的高加林对高家沟人生活方式的文明化改造（刷牙、往井里投放漂白粉等）让农家女孩刘巧珍钦羡不已（路遥《人生》），进山修水电站的水生们的生活方得到了木匠女儿阳春的热烈回应（蔡测海《远处的伐木声》）……而且与代表进步、文明力量的是受过现代文明熏陶的男人相类似，作为落后、愚昧、拒绝现代文明代表的也是男人——盘青青山大王似的丈夫王木通、刘巧珍冥顽不化的父亲以及后来的丈夫马栓、烟锋只知“向土坷垃要吃要喝”的丈夫回回，小月死守土地的父亲与未婚夫才才、阳春墨守成规的父亲老桂木匠和未婚夫桥桥……“文明与愚昧的冲突”在被叙述成了男人与女人之间启蒙与被启蒙、施救与被救的故事的同时，更被延伸为一种代表着文明与愚昧两种力量的两类男人间对女人的争夺。两类男人在时间向度上分别代表着过去和现在（或未来），而女人无从拥有时间的向度，她们只是一种空间化的存在，一如女性主义学者所说的，女人“被指定为一个场域，却不占有一个位置，经由她，场域得以建立，但是为男人所用。”[①] 对女性的成功启蒙与救赎（同时也是拥有），造就的是男性作为社会主体的优位性别所指。而此类“外来者”故事在20世纪中国文学中反复出现并近乎一致地获得了广泛认可，这使我们甚至可以援引荣格的著名“原型”（archetype）理论来加以诠释，但是这“总的说来总是遵循同样路线”的“集体无意识”，并非完全依靠生物机制的遗传存留下来，而“主要是靠社会实践的机制流传下来的，如同语言的流传机制一样……它是社会文化信息载体，只有在与生活的沟通、结合中才能发生作用”。[②] 即这是一种长期的文化习得的产物，而它所重复的其实无他，而是深藏在国人心中秘而不宣的男性菲勒斯政治。[③] 当然，新时期以来的政治文化环境一方面固然有着重建男性中心的企图及追随它的文学表达，但另一方面文化的宽松与时代的进步使得女性叙述毕竟浮出话语地表。我们本节的主要内容是紧挨着上一节对女性主体生成的理论探讨而言的，即以“外来者”故事为切入点，看一下这一横贯20世纪主流文学的“元叙述”在新时期以来的女性表述中是如何具体展开的，女性写作对“外来者”故事是如何进行扬弃和改写的，女性主义话语在其中是如何悄然流露而又最终流往何处的？

---

① ［法］依丽格瑞：《性别差异的伦理学》（*An Ethics of Sexual Difference*），见宋素凤《多重主体策略的自我命名：女性主义文学理论研究》，山东大学出版社2002年版，第198页。

② 童庆炳：《原型经验与文学创作》，《北京师范大学学报》（社会科学版）1994年第3期。

③ 有关20世纪80年代及之前中国现当代文学中“外来者”故事的性别化表述问题参见王宇《性别表述与现代认同——索解20世纪下半叶中国的叙事文本》，上海三联书店2006年版，第152—162页。

一 谁是“外来者”?

在铁凝的《哦，香雪》中，象征外面世界的列车每天光顾偏僻的台儿沟一分钟，这一分钟对香雪和她的小姐妹们来说就像过节一样，她们把“头发梳得乌亮”、“比赛穿出最好的衣裳”，“有人还悄悄往脸上涂点胭脂”，山沟里的少女在迎接火车到来之前对自己服饰和容貌的刻意修饰，似乎预示着一场美丽但蒙昧的女性与现代文明指涉的男性之间启蒙与被启蒙、救赎与被救赎的情爱关系域的设置与“外来者”故事性别化书写的开始，小说中特别提到的台儿沟少女凤娇对列车员“北京话”的朦胧情愫也的确有这方面的意味。“北京话”是一个高大英俊的列车乘务员，他那一口漂亮的北京话与同城市生活相得益彰的白皮肤（现代性的经典细节），让台儿沟的农村姑娘们钦羡不已，凤娇专和他做买卖，而且同他进行实物交换时“磨磨蹭蹭”的“愿意这种交往和一般的做买卖有所区别”，在同伴的玩笑声中又气又羞的微妙心理，无不传达出一个山村少女将对文明/开放的向往与对代表文明/开放的“外来者”男性的情爱追求相联系的典型心理：渴望在一种情爱关系中得到（男人的）救赎。但是，“北京话”在台儿沟短短一分钟的来去匆匆使他既没有可能与凤娇延展出一种情爱关系，也不具备对台儿沟及农家少女们进行启蒙和文明化救赎的现代性功能（事实是他自己有“爱人”，根本无意于凤娇）。叙述者在这里对“外来者”男性与“原乡人”女性之间的启蒙与回应、导引与跟随、施救与被救关系的有意中断，既突破了当时流行的有关“外来者”故事的性别化讲述模式，也为香雪的“另一种”女性救赎做了铺垫。在这个有点散文化的小说前半部分，年龄小的、话少的、性情胆怯的香雪似乎是被遮蔽在那群叽叽喳喳、伶牙俐齿的台儿沟少女群像之中，不过就在叙述者对香雪为数不多的泼墨中恰恰凸显了香雪与其他台儿沟少女有所不同的“另类性”。我们可以看一下香雪与凤娇等人对列车上五颜六色的“城市细节”的关注点的不同：

凤娇等人：妇女头上的“金圈圈”（发卡）、“比指甲盖还小的”手表、纱巾、尼龙袜、夹丝橡皮筋、花棉袄、挂面、肥皂。

香雪：人造革书包、铅笔盒、追问列车上的人什么叫“配乐诗朗诵”。

不难看出，凤娇等人对列车所带来的“现代文明”的倾慕点是集中在日常生活范畴的物质层面，尤其是能突出女性性别的服饰装扮上，而香雪所关注的则是居于精神层面上的，与知识、文化、教育相关的学习用品。在这篇洋溢着新时期之初特有的真善美情怀的小说中，人与人之间的关系是真诚美好的（包括“北京话”在内的列车上的“城里人”对待台儿沟姑娘们的态度都是热情真挚的，小说并没有流露出一般此类故事常见的“城乡偏见”、“阶级冲突”等复杂命题），如果说有矛盾冲突的话，恰恰就发生在香雪与台儿沟姐妹们之间。香雪“指着行李架上一只普通的棕色人造革书包”兴奋地喊“皮书包”，但“姑娘们对香雪的发现总是不感兴趣”，而当她为了问一问那种能够自动合上的铅笔盒的价钱而追着列车跑出很远时，姑娘们觉得十分“好笑”，她们的回答是“傻丫头”、“值不当的”、“你问什么不行呢”。显然，如果说香雪与她的台儿沟姐妹们在渴望现代文明方面存在一致性的话（都对山外面来的列车发生了浓厚兴趣），在热衷于哪些“现代文明细节”、怎样进行救赎等具体问题上却发生了不小的分歧。有学者在对 20 世纪主流文学中的“外来者”故事做过一番考察之后说，尽管现代文明的“传递者与接受者的性别顺序、空间位置、时间向度都没有改变”，但时代的变迁使得对女性启蒙的具体细节、方式有了很大变化，从“五四时期更多诉诸高蹈的精神层面”，到新时期文学更属意于牙刷、香胰子、雪花膏、会唱歌的铁匣子等指称现代文明的“物质代码”。[①] 应该说后者是《人生》、《爬满青藤的木屋》、《在那遥远的绿色的山寨》等经常出现的现代性意象，但《哦，香雪》中除了与同时期的男性文本一样广泛以属于日常生活范畴的物质细节表征现代文明外，还出现了香雪热衷的其他男性文本没有的铅笔盒、书包的意象——虽然也是“物质细节”，但其所指显然已逾越了一般的日常用品而上升到了精神文化层面。《哦，香雪》中对香雪的“学生”身份设计使其对学习用品的热衷显得合情合理，更重要的是它使女性本身——而非经由男人的中介——获得了通过现代教育进行自我启蒙、自我救赎的可能性。

> 这是一个宝盒，谁用上它，就能一切顺心如意，就能上大学、坐上火车到处跑，就能要什么有什么，就再也不会让人瞧不起……

“铅笔盒”的中心意象已取代了以“外来者”男性为中心的文明象征是《哦，香雪》对“外来者”故事最重要的女性改写。“上大学”、“坐着火车到处跑”（而非爱情、男性）成为香雪的梦想，这与只学会了打扮成城里女人的样子等待列车（“北京话”）到来的凤娇等人无疑有天壤之别。事实上，在这个列车只能作为

① 王宇：《性别表述与现代认同——索解 20 世纪下半叶中国的叙事文本》，上海三联书店 2006 年版，第 158 页。

一道匆匆而过的城市景观无法深入到台儿沟腹地进行更多救赎的故事中，真正的“外来者”是香雪，台儿沟里唯一考上初中有机会接触外面世界的香雪，当她再在家乡出现时已经不能作为单纯的无知无助有待他者启蒙的蒙众代码而存在了。同时期男性文本中有待“外来者”救赎的女性一般有两大结局，或者依仗文明使者的导引得以逃离落后愚昧的世界奔向现代生活（如盘青青、小月、烟锋、阳春），或者因为失去了爱情而最终与文明无缘（如刘巧珍、索米亚、竹娥，《哦，香雪》中怀着一种甜蜜而微妙的单相思之情看着列车及“北京话”来去匆匆的凤娇严格来说也属于这一行列）。应该说，这些女性幸或不幸的两类结局均未逃脱男性中心的人生模式，“女人身体在这再现文化体中，‘是’或者是不断地成为他者（男人）的场域”。[①] 不过，相对于她们而言，香雪无疑是一种幸运的例外，单纯而执著的香雪热衷的并非是穿衣打扮期待爱情君临的“性别化”救赎之路，而是一条通过接受现代教育，自主掌握文化、知识，以走出蒙昧走向文明的自我救赎之路。

就这样，《哦，香雪》通过对负载着女性自我追求的现代文明象征物（铅笔盒等）的引入，成功地改写了女性以“外来者”男性（爱情）为中介的救赎之路。当然，铁凝的例子并不能说女作家的叙事就必然具有一定性别立场，事实或许正相反，这一时段有关“文明与愚昧的冲突”的文学主题以及由此衍生的现代与传统、灵与肉、人与自然、精神与物质、理性与感性、启蒙与被启蒙等的二元对立思维，对不少女作家文本的

---

① ［法］依丽格瑞：《性别差异的伦理学》（*An Ethics of Sexual Difference*），宋素凤：《多重主体策略的自我命名：女性主义文学理论研究》，山东大学出版社2002年版，第11页。

“性别化”书写来说，似乎与男性作家笔下的“外来者”故事并无二致，但不管怎样，诸如《哦，香雪》这样的或许只是在有意无意之间流露出来的女性性别立场，毕竟为后来的文学书写开启了一条对“外来者”故事中所隐含的男性菲勒斯政治的解构之路。

20世纪90年代以来的女性写作在反观生活于偏僻乡野的落后蒙昧女性时，往往就是从对“男人”神话、“爱情”神话的质疑与颠覆开始的。方方《奔跑的火光》中的英芝也算是一名不甘平庸卑贱的农村新女性，不过这个不爱读书、对考没考上大学无所谓的女孩，从一开始就封死了香雪那样以文化知识改变自身命运的正当之路（在《奔跑的火光》中它是唯一的救赎之路）。而与携带现代文明因子的男性发生一场足以使自己脱离蒙昧的情爱对英芝来说，也是一种可望而不可即的奢侈，无论是丈夫贵清（一个懒惰凶暴的农村青年），还是和她有过肌肤之亲的情人文堂（一个只喜欢寻找点婚外刺激的当地男人），他们与英芝的一番纠葛无不使她在由夫权、族权、金钱至上等多种势力所造成的悲惨命运中越陷越深。英芝在监狱中面对前面狱友留下来的题字所发出的“如果能为爱情而死，也算值了”的感叹，所叹息的就是在她的生命中没有能够导引她走出蒙昧，或者仅给她一种心醉神迷感的所谓“爱情”。男人非但不能让她精神上得到飞升，反而是致使她堕落的罪魁祸首，事实上她后来的一系列厄运就是从当初在身体欲念的支配下与贵清偷情并在慌乱中嫁给了他开始的。当然，“外来者”男性的缺失为“外来者”女性的登场提供了契机。在这个自始至终都流淌着一种在乖戾中反抗但反抗无果的阴郁、压抑气息的小说文本中，如果说存在一丝亮色的话，那就是与英芝同村但通过考大学的方式离开了凤凰垸的春慧。读书读得眼睛看不清路、日常生活永远需要英芝帮助的春慧，依靠手中掌握的文化知识不但提高了自身经济地位，而且精神气质上也仿佛脱胎换骨了。“春慧还是戴着她的眼镜，只是眼镜换成金边的了。她的脸上化着淡淡的妆，一身衣着洋气得完全像个城里人。”春慧的“城里人”样子可不像20世纪80年代只学会了“城里人”的外表装扮、精神境界仍停留在的乡下丫头阶段的凤娇等人，有了现代知识的春慧也有了英芝所没有的现代思想，在英芝惨遭丈夫毒打的痛苦时刻，春慧果断地提出了英芝可以“离婚”或者“去南方”闯荡的提议。春慧的建议在空间向度上是指向外面的世界，在时间向度上是面向未来的，它甚至成了英芝彼时唯一的自我拯救之路（如果英芝一个人追随了春慧南下，而不是企望贵清同行，英芝最后的大毁灭可能不会发生）。所以，一直为评论家不甚注意的春慧在这里承担了“外来者”的任务：将现代文明的种子撒播到闭塞贫瘠的土壤，以救助“原乡人”蒙昧的心灵。而女性作为“外来者”的最大意义在于规避了“外来者”故事中的男性菲勒斯情结，在一种类似“女人解救女人”的宣喻中通过确立女性主体性的方式表达了一种彻底的女性认同。从发生在男人与男人之间的对女性的争夺，到以代表先进势力的女性为一方的，女性与男性（或许还得加上比作为争夺物的女性更保守落后的女性，如《奔跑的火光》中英芝的婆婆、母亲等）之间对女性的争夺，这无疑是女性话语崛起、女性主体权威树立的一大表征。而且有关女性的自救、女性对女性的拯救之类表述在20世纪八九十年代以来的女性叙事中反复出现（如），甚至本身又构成了维持着某种稳定恒常成分的、积淀于当下女性写作中的“集体无意识”：让男人及其爱情救赎话语淘汰出局。罗伯特·休斯说，神话

“总是以某种修改后的方式抵达我们”①。而在这种对“外来者”故事的女性修改中，我们窥见了性别政治在解构（男性菲勒斯情结）与再建构（以女性为中心的性表述）中两种力量此消彼长的历史与文化意义。

二 怎样的“外来者”?

在以上的论述中我们着重分析的是新时期以来女性叙事对作为“外来者”故事核心位置的“外来者”主体的性别改写问题，即居于导引者和启蒙者地位的不再是男性，而是女性自我，或另一个女性，与之相联系的是情爱关系也不再是有关启蒙、救赎的唯一有效的叙事场域了。这种修正策略是针对“外来者”的性别身份而言的，它对男性菲勒斯的解构并不影响继续沿袭将“外来者”当作有知识、有文化的现代文明的承载者这一叙事模式本身，即在有关“文明与愚昧的冲突”主题下“外来者”（不管是20世纪文学叙事传统中的男性，还是我们以上分析的女性写作中的女性）代表着文明、启蒙、救赎的一方是不变的，而作为“外来者”闯入的原乡土著居民也是居于不变的被启蒙、被救赎的蒙昧所指。不过，以上只是“外来者”故事的女性改写的一种方式，另一种改写方式则是质疑那种将“外来者”当作文明的象征、“外来者”僭入的乡野之地当作落后保守愚昧代码的二元对立思维。这当然不是女性写作的独创，20世纪的主流男性文学中也有对“外来者”与“原乡人”在价值取向、精神视野、审美

---

① ［美］罗伯特·休斯：《文学结构主义》，刘豫译，三联书店1998年版，第106页。

追求的二元对立划分进行模糊化处理与僭越式表达的文本出现[①]，但女性写作却有其不可替代的独有的性别意义。

女性写作对“外来者”男性所携带“现代文明”信息的质疑甚至可以上溯到丁玲 20 世纪 20 年代的处女作《梦珂》。怀着对都市文明无限向往的梦珂离开农村到城市读书，由于对学校中恶浊的下流空气充满了鄙夷和反抗之心，退学来到上海姑妈家中。在这里她遇到了表哥，一个温文尔雅的上海城市青年，梦珂从表哥身上看到了同生养她的乡村文化完全不同的现代都市气息，而且很自然地萌生了爱慕之情，她是期望着在与这个来自“文明世界”的男性的爱情中得到自我救赎的。但是很快她就发现表哥只不过一个花花世界里的俗物而已，自己连同纯洁的感情成了他情色角逐中的一个筹码。梦珂爱情幻灭的过程也是她对其曾经心驰神往的“外来者”男性及其所携带“文明信息”的批判：所谓“开化之地”的外来文明并不是一定居于精神导引者的主体位置，同样，乡野民俗也并非一定是落后保守的蒙昧代码，女性非但无法依仗“外来者”男性达到灵魂的升华，反而会坠入厄运的深渊（梦珂后来的一步步沦落就与这次失败的爱情有直接关系），“女性从封建奴役走向资本主义式性别奴役的过程，也是女性从男性所有物一步步出卖为色情商品的过程。”[②] 对“外来者”的质疑在后来的女性叙事中也不断上演，而且女性文本中跨越城乡地缘之界的男女情爱关系域的设置对“外来者”的文化所属与性别所

---

① 像张承志的《黑骏马》就写到了寄养在草原的白音宝力格所持守的汉族文化与老奶奶、索米娅等人的草原文化间的冲突问题，但冲突的结果并不是一个“谁启蒙谁”的单向度过程，而是随着主人公的行踪与心理变化，实现了一种对草原文明反叛—反思—回归—再反思的过程，并以此打破了“外来者”与“原乡人”二元对立的价值划分。

② 孟悦、戴锦华：《浮出历史地表之后——现代妇女文学研究》，中国人民大学出版社 2004 年版，第 114 页。

属往往有着特殊的历史和文化意义。与以上论述的女性文本中"外来者"或许可以设置为女性自我或另一个女性，但处于僻壤之地的"原乡人"却多为女性有所不同，池莉的《让梦穿越你的心》设计了一个城市姑娘康珠与西藏汉子加木措在雪域高原上的一段浪漫情缘。与加木措同时出场的磕头、天葬、桑烟、喇嘛经、酥油茶、摔跤、骑马等民风民俗无不指涉着殊异的西藏文化，而康珠及同行的汉族旅游者们则俨然以现代城市文明的携带者自居，即从"外来者"故事的叙述模式来看，康珠等人是"外来者"，加木措是"原乡人"，神秘而闭塞的西藏需要接受现代文明的导引与救赎。但在这篇小说中所谓"文明世界"的外来者文化恰恰是叙述者批判的对象，"我"、兰叶、李晓非、吴双之间玩世不恭的爱情游戏，以及城市青年们的功利主义、享乐主义精神，所表征的正是城市文化中最为负面性的一极，而加木措所代表的西藏人的质朴、忠诚、热情、古道热肠，则是民族文化中令人倍感亲切的灿烂一幕。小说中有一个细节很有意味，"我"（康珠）在青藏高原上突然病倒了，同行的城市青年让"我"一天三次口服抗菌素（典型的现代文明，甚至是西方文明细节），但是抗菌素完全失效，"我"服用后，发烧咳嗽更厉害了，真正让"我"康复的是加木措，而他的办法是让"我"到大昭寺的每盏长明灯里添一小勺油酥，自己则在大昭寺门前"口诵六字真经叩一夜等身长头"。加木措的做法是否有医学依据不得而知，但这种以对神灵进行祈祷求佛祖保佑来治病的方式并未被指认为一种愚昧落后的"封建迷信"而大加讨伐，相反因为它混合了人间的真情真爱成为叙述者大力礼赞的对象。事实上，随着"我"与加木措交往的深入，加木措与"我"这个城市女性之间启蒙/救赎的老一套"外来者"叙述规则正一步步隐去，自身也沾染了"城市现代病"的"我"开始逐渐沦为被动者，西藏汉子加木措以其对人类忠贞浪漫浓烈的古典情感的近乎原始主义恪守成为真正的文化“外来者”，对“我”那在都市世风影响下近乎麻木的心灵进行情感的拯救。不过，叙述的复杂性在于，与“我”对那群旅游者的玩世不恭、无情善忘、不负责任进行无情批判的痛快淋漓相比，对于加木措和西藏文化的古朴忠贞叙述者在大声礼赞无限向往的同时，对于自己的身体力行又往往表现出一丝游移：

> 他们（藏民）一心一意，与世无争，好像他们人在尘世，心却不在这里。他们要去印度听达赖喇嘛讲经吗？要去布达拉宫、大昭寺、色拉寺、哲蚌寺等数不清的寺庙拜佛吗？一步一步，要走长长的长长的路，经过春秋寒暑，然后呢？我心里又泛起一浪覆盖一浪的苍凉。
>
> 如海洋如星空的草原啊/如牧歌如情人的草原啊/我永生永世的爱恋/深入并且辽远/曾幻想能在最为动心的那颗死去/……但为了什么终于不能。

在中国的现代性语境中，“所谓现代认同也是在社会政治、经济和文化语境中不断发生变化和调整的概念”。① 随着中国现代化的深入和都市文明所暴露出来的种种缺憾，作家们再也不会以城市/乡村、中心/边缘、文明/愚昧这样的二元对立思维来结构“外来者”故事的核心情节了，当然，对“外来者”所携带现代文明的质疑并不等于对边缘文明的全盘照搬，将“原乡人”对外来文明的强烈向往转换成以一种相对中性的目光，既反观现代城市文明，又对乡土文化进行反思性价值参照，是20世纪90年代之后文本不同于《哦，香雪》时期20世纪80年代语境中“文

---

①. 汪晖：《汪晖自选集》，广西师范大学出版社1997年版，第38页。

明与愚昧的冲突”话语的最大不同之处。《让梦穿越你的心》中“我”在圆了那个“被骑着骏马的英俊青年掳走”的女人梦幻之后，连同行的兰叶都为之感动，劝“我”留在西藏，我却摇头拒绝了，“我”给出的理由是“我”的“现代都市症”使然，“我也是一个既不能负责又不敢承诺的人”。不过，还有一个叙述者秘而不宣的原因却是与“我”对西藏文化的反思性认识相关：它保存了人类文化淳朴本色之根，但却不无粗糙、原始的“苍凉”意味（即结尾那首诗中省略号所覆盖的内容）。文本一开始“我”用百元大票买下的那条西藏姑娘手工缝制的、“我”的同行者所认为“不能在外面用”的羊毛披肩，可谓对西藏文化身份的一个最好比喻。这里有对以高高在上的“猎奇”心态应对西藏的都市人的批判，但字里行间也渗透着对以磕头、骑马等民风民俗殊异于他地但不能永远停留于磕头、骑马的西藏的现代关怀。所以，《让梦穿越你的心》对“外来者”故事的女性改写是，一方面以“外来者”与“原乡人”之间救赎与被救赎的“倒错”关系域的设置颠覆了文明与愚昧的二元对立格局，另一方面又以面对“文明与愚昧的冲突”中两类男人的争夺，女性表现出的笃定从容及批判与自我批判能力彰显了女性主体性的强大。

三 从“原乡人”到“异乡人”：“外来者”故事的当下形态

20 世纪 90 年代以来，大量农村人口涌入城市，形成了一个持续不断的打工潮，这些像候鸟一样在城乡之间飞来飞去的乡村人口成为中国现代化过程中颇为重要的历史景观。大批乡村人或边缘地区居民的“向城而生”诉求，大大地改写了过去以乡下

"本土"上发生的故事为"本事"的乡土叙述。[①]"原乡人"——乡土社会中形成的体现特定地域风情风俗之"根性"的土著人——越来越多地向"异乡人"——背离乡土、越来越游离于原初的风情风俗而漂泊于城市异乡的人——转化，而大规模的政治运动（如知青上山下乡）结束后，除了以过客身份对乡村匆匆驻足的旅游者外，进入乡村的外来人口则似乎大为减少。这对"外来者"故事的最大冲击是叙述背景和叙述主题发生了变化：由原来以乡村或有着落后愚昧指涉边缘地域为"本事"的乡土叙事变为以城市或小城镇为人物所在背景的叙述；"外来者"由原先从城市或城镇流向乡村或边缘之地的有着现代文明指涉的人物，转变为沿相反路径流动的相对贫困愚弱的弱势群体（"外来妹"、"外来仔"）；"外来者"故事中文明与愚昧，城市文明与农耕文明、游牧文明的冲突依然存在，只不过由"原乡人"转变成"异乡人"的"外来者"已不再居于启蒙者、救赎者的主体地位，而成了渴望被城市文明救赎、能够在城市中谋得一席生存空间、怀有"向城而生"现代诉求的边缘人受动者。当然，在这一过程中，性别政治依然存在，在以女性"异乡人"为主要描述对象的小说中，外来女性企望接受城里男性的眷顾与救赎，以求通过爱情或婚姻的方式在异乡占有一席生存空间，获得合法身份的表述在许多文本中是不鲜见的。当然这并不等于说晚近的女性叙述又退回到了新时期之初构筑以男性为中心的"爱情"神话的阶段，事实也许恰恰相反，女性叙述往往在一方面书写女性人物"爱情"之梦的同时，另一方面又不遗余力地拆解了这种乡村与城市、边缘与主流、弱者与强者、女性与男性之间的不平等权力关

---

① 轩红芹：《"向城而生"的现代化诉求——90年代以来新乡土叙事的一种考察》，《文学评论》2006年第2期。

系，就在对这种爱情之梦的无情粉碎中抒发了“外来者”女性欲融入城市而不得的无奈和悲凉，也对商业化了的城市文明与功利性的男权文化进行了无声的批判。

金仁顺的《爱情诗》（《收获》2004年第1期）写到了乡下来的“外来妹”现为某酒店迎宾女郎的赵莲与她所招待过的一个城市男青年安次之间的一段故事。安次在一次酒后讲起了他大学时代对诗歌的迷恋并大声朗诵了那首在20世纪80年代大学生中十分流行的北岛的《回答》，这在安次可能只是一种酒后清谈的无意之举，但在赵莲心中却引发了有关爱情的联想。她拒绝了一切可能招致沉沦的诱惑，在客人纠缠不休的时候一次次求助于安次，以期从与安次的交往中体验到真正的爱情感觉。在物欲横流的异乡都市，在赵莲极其狭窄的酒店包厢生活范围内，她实际上是将安次及其随口吟咏的诗歌当成了一种精神/救赎的力量，当成了一种可以将自己从乡下人、酒吧女的边缘身份引渡到主流社会主流阶层的一种中介性力量。如果说“爱情”曾一次次使得子君、李香香、小月等人得到了成功的现代化救赎的话，混迹于城市的外来妹赵莲也想借助于这一古老的性别法则。但是问题的关键在于，女性对于“爱情诗”的遐想与男性的本意发生了根本的错位。“安次和赵莲第一次见面的晚上喝了太多的酒，很多细节在事后变得无法确认了，他怀疑那一夜的诸多美好情感是被酒精渲染出来的。”这篇小说选择了以城市男性安次为中心视点的叙述方式，这开篇第一句话就透露出了赵莲心中的安次与叙述人笔下的安次可能有较大出入。果然，随着故事的进展我们发现赵莲愈是或隐或显地表达自己的爱情，安次愈是以调侃、游戏甚至玩弄的方式疏离这种爱情。比如当赵莲用一种类似恋人的语气同他说话时：“安次在心里玩味着她撒娇的语调，有点好笑地想：她现在是不是以为她是我的什么人呢?”还如当赵莲以一种恋人的举动挽住了安次的手臂时，“他假装没注意到这一细节”，最明显的地方在最后，奉献出了处女身的赵莲望着安次追问：“你敢说你的诗不是故意读给我听的吗?”安次非常坚定地说：“……你不懂诗。”的确，安次自始至终都不认为赵莲会懂得诗、懂得爱情，她的乡下人身份、酒店女招待职业、大学教育的匮乏，在安次眼里都是赵莲永远的缺憾，他们之间永远隔着阶层和身份的鸿沟，没有逾越和沟通的可能性。

> 赵莲的旗袍在临近午夜的咖啡馆里也颇引人注目。坐在其他男人身边的那些女孩子大多属于染发，穿吊带衫，趿拉着拖鞋，手指间夹着细长的女士烟的那一类。相形之下，拘谨的赵莲显出一种古典美女的味道。
>
> 但很快，她会变得和她们一样。安次看着赵莲想。傍在男人身边，染发，穿吊带衫，抽烟，眼神儿变得迷蒙。

应该说，安次对赵莲这种猜想是颇有代表性的。只要是踏入了“卖淫亚文化圈”[①] 的年轻女性不管开始时如何洁身自好，显出与周围环境的“不一样”，到头来终不会跳出烟花女子的结局，这是都市主流社会对底层女性，尤其是赵莲这样的乡下“外来妹”的一种根深蒂固的看法。“臂弯里的身体实实在在，但安次的心却空空落落的”，这是一个有些伤感意味的结尾，作为一个有着自己的精神追求的城市青年，安次也向往爱情，但他的恋爱对象却永远不会落到赵莲这样的女性头上。

---

① 酒店、发廊、美容院、按摩房等外来女性较为集中的地方，因为一直居于色情业的边缘地带，被社会学家称为“卖淫亚文化圈”。张晓红：《融入与隔离：从打工妹到卖淫女的角色转换》，《青年研究》2007 年第 1 期。

《爱情诗》在当下的有关“城市外来妹”的众多文学中是叙述得较为节制含蓄的一篇，赵莲欲以“爱情”寻求救赎与庇护的悲剧性结局只是点到为止。另一些作家则实实在在地写出了原本纯洁天真的乡下女孩如何怀着美好的憧憬来到都市，但现实的生存环境下如何一步一步洞悉了自己只能作为一个城里“大人物”进行商品交易筹码的欲哭无泪现实（阿宁《米粒儿的城市》），身陷“卖淫亚文化圈”的女性无论如何也无法得到主流社会的正面认可（邵丽《明惠的圣诞》），从事过色情业的女孩再想“从良”，即使是做一个介于妻子与性工作者之间的“二奶”也难以维持下去（愚《煲汤》），而要想与一个“城里人”形成一种明媒正娶的婚姻关系彻底改变“异乡人”身份则更是比登天还难。在魏微的《异乡》里，许子慧与小黄这两个原本在家乡的城市有着体面的工作和良好的社会关系的女孩做了北京城的漂泊一族之后，也开始将改变“异乡人”身份的希望寄托在了男女关系之上。“像小黄和子慧这样的外地姑娘，能留在这城市的唯一途径恐怕还是嫁人。换句话说，她们和城市的关系，其实也就是她们和男人的关系。”小说中的小黄是一个非常现实的女孩，“从来到这个城市的第一天起，她就和男人摽上了。小黄对待男人的态度简洁明快，第一，她不和他们谈情说爱，因为恋爱的结果就是分手；第二，不到万不得已，她不和他们发生肉体纠葛”。与赵莲对城市/男人所葆有的那种诗意化爱情理想不同，洞悉了爱情神话之虚妄的小黄她们，要的只是一桩实实在在的婚姻，因为有法律支持的婚姻中有着一种“名分”/身份的保证，而这种“名分”/身份才是让一个“异乡人”最在乎的东西：只有它才能改变自身的“外来者”境遇。所以，由“原乡人”转变为“异乡人”之后，“外来者”故事仍是围绕城市文明与农耕文明、游牧文明之间的矛盾冲突而来的，而且不少女性叙述仍然不约而同地将笔触诉诸男女性爱关系域层面，但是与20世纪80年代文学中有关女性在渴望“外来者”启蒙/救赎的过程中成了作为先进与落后代表的男性争夺物相比，以戳穿城市/男性神话为己任的当下叙述已解构了这种女性从爱情中得救的性别模式，根本没有一种现代性指涉的城市文明（男性、爱情）能够对女性进行救赎成为“异乡人”故事不同于此前的“外来者”故事的一个根本区别所在。它使此类女性叙述普遍地笼罩上了一层沉郁、阴暗的悲剧性色彩，但却有效地涤荡了原先“外来者”故事中女性只是作为一个场域，“不是事物本身，而是使事物得以在其中、也在其外存在的一个位置”[①]的客体性地位，具有了对自己的命运负责的女性认同意味。

当然，“城市异乡者”的命运也并非绝对地一成不变，在不少作家不约而同写到了乡下外来妹不管做如何艰难的努力、付出怎样的代价，也难以最终改变自己的“异乡人”身份的同时，也有作家开始涉足“异乡人”最终改变了自身外来者身份的话题。但是改变之后又如何呢？在李铁《城市里的一棵庄稼》中，关于城市生存方式比农村生存方式优越的理念具有超乎想象的巨大力量，它在女主人公崔喜的心中不断升腾膨胀，促使其终于以一种近乎残酷的方法斩断了自己与农村生存方式的联系，通过婚姻嫁到了城里实现了自己的城市生活梦。但是对于崔喜这棵位移到了城市的农村来的“庄稼”，小说又以她与大春之间自然的、健康的、美好的更加“人性化”的关系，隐含了一棵庄稼长在农村的土地上，太阳照耀，和风吹拂，雨水滋润，才能茁壮生长这样一

① ［法］依丽格瑞：《性别差异的伦理学》（*An Ethics of Sexual Difference*），转引自宋素凤《多重主体策略的自我命名：女性主义文学理论研究》，山东大学出版社2002年版，第198页。

个朴素的道理。嫁到城里去的崔喜不断追忆过去，她心里未尝不觉得她在得到了一个确定的“城里人”身份的同时，也失却了一种更本真的能给她带来更多幸福和快乐的生存体验。这是一个一心“向城而生”但获得了城里人身份之后却发现自己“水土不服”的悲喜剧。外在身份固然可以改变，但心里的“异乡感”却永远也挥之不去，这大概是此类“外来者”故事所触及的一个核心话题，它是叙述者在突破了城市/乡村、文明/愚昧、现代/落后的二元对立思维后的一个直接结果。再如《异乡》中的许子慧，虽然在北京城难以找到一个可婚嫁对象，但靠自学和参加培训掌握了一定技能最后找到了一份不错的工作，完全可以在京城生活下去，不过内心深处强烈的“异乡感”还是促使她最终选择了回到故乡小城，虽然迎接她的并不是她心目中的故乡。即使如《舞者》（孙惠芬）中的“我”，通过考上大学分配正式工作的方式从乡村来到了城里（最主流的进城路径），而且后来成了一个在城市里有身份有地位的人，但却得了一种古怪的毛病：在城里，对城里的食品不适应，总是呕吐，在煎熬中回到乡下，又不能适应乡间习惯，逃回城里。把乡下的特产运到城市让人品尝，又将城里的东西运到乡下，分给亲友，“我”在城乡之间奔波但却无论在哪儿都找不到自己的准确位置。显然，不同于前面“异乡者”故事中女性对获取一个实实在在的城市人身份的物质层面的“家”的寻求，《舞者》所叩问的是一种让人类感到安稳感与认同感的精神家园，而“我”在城乡间的漂泊游移的“舞者”状态，则为这种寻找打上了一个大大的问号。无奈之余，叙述者将自我精神寄托于虚构的文字：

> 我把一棵扎进土壤的稻苗连根从乡下拔出来，现在，我需要把这棵稻苗再一点一点安插到城市里去。而我在东奔西

走手忙脚乱一段时间后，我发现，惟有写作，才是我扎根的土壤，让我获得身份和背景的路径。

在我一程一程失去家园之后，我发现，只有虚构，才是我真正的家园。

从作为“原乡人”渴望外来文明的救赎，到在“向城而生”的现代化诉求中踏上漫漫异乡路，再到即使获得了在异乡生存的合法身份也难以有一种在异乡的精神归属感，“外来者”故事在新时期以来的结构性变化不可谓不大。在这一过程中，如果说有些女性写作在拆解20世纪文学中由来已久的“再生产意识形态和文化”的以男性为中心的“性别潜意识”[①]镜像方面作出了较大贡献的话，另一些女性写作那种古老的以“外来者”为核心的启蒙/救赎神话的改写，则发生了根本质疑，它们质疑“原乡人”、“外来者”、“异乡人”的单一身份认定，拒绝在一种城市/乡村、文明/愚昧、先进/保守的二元对立思维中展开叙述。当在女性认同中守望成为晚近女性叙述的一种普遍性的性别原则时，身份认同的尴尬、精神归属的迷茫，却不期然成了女性写作中遇到的最大问题，它使得“外来者”故事既遭遇到了“改写”的瓶颈，又获得了多样化发展的良好契机。

---

① ［美］约瑟芬·多诺万：《女权主义的知识分子传统》，赵育春译，江苏人民出版社2003年版，第149页。

第十三章

走过青春期的性别物语

女性主义写作与女性文学批评在 20 世纪 90 年代以来，伴随着西方女性主义理论在中国的高歌猛进已成为当代文坛一道令人瞩目的风景线。不过就目前的研究现状来看，对当代文学的性别倾向性研究主要集中于 20 世纪中后期的文学现象、作家作品层面，尤其是在 20 世纪六七十年代人的“身体写作”、“美女作家”这里达到了高潮，而对新世纪以来的一些新的文学现象，像以“80 后”作家为主体的青春文学的性别倾向性问题，学界认真梳理与研究的还不多见。在本章中我们将关注这一问题，探讨由网络文化催生的这一代人的写作与前人有何相似与相异之处，而这种“和而不同”的个性在其性别表述问题上又是如何具体展开的。

一　从青春期的叛逆开始

早在 20 世纪 90 年代，徐佳《我爱阳光》、郁秀《花季·雨季》、彭清雯《我们真累》等由大学、中学的在校生所写的作品就出现了“我手写我心”的青春写作征候，不过这些作家作品的热潮在新世纪前后似乎旋即被韩寒、郭敬明等“80后”写手所取代。内中原因尽管复杂，有作者艺术才情问题，有20世纪90年代文化环境问题，但不能否认的一点是，这些试图将青春的激情与理想主义激情联系起来的“阳光写作”，某种程度上有对主导文化的过于顺应之嫌（如《花季·雨季》对深圳中学生生活的近乎理想化描写，而之爆得大名也与主流奖掖及电视剧的大众传播相关），而青少年的写作和阅读行为则本质上更接近于青年亚文化，一种通过风格化方式挑战正统或主流文化以便建立集体认同的附属性文化形态。或者说，无论从年轻人在生活方式、教育、休闲等方面同父辈文化的客观差异，还是从“长大成人”阶段自我认同的主观心理来看，以他们为中心的文化，往往首先需要以创立一套相对独立的价值系统来确认个人身份和争夺文化空间，“以一种特殊方式标志着一致同意的崩溃”。[①] 表现在文学领域中就是以“新概念”作文大赛为契机，一批出生于20世纪80年代的写作者在新世纪前后横空出世，并迅速占领了青春文学阵地，而他们的作品给人的第一印象，便是一种与理想主义激情似乎相对的青春期特有的叛逆、偏执和破坏的激情。

在韩寒《三重门》、春树《北京娃娃》、孙睿《草样年华》、李傻傻《红X》这样一些广为读者熟悉的文本中，主人公不再是《我爱阳光》中的“保送生”，也不再是《花季·雨季》中阳光下成长的少男少女，作弊、打架、逃学、退学、性、暴力、杀人等另类行为反复出没于其生活现场，青春的莽撞与懵懂是与传统意义上的无所事事、不务正业、不良行为相联系的，叙述格调也由

① ［英］迪克·赫布迪齐：《次文化——生活方式的意义》，张儒林译，（台湾）骆驼出版社1997年版，第13页。

温馨明朗一变为粗粝愤激抑或戏谑调侃。即使在郭敬明、张悦然等不是特意标榜“愤青”情绪的作品中，也似乎通篇流荡着一种忧伤、阴郁，甚至乖戾之气，而与“我爱阳光”的明媚相去甚远。当然，由于生成语境的不同，同新时期文学史上前代作家的叛逆写作相比，“80 后”文学的叛逆也发生了某些微妙的变化：首先是时代背景相对单一而来的叛逆指向的渐趋个人化、平面化色彩。在王小波《黄金时代》、王朔《动物凶猛》、苏童《城北地带》等 20 世纪五六十年代人的青春书写中，顽劣少年的“残酷青春”往往同“文化大革命”、知青、20 世纪七八十年代之交的意识形态变更等时代内容交织在一起的，借助青年个体的叛逆行为表达时代之思、忤时代之逆，而非仅仅抒发个人化情怀，或者说所抒发的人情冷暖往往是某特定时代的产物，是这些文本突出之处。但对出生于改革开放年代的“80 后”写作者而言，没有遭受时代颠簸之痛的同时某种意义上也便意味着时代困惑的减少，加之低龄写作人生阅历的短浅，使得他们的青春叛逆所能指向的“制度性”问题并不是很多，主要是高考，如韩寒《三重门》中的考试制度批判，周嘉宁《往南方岁月去》中主人公北方中学生活的不自由等；而更多的叛逆指向是个体层面上的，像春树笔下不时出现的“没钱打车回家”等没有正式职业的年轻人的囊中羞涩，《草样年华》中主人公近乎颓废的个性气质。甚至像《红 X》这种有可能在城乡差异、贫富差异问题上进行一番探索的作品，实际的社会批判色彩也不明显，从父母、同学对主人公还算关爱，几个女性的尤其体恤以及老师、校方的几次挽留来看，主人公的铤而走险似乎并没有足够的社会依据，而更像一种个性的偏执抑或“叙述”的偏执，而文本着墨最多的性、偷盗、乱伦、杀人等情节，也由此更多不是指向一种社会挑衅，而是个人伦理层面上的“不同意”，而这似乎已溢出了亚文化范畴，有点接近于突破人性底线的“负文化”[①] 了。其次，是由生存环境的相对宽松而来的叛逆表达的自然和轻松。朱文、韩东等晚生代作家以及“70后”的叛逆写作大多亦不再纠缠于历史与时代之痛，而是发出面向当下的尖叫，并且往往借助一种不避极端的表述来达到某种骇世惊俗的效果，像《我爱美元》中美元意象的张扬和“我的性里什么都有”的性狂放，“70后”美女作家的动辄语出惊人等。但这轮语言风暴之后登场的“80后”写作，在叛逆行为上或许并不比前人差，甚至更激进，像暴力、杀人、吸毒等犯罪场景的大面积出现，但在表述方式上却似乎褪去了曾经的激烈峻急，既不着意渲染一种反叛气势，也不刻意使用浓墨重彩的语词，而是倾向于轻松和随意，以简约无比的文字将另类的东西“日常化”。比如春树笔下的性描写恐怕要比卫慧、棉棉她们还要随意和泛滥，但她在具体写法上却轻描淡写得多，充斥其中的“其实我还是想和他做爱，和张洋做爱是我的一大乐趣，他是和我上床的那么多人里感觉最好的一个”，“潭漪开始亲我，我们做爱的时候天津的诗人还没有起床”等，将以往写作中大张旗鼓叫嚣的东西“自然而然”化了。还如《红X》里被开除少年“地下生活”的龌龊与芜杂，非但未引来知情者哪怕是暧昧含混的半句指责（像《我爱美元》中的父亲），反而在一片认同声中自然轻快地前行，靠盗窃果腹及与三个女性（包括一对母女）同时畸恋却基本相安无事的表述，抹去了既往写作中容易出现的价值观的冲突，似乎将另类存在自然化合法化了。将边缘场景叙述成一种“见怪不怪”的常态，是“80后”叛逆写作的一种美学新质，

① “负文化”是指丧失了价值和信念后表现出来的失范和“反常行为”，特点是颓废和放弃价值，而“亚文化”多有自身的价值判断和意义建构。杨雄：《当代青年文化回溯与思考》，河南人民出版社1992年版，第54—57页。

它可能源于相对宽松的生存环境下“另类”本身的冒犯性有所降低（社会文化的开放宽容会相应提升“另类”的门槛），尽管在文本层面，轻松自然常理常情般的另类表述比之高调愤激的另类宣言，似乎更具有某种令人瞠目结舌的“另类”效果。

当然，亚文化的复杂性在于它“是更广泛的文化内部种种富有意味而别具一格的协商，同身处社会历史与大结构中的某些社会群体所遭际的特殊地位、暧昧状态与具体矛盾相对应”[①]，其叛逆性、颠覆性不是绝对的，与父辈文化之间在一定层面上又不乏一致性和连续性，它既是对主导文化的否定，也是对其另一种补充，有时还盗用主导文化的符号形成自己的风格。“80后”文学的叛逆表达也是如此。就像有人已清醒指出的那样，春树小说中一直交织着几个矛盾的生活目标，“退学”与“上北大”、“无力”与“有力”、“战死街头”与“去国贸买衣服”，而每一组矛盾均指向叛逆思想与主流意识形态的冲突，冲突的结果则是随着《北京娃娃》的走红、春树上了美国《时代周刊》的封面，其小说中的另类精神似乎在渐次下降、主流观念则逐步上升，写作使成名后的春树完成的是“由‘朋克’而‘小资’”的转换。[②] 事实也的确如此，春树后期的作品《抬头望见北斗星》、《红孩子》等已公开表示要为自己“正名”。还如郭敬明在《梦里花落知多少》、《悲伤逆流成河》中尚瞩目过吸毒、鸡头、不良少年、沉沦少女等边缘场景和另类人物，但像最近推出的《小时代》已全力描述上海大学生的前卫、奢华的时尚生活景观，即使涉及同性恋这一酷儿文化现象，也因将同性恋者赋予了富家子弟、海归、高

---

① ［美］约翰·费斯克等编撰：《关键概念：传播与文化研究辞典》，李彬译，北京新华出版社2004年版，第281页。

② 邵燕君：《春树：由“朋克”而“小资”》，《“美女文学”现象研究》，广西师范大学出版社2005年版，第57—101页。

大帅气等特征而淡化了边缘意味突出了其时尚身份，并由此融入了当今社会中已属主流的消费文化之中，而不是正相反。以“叛逆”的名义向主导文化进军抑或在“叛逆”之中融入诸多主导文化元素，既是“80后”写作应对图书市场的一种权宜之计，也与青春期的易逝、“长大成人”阶段价值观的不稳定、引发叛逆的因素每每渐次改变等息息相关。

二　玄幻:网络时代的性别偏执

臆想、奇思、玄虚、怪诞是“80后”文学的另一特征，它使这一创作群体在经验性青春表述的维度上增加了超验性表述的内容——玄幻。科德伍林曾经说过：“真正的艺术品不是看见的，也不是听到的，而是想象中的某种东西。”[①]经验性写作当然也会用到想象（虚构），但基本属于现实主义框架中的虚构，它是通过对生活现场的细节性丰富和典型化概括，来最大限度地还原生活原貌并逼近读者的人生体验；超验性写作则溢出了现实主义范畴，成为对虚空之物的虚构，或者对现实之物的非现实化虚构，以“远离”生活现场与日常法则的幻想性写作表达内心深处的冥想玄思。讲求荒诞、变形的超验性文学在新时期文学中曾是十分活跃的，现代派、先锋派、魔幻现实主义等都是它的重要类型。不过近年来受大众文化的冲击，主流文学界“现实主义转型”的趋势比较明显，像20世纪90年代的先锋文学转向、新生代作家的日常化世俗化书写，以及21世纪的底层写作等，超验

① ［英］R.G.科德伍林：《艺术原理》，王至元、陈华中译，中国社会科学出版社1985年版，第146页。

性写作的文学分支似乎有渐趋衰落的迹象。不过，“80后”文学是一个例外，不但臆想、奇思、玄虚、怪诞等超验性写作大量出现，形成了影响大的代表性作家作品，而且就其超验性方式而言，亦呈现出了对既往文学传统某种程度上的疏离和逾越。

首先是对幻想之物（事）的“非‘寓言化’”表述。在新时期文学史的超验性写作中，荒诞、变形、抽象等写作方式的运用，一般都是与表征其“现实寓意”的象征、隐喻、反讽、影射等写作技法紧密相连的，或者说作为一种艺术手段的“超验”，其目标诉求似乎还是真实、现实，虽然可能是形而上的真实抑或哲思层面上的现实。兼具学者和作家的曹文轩说过，小说家或许以虚构架空了世界，但“架空世界的真实性却是由第一世界（现实）挪移过去的”①，而新时期以来的超验之作《我是谁》、《减去十岁》、《山上的小屋》等亦无不是遵循“寓荒诞于实存”的原则，以有关文明/愚昧、仁爱/残酷、自由/专制的主题昭示着一种寓言化的现实批判。不过这一切到了“80后”笔下似乎发生了某种悄悄地改变，以郭敬明的成名作《幻城》为例。幻雪帝国、火焰之城、深海鱼宫等玄虚之所，幻术、灵力、占星、前生、转世、梦境操纵、巫乐暗杀等灵异之事，以及卡索、樱空释、梨落、泫榻、岚裳、蝶澈、潮涯等不食人间烟火之人，使整部作品通篇充满了玄幻色彩。但此玄幻却是“真正”的玄虚与空幻，对现实的象征、隐喻或批判色彩是十分稀薄的，像火族与冰族的世代征战和相互残杀并不指向正义/邪恶主题，而仿佛只受制于某种神秘的轮回理念；卡索与弟弟之间忽而是血肉相连的至亲、忽而又是置对方于死地的仇敌的关系，也无关个人品质的善恶好坏，而是不由自主地受到前世今生的拨弄；几个女子对主人

① 曹文轩：《小说门》，作家出版社2003年版，第121页。

公卡索永远的追随也似乎无关爱情，而只是对“注定是他的女人”的一种宿命般的应验。人物的叠印（樱空释与罹天烬、梨落与岚裳等转世再生的相互指涉）、情节的玄虚（生死轮回、爱恨无常），包括那种华丽到“非人间的”语言，共同组成了一种由非现实的神秘力量操控的文本，尽管故事被叙述得美轮美奂，但要索解其现实寓意、理性指向似乎是徒劳的，就连卡索对“自由”的向往也因并没有清晰地叙述出压抑他的是什么而显得有些苍白矫情。甚至可以说，以《幻城》为代表的这类青春书写因为疏离了超验性写作的现实影射似乎走上了一条为玄幻而玄幻之路。

其次，“非超验性”写作的超验性表达，即某些看似写实的青春书写也因为暗含了非现实性、非日常性、非逻辑性因子而呈现出明显的“务虚”内核。典型如张悦然，虽然她一般不将故事背景直接置于虚构之地，但却并非按照日常伦理、现实主义原则来处理笔下的一切，人物的偏执、情节的离奇，情感表达上的暧昧玄虚，使得她的不少小说带着浓厚的“臆想”色彩。她笔下的人物有的有某种病态的特殊嗜好，像《水仙已乘鲤鱼去》中璟的“暴食催吐”、《红鞋》中穿红鞋女孩的“以虐杀小动物为乐”，有的有某种不可思议的特殊功能，如《樱桃之远》中并无血缘关系的宛宛和小沐梦呓般的“心灵相通”，《誓鸟》中春迟从贝壳中打捞记忆等，关于这些人物的特殊嗜好或特殊性格的形成，小说并不做过多解释，只着意于这些没有多少现实依据之人在封闭的虚拟情景和作者的意念之下所呈现出的一种“一根筋的，向一个方向跑的”[①] 极端情态，这使她几乎所有小说都呈现出了人物的善

① 张悦然 vs 七月人：《〈十爱〉一爱》，《那么红，青春作家的自白》，中国文联出版社 2005 年版，第 114 页。

恶二极对立和人物关系的施虐/受虐之畸恋倾向，安徒生童话《海的女儿》原型在她小说中反复出现即缘于小人鱼割去舌头后无言的忧郁、在刀刃上跳舞的残酷及爱而不得的凄凉结局，十分契合其往“极端处”书写的美学理念。在情节的设置上，她大量使用偶然、巧合、“化不可能为可能”的戏剧性杜撰手法，像《水仙已乘鲤鱼去》中璟寄宿三年间容貌全非，桃李街3号发生的戏剧性逆转以及最后毁于一场莫名其妙的大火；并往往乞灵于宗教的神秘力量，像《樱桃之远》中的宛宛、《誓鸟》中的淙淙，在接受了宗教“不可言说”的洗礼与感召之后会忽然发生180度的根本逆转，成为另一种层面上的“一根筋”。至于她笔下的情感意绪也往往疏离于现实主义书写而带有某种“超现实”意味，像《樱桃之远》中有宛宛把小沐从秋千上推了下去小沐成了跛子这样一个情节，但其并不导向青春残酷、人性险恶等通常意义上的现实/人性批判，而是着意表现宛宛梦魇般的幻视、幻听恐惧；还如《誓鸟》中有关少年宵行对试图遗弃自己的春迟的没来由依恋的描写，“在内心深处，我竟然有一丝盼望，盼望生母真的是春迟害死的，因为这是一种深不可测的因缘，它注定了我和春迟的生命将相互绞缠”，“非人间”的玄幻意味也很明显。一位编发过张悦然稿子的编辑也说：“她不是一个贴着地面走路的人，写着写着文字就会飞离现实本身。”而且这种“飞离现实本身”的文字并不仅限于张悦然（虽然她是体现得最鲜明的一位），蒋离子的《俯仰之间》在不惜以极端的笔法描述出身于不同社会阶层的少女男女之间一段匪夷所思的错位恋情时，也因为后记中作者所说的小说表述与自我经历反差太大，使得这部对“残酷青春”的刻意书写在人物形象的前后一致、情节的自圆其说、情感的自然流畅等层面似乎难以经得起现实主义标准的考验，而显出了几丝玄虚、怪诞的意味。

玄幻在“80后”写作中一再出现，客观上源于低龄写作者人生经验的匮乏。“我觉得我的人物性格比较极端是因为这样我觉得会导致一种震撼力，是大喜大悲的震撼，不是那种内心的微妙的震撼，有时候在写一个内心非常丰富的人时会觉得非常胆怯……”[①] 以极端人物大喜大悲、大起大落的戏剧性张力，掩盖描写复杂人物（当然也包括丰富微妙的日常生活）时的“胆怯”，张悦然的这种自述可谓一语道破“80后”写作者的尴尬。青春文学当然不乏经验性写作，像书写校园经验的《草样年华》、《三重门》，抑或书写摇滚经验具有“原景重现”意义的春树系列作品等，但对于阅历相对短浅的他们来说，经验性资源毕竟是有限的，而写作对象一旦逾越了他们感同身受的界限就容易向虚构处发展，像周嘉宁的《往南方岁月去》前半部分写从备受禁锢的中学时代来到南方上大学的女孩迫不及待地染头发、买衣服、交男朋友，是有着鲜明的生活印迹的，但是后来当叙述集中于“我”走出南方大学后同小五的扑朔迷离交往，及与有些神秘气息的作家J的情感时，就有了几分虚幻缥缈的意味。当然，超验性写作在“80后”文学中比重如此之大还有十分重要的主观原因，那就是青年亚文化逃离现实的冲动。伯明翰学派的鲍尔·威利斯曾指出兴奋剂在嬉皮士文化中占据重要地位，它不是由于自身的药理作用而成为嬉皮士文化的中心，而是因为它提供了一种途径，使人得以超越现实的障碍，在“彼岸世界”中享受思想和精神的自由的途径。[②] 与迷幻剂、电脑游戏等有些类似，“80后”对超验性表述的热衷，同样以一个主观的臆想世界的营造，为青少年

---

① 张悦然 vs 七月人：《〈十爱〉一爱》，《那么红，青春作家的自白》，中国文联出版社2005年版，第115页。

② Resistance through Rituals: *Youth Subcultuie in Post-war Britain*, London: Hutchinson, 1976, p. 52.

制造了某种逃离不尽如人意的现实秩序，并由此“进入一个广大的象征秩序”的场所。或者说，玄幻不仅仅是低龄写作者对日常原则把握的无力与无奈，还可能是其一种“主动”追求，对随心所欲、怎么写都行的自由自在写作精神的追求；同时，他们提供的那种“飞离地面”的文字，对于不少以寻求逃避和刺激应对青春期的焦虑、迷惘的青少年读者而言，又似乎“正中下怀”。甚至可以说，某些玄幻之作是小作者脱离现实的写作与小读者脱离现实的阅读之间“共谋”的产物。在其一定程度上逾越和疏离了新时期文学现实主义传统及“寓荒诞于实存”的超验写作传统的背后，是它以自己的方式加入了青少年大众文化的行列，武侠、动漫，以及架空、穿越类网络文学对它们的影响是很明显的。

三　这一代人的“身体写作”

以表现青春意绪为主要内容的“80后”文学几乎没有不涉及性别及身体表述的，不过或许源于这一代写作者生存环境的相对宽松、社会及人生体验的相对短浅，同20世纪六七十年代人笔下曾被广泛瞩目的“身体写作”相比，“80后”文学中的身体美学亦表现出现了某种程度上的新的精神特质：

轻逸。在新时期文学传统中，“身体”往往被赋予一定意识形态诉求，要么作为欲望的能指，成为探讨灵与肉、精神与物质的切入点，如《男人的一半是女人》之类的文本；要么作为权力的载体，成为探讨禁忌与颠覆、宰制与被宰制的武器，像女性主义写作。不过，与前代作家“沉重的肉身”式写作相比，“80后”一代某种程度上则体现了对身体的“去‘政治化’”倾向。比如与成人世界中经常出现的“性交换”场景以及成人作家往往以此做阶级的、社会的权力批判相比，“80后”对功利性、现实性的身体伦理不置可否，甚至不屑一顾，较少出现的此类书写无一例外都是负面指涉的对象，如郭敬明《梦里花落知多少》中以纯情少女示人但后来被识破妓女身份的李茉莉，尽管有过一通穷人富人的愤激言辞，但无疑是全书最为谴责的坏女孩。不但是社会现实政治，就是20世纪六七十年代人普遍关注的性别政治，“80后”文本表现得也不明显，难以出现那种鲜明而笃定的性别立场。春树在《长达半天的欢乐》中曾有过一段还算激进的“中国摇滚圈里没有女权”的言说，“我曾想在这个更先锋也更狭隘的圈子里找到爱情，但是他们只是自以为是地把我当成果儿”，“男人既然可以和很多‘果儿’上床，那么作为被侮辱与被损害的、被打击和被误会的我们为什么不能多和几个乐手上床呢”。不过，这种“以牙还牙”的女权主义姿态在其散漫而随意的写作中并没有坚持下去。同篇小说中紧跟着“我”上述女权宣言的是“我”与五五五上了床，小说写道“他动作起来，我抗拒……最后还是接受。我给自己的答案是我最终被他的激情所折服。我就是这样的无厘头”。一个“无厘头”把前面以多跟几个乐手上床的方式“报复”男人的女权说法消解了，非但如此，接下来是一段“五五五他们的生活每一分钟都在吸引着我”的表白以及对五五五的无尽思念，虽然“‘我’早就知道五五五就当我是个‘果儿’”。或许因为有着“女权”色彩的身体写作（比如林白、陈染的写作）由于所包含性别意识形态色彩会在某种程度上影响到没有任何负载的“率‘性’而为”行为，而后者才是春树孜孜以求的“残酷青春”方式，何况处于青春期里的少女，无论是春树还是笔下的主人公，似乎都还没有足够的阅历支撑起相对成熟、稳定的性别观念，总之，性别关系的轻松与随便比女权主义的愤激偏执似乎更符合她的写作原则，这从充斥其文本的众多随意而散漫的性描写中就可以看得出来。说得更诚实一些的是蒋离子，在一篇专访中她说："我崇尚女权，而我则没有女权。要女权，很难。不如做个温柔的女子，内心保持着清醒，好好在这个以男人为主的社会里残存下来。"[①] 她的《俯仰之间》以不无残酷的方式书写了柳斋和郑小卒之间丑陋、畸形的关系，并以相对沉默和认同的姿态写到了柳斋的性别屈从。张悦然不谈女权问题，她笔下的身体表述往往是随心而动，更多服膺于她所青睐的往极端处书写的"臆想"原则。在她小说里总是流荡着这样两类人物：一类为了爱人自虐般地享受着一切，奉献着一切，一类在无知无觉的状态里冷漠地享受着一切奉献。但这种类型化设计并不表明她在这其中灌注着某种性别规定性（将前者设定为女性，后者设定为男性，并以此进行某种男权批判，一如林白笔下的"傻瓜爱情"），而更多表现的是爱与痛的极致、宿命、轮回。如《樱桃之远》中设计的是带有某种"性别并置"意味的两对，圣女般善良的小沐和魔鬼般邪恶的小杰子，狮子般暴戾的宛宛和绵羊般温顺的纪言。还如《誓鸟》中一连串如自然界中"食物链"般施虐/受虐的畸恋与献身：春迟为骆驼刺瞎自己的双眼一生沉浸于打磨贝壳寻找失去的记忆中（而且自始至终不知道骆驼是她的"假想情人"），"一生的事业就是迷恋和追随春迟"的宵行在梦中对春迟的渴望，奴仆般追寻宵行的婳婳为之牺牲自己和孩子的生命，淙淙为对春迟的同性之恋葬身施洗台。摆脱了社会政治和性别政治的身体在一种虚拟的历史时空中呈现出了某种轻盈、轻逸之态，尽管这轻盈、轻逸之态在张悦然笔下，不是像春树那样以轻松的笔调，而是以几分忧伤情怀表现了出来。

---

① 蒋离子：《俯仰之间·后记》，朝华出版社 2005 年版。

属我。除了对政治的疏离，身体的发现、异性的接触对这一代写作者来说，有时亦并不必然导向成长、自我探询、反抗压抑等文化命题，甚至与情感、欲望无关，只是一种青春期的好奇抑或庸常生活中聊胜于无的一点调剂，或者彰显个性的一种方式。如孙睿《草样年华》这样写到了高中生的初吻，“当天晚上，我们就接了吻，女友把嘴从我嘴边移开后，忧心忡忡地说：‘我们之间好像还不是很熟。’我一想，的确如此，从高一入学到刚才她说的那句话，我们之间总共说话不超过三十句，我对她更是不了解，只知道她叫韩露，是与我同班的女同学”。周嘉宁《往南方岁月去》则将初吻写成了女孩与女孩之间基于尝试目的的体验。在没有人的教室，“我”和忡忡常常是嘴唇靠近的时候就开始发笑，一直闹到日落时分，在“我”看来，这如同亲吻镜子里的影像，只是“迫不及待地想知道另一个嘴唇的滋味”。基于尝试欲的身体写作使得身体成为一个实验场——一个验证未知领域而非爱情、欲望的实验场，“我”的初夜是与马肯共度的，虽然很疼痛，但“我”不想推迟、错过这第一次，“我”哭了，但“内心充满了骄傲，好像那个由母亲陪着去内衣店里买胸罩的小女孩，充满期待地看着那些花边，那些蕾丝，在试衣间里羞涩而又雀跃地脱去衣服，再穿上那羞涩而紧绷绷的小衣裳”，这里的性事甚至与性交对象无关的，不管是马肯还是别的男人，“我只是想尽早地变成女人”。如同春树笔下那些蜻蜓点水似的随意而浮泛的性描写与其说是验证“自由支配自己身体”的性别宣言，倒不如说是以极端方式张扬个性的一种表现，这种既不着眼于身体的具体感受，也不强调身体的文化隐喻的书写正如乔以钢教授所言，他们“无论怎样在性与感情的问题上出言轻狂甚至付诸行动，所寻求的也还是那种能够适应潮流的特立独行，而与真正的性和性别却未见得有太大的关系”[①]。

简约。身体感觉，尤其是性行为、性心理，在 20 世纪 90 年代文学中曾被浓墨重彩地书写过，并由此衍生出了批评界的“看”与“被看”之争。不过 21 世纪以来登上文坛的“80 后”似乎并不热衷于此，像《幻城》似乎在一种不食人间烟火的典雅中“屏蔽”了身体欲望本身，那里的男女情缘更受某种“前世注定”的神秘力量影响。即使是最容易被标注上“身体写作”标签的春树，也并不注意身体感受的繁复过程，而只是出具某种轻描淡写的蜻蜓点水文字，连最苛刻的批评者也认为“春树小说的黄色成分并不高，还不如贾平凹、莫言们来得爽快，身体只是作为符号点缀其间，它们多而密集地四处点缀，但是决不再对它们进行更多一些的深层次描写”。[②] 张悦然的身体描写往往写虚而不写实，即用比喻、拟人等文学性修辞构筑一种“意象”中的身体写作，比如《誓鸟》中春迟的性体验，直接的肢体描绘是很少的；在另一些作品中，即使是写到了肢体，也往往以十分简单的文字轻轻带过，像《樱桃之远》这样写到了影响小沐一生的唯一一次情欲体验（也是这部小说的唯一一次直接的性描写），“这只手，它喜欢这缎子（小沐的腹部），它慢慢地划过它，细微地摩擦出热量，使寒气逼人的缎子温暖起来。是的，段小沐感觉到一种热量由小腹升起，把她整个身体送上了云霄”。“80 后”对身体的简约、清淡式书写，使其似乎已在某种程度上疏离了先锋派、新生代作家经常出现的欲望化表述、情色书写，表达青春情绪的文学居然不再将性、身体这些青春期中的敏感区域作为写

---

① 乔以钢、李振：《当身体不再成为“武器”——80 后部分女作家身体写作初探》，《天津师范大学学报》2008 年第 1 期。

② 黄浩、马政主编：《十少年作家批评书》，中国戏剧出版社 2005 年版。

作焦点，这只能说是文学向前发展的结果，即经历过60、70年代人笔下的“身体风暴”之后，身体写作在这一代人看来似乎已有些“审美疲劳”。

四　从“70后”到“80后”：断裂的青春表演？

最后，让我们把对“80后”文学创作风貌的考察从内部文本剖析转向外部文化研究，引起笔者研究兴趣的是这一代人的上述独异文学风貌是如何具体地历史地形成的，当代文坛对此又是做何反应的。让我们先从“70后”与“80后”整体上创作风貌的异同谈起。20世纪末“70后”一代与21世纪“80后”一代同是在“青春文学”旗帜下的集体亮相，但前后不过几年的时间，此青春非彼青春，他们在有一定内在联系的同时，已表现出了诸多微妙的差异，而这已不仅仅是两代人精神气质的问题，也表征了社会与文学语境的变化，还昭示了创作、批评、媒体、文化市场等诸方面的权力交锋与格局流转。

应该说，撇开出道之后的分化，“70后”一代在20世纪90年代后半期文坛上的异军突起是与其所提供的那种群体性的“震惊体验”相关的，酒吧、迪厅、咖啡馆、K歌、摇滚、飙车、蹦极、吸毒等非日常化摩登场景，尤其是身体/性这个古老而又新潮的刺激性命题，频繁出现于他们/她们的青春记忆中；中心人物则几乎都是清一色的都市新人物类种，年轻而疯狂，放纵而颓废，人名如忽忽、努努、末末、coco，篇名如《像卫慧那样疯狂》、《蝴蝶的尖叫》、《回忆做一个问题少女的时代》、《我是个坏男人或者生日快乐》，故事如大同小异般的年轻女孩与各色男人间痛苦、疯狂而混乱不堪的性爱故事，无不传达出渴望刺激、幻想并尝试各种冒险、在随心所欲的挑战常规中获取快感、以近乎失控的狂热混乱缓解青春焦虑的末世情怀。一时间，“另类”、“新新人类”、“身体写作”、“酷”似乎成了专为它们量身打造的语词，卫慧、棉棉、周洁茹等先声夺人的写作也成了“70后”的招牌式话语风格，甚至像魏微这样21世纪以后逐渐主流化的作家在初登文坛时也是以《一个年龄的性意识》、《在明孝陵乘凉》等私密性个人写作加入了“美女作家”的行列。“80后”一代也书写青春期的焦灼与迷惘、困惑与渴望，但在具体的青春表述对象上“另类”场景已开始减弱，更加低龄的不少还是在校生的他们似乎普遍注意了题材的“日常化”，他们将笔触更多指向了高考、校园、同龄人的交往等大多数青少年生活其中的日常现实图景，像在徐敏霞《高三夜未央》、韩寒《三重门》、孙睿《草样年华》、周嘉宁《往南方岁月去》等文本中，中学生、大学生的上课、考试、食堂、宿舍、校园恋爱等生活常态，取代了与各阶层校外人员的复杂交往，成了书写的重心。这种校园书写不仅与“70后”对“另类”场景的钟情迥异，也与其对残缺的童年、破碎的家庭，及弥漫着恋父、弑父、乱伦焦虑的特有家庭记忆的热衷相映成趣，或许对正值青春期急欲摆脱父母怀抱的“80后”一代来说，大同小异的都市独生子女家庭似乎无法激起他们什么特别的记忆，即使像来自乡村的湘西少年李傻傻也没有在其成名作《红X》中过多介入自己卓有特色的家族经验，对主人公或许有的父亲并非亲生的家族书写只占了小说极小一部分，而且它并没有成为影响主人公此后青春经历的心理郁结，作为小说主体的沈生铁被学校开除及和两个女同学间的精神与肉体交往依然与校园有着千丝万缕的联系。另外，相对于“70后”对异性关系，尤其是性体验的集中书写，“80后”将不少笔墨放到了同性情谊上，且大多不是那种具有“性”意味的同性恋场景，而是在青少年情感生活中同样十分重要的同性间的友情。像与卫慧小说往往以主人公不无沾沾自喜的语气言说自己的“男人缘”正相反，周嘉宁的《往南方岁月去》通篇围绕着“我”与女友忡忡之间的同性情意而来，从中学时代的结伴上学、一起写作业，到报考同一所南方院校后的惺惺相惜，再到忡忡离去后“我”追随她遗留的信息来到北方的执著与伤感，忡忡既是“我”的闺密也是“我”追寻的另一个自我，两个女孩的相互叠印贯穿小说始终，而且它并没有设置两人因为某个男性“友情被爱情打败或打乱”的模式化情节，反而明确写到“我们就是嫁给同一个男人也没问题”，“每个人生命中总有一个人会陪伴着你走过所有孤独的岁月，你们血脉相通，他可能是你的爱人，也可能是你的朋友，不管怎么说，如果你遇见这样的人，就一定要珍惜，因为一旦错过就再也不会遇到第二个，就好像我有忡忡，而忡忡也有我”，对青春友情（而非男女恋情）的缅怀溢于言表。张悦然的《樱桃之远》也以两个女孩——杜宛宛与段小沐之间奇异的“身心相通”为中心，写出了两个女孩的两种成长，以及在小沐“圣女”般的精神感召面前宛宛放弃了对她的“假想敌”幻觉二人最终成为最亲密朋友的过程。这种对同性情谊的关注也波及郭敬明书写大学宿舍里“四朵金花”的新作《小时代》，甚至与“70后”联系最紧密的春树经过了“残酷青春”的动荡之后，在被人称之为“《北京娃娃》前传”的《红孩子》中也将主人公“林嘉芙”的小学与初中时光描写得“友情是那么激烈和神奇，爱情则淡如柳絮”。

文体选择上“80后”一代也与“70后”初登文坛时近乎集体性的自历性、经验式书写不尽相同。20世纪90年代，反情节、反结构、反想象的“非虚构”半/准自传体（“虚构”肯定是有的，但却往往以虚实参半的暧昧姿态出现，并成为写作者和营销者的策略之一）方式是“70后”作家的一种普遍选择，女性、年轻女性、年轻女性的自我、年轻女性的私密性自我，这些步步推进的语汇不仅是一种媒体炒作语，也与作者试图在写作中展示真实的自我并以此隐喻一代人或一类人的真实“我们”的主体姿态大体吻合，如棉棉在《告诉我通向下一个威士忌酒吧的路》中如此袒露创作的痛苦，“我想我把仅有的那点故事都变成小说了，其实我向来反对女作家书写真人真事，但是写作确实没有赐予我虚构生活的权利，我费尽心思地在我的故事里寻找感觉，毁灭性地找，企图化腐朽为神奇”。可以说，“我”的在场（并成为结构文本的绝对主人公）、成长的经历、回忆性视角、碎片化的日常生活流，是“70后”文本给人的第一印象，只是由于她/他们对另类场景与隐秘体验的热衷，才使得这种类似新写实小说的原生态展示具有了某种“传奇性”与“故事性”效果。“80后”当然也有“自我表现”型的，以袒露自我，尤其是袒露自我极端经验为中心的写作，如春树；但另一方面，情节性、虚构性、超验性，甚至有意识远离个人经验的“我”的退场的文本大量出现，并在“80后”写作中占有越来越大的比重。如郭敬明的成名作《幻城》，以一种凌空蹈虚的玄幻不但彻底破坏了从作品索解作者本人生活面貌的可能性，而且干脆规避了现实人间的日常悲欢。即使是处于花季之龄容易被人“浮想联翩”的女性写作者，有的也似乎在有意识避免“美女作家”的老路，以远离个人生活现场的故事结撰来“遮蔽”而非“暴露”自我。像蒋离子的《俯仰之间》以某种显然有意为之的纵恣、粗粝，甚至不无反讽的笔触描写了出身于贫民窟的坏小子郑小卒与有着“辣妹”做派的高干世家女孩柳斋之间的错位恋情，涉及“残酷青春”主题，但绝非春树似的自叙传式书写，而是大故事套小故事、偶遇、巧合层层渲染的传奇性表述方式，小说后记中蒋离子也坦言，“有朋友说，这是吓人的小说，至少他不肯相信这出自我的笔下，他认为我就应该写情色男女的……他说我是那种表情柔和的女子，这文字和长相他组装不起来”。[①] 另一些“80后”写作者走得更远，他/她们不但放弃了“70后”碎片化、自叙传式的生活流叙事及由此而来的真实自我与文学自我的相互“叠印”，而且执著于某种背离个人生活情态的“反向叙事”：宽松幸福的成长空间被描绘得痛苦不堪，体制内安分守己的乖乖男/女在文字中无限桀骜乖戾，生活中的神采飞扬一到笔下就开始无端的悲凉忧伤。了解郭敬明经历和个性的人会诧异其文字中“自我形象”的自恋忧伤从何而来，张悦然更是如此，出身教授家庭的她曾坦白“我有特别好的父母，他们对我的发展一直是很随性的态度”，但在她的《黑猫不睡》、《水仙已乘鲤鱼去》、《誓鸟》等文字中，父母的冷酷、自私所导致亲子关系的紧张扭曲随处可见，而对暴力、乖张、血腥、死亡场景的热衷更是与其在现实生活中游刃有余的闲适优越形成鲜明反差。对此曹文轩曾说：“一落笔就满纸苍凉，仿佛整个世界丢弃了他，话说得太满，不留余地，太尖刻、少宽容，爱将问题搞大，爱做出哀怨的神情，很怀疑他们这番浓重的秋意敌意究竟有多大的真实性。”[②] 应该说“80后”一代这种“少年不识愁滋味，为赋新词强说愁”的“秋意敌意”的产生，是与这一群体中的某些写作者放弃了“70后”经验性、自历性写作之后，所选择的故事结撰式文体与幻想性、超验性表述方式不无关系的。

与叙述场景的转换、文体选择的变迁相联系的是叙述语言、叙述姿态、叙述格调上的调整。集体出场时的“70后”力求表

① 蒋离子：《俯仰之间》后记，朝华出版社2005年版。

② 张金明、李成强：《走进“80后”研讨会在北京语言大学召开》，《学术动态》2005年第1期。

现青春期里不可名状的痛苦、孤独、绝望之情一泻千里的癫狂与混乱，所采用的叙述语言也是极尽直白、高调、张扬之能事，像“我对自己说我要用最无聊的方式操现在操未来”（棉棉《九个目标的欲望》）、“用皮肤思考，用身体写作”（棉棉《糖》）、“对我们来说青春意味着……一个夜晚幻想加手淫的年代”（丁天《饲养在城市的我们》）等，有意识追求“语不惊人死不休”的骇世惊俗性。尤其是以对性禁忌的轰毁、对身体欲望和感官书写的无限张扬表达青春期的焦虑与叛逆之情，如有人统计《上海宝贝》里有关生殖、性的描述“不下于上百次，‘卫慧’像一个被欲望操纵的叫春生物，时时刻刻处在性欲亢奋的兴奋巅峰”[①]，而且性爱对他们来说，同酗酒、吸毒等其他对疯狂激情的宣泄一样，很大程度上并不必然指向传统意义上的爱情或婚姻，如棉棉在《我是个坏男人或生日快乐》中有这样的表达“我必须做这种不去爱上却有稳定男朋友的练习”。情绪的疯狂宣泄，并以一种激烈峻急方式表达这种宣泄，可以说是引发文坛轰动时的“70后”写作给人的一般印象。“80后”写手中最具有“70后”风格的是春树，她的“坏女孩”叛逆书写与卫慧、棉棉等人一样也是充斥着“奇观化”的另类景观，但在具体表达方式上21世纪的春树却退去了“前辈”曾经的疯狂叫嚣，既不着意渲染一种反叛气势，也不刻意使用浓墨重彩的语词，而是倾向于姿态上的轻松随意与用语上的简约自然，“他们的做爱就像是青草发芽一样，是一种生理过程，又是如此坦荡、青涩、简洁……没有高潮，没有过程，只是简单的‘你好’、‘你好’打个招呼就结束了”（《两条命》），或者对性轻描淡写地一带而过，绝不进行更深入的感官渲

---

① 周冰心：《苍凉的手势，泡沫的疼痛——论世纪末70年代出生作家的写作》，宁亦文编：《多元语境中的精神图景》，人民文学出版社2001年版，第273页。

染，“其实我还是想和他做爱，和张洋做爱是我的一大乐趣，他是和我上床的那么多人里感觉最好的一个”，“潭漪开始亲我，我们做爱的时候天津的诗人还没有起床”（《抬头望见北斗星》），另类行为犹在（如有人统计过《北京娃娃》中主人公一共与17个男人发生过关系），但另类表述的自然化、平淡化、随意性（春树在接受访谈时也说“轻盈、漫不经心。这样才接近真实。真实就是漫不经心”[①]）则一举消解了“70后”文本的歇斯底里意味，呈现出青春叛逆的某种美学新质。李傻傻《红X》、孙睿《草样年华》对顽劣少年的书写也因为将非主流的“不合作”之态置于被开除者衣食物无着的困顿或校园差等生倍感边缘的尴尬等平民日常景观中，而退去了“70后”另类表述的时尚姿态，增加了文本的普遍针对性与现实生活气息。还有更多的“80后”写作者并没有采取青春激情的叛逆型表达，而是以或者健康明朗的“阳光型”写作，或者自恋自艾的忧伤型写作，或者注重形式实验的先锋型写作，来表达初涉人世的懵懂、迷惘、困惑与渴望。[②] 像张悦然的写作也透着某种病态的美感，但这病态之美并不像卫慧、棉棉似的表现为一种狂欢化的颓废之气，也不像春树似的进行某种“无所谓”的另类言说，而是在自恋、自虐、自戕上大做文章，放纵混乱的身体描写不见了，代之以思念、忧伤、无尽的等待、不顾一切的追寻等精神之恋，如《水仙已乘鲤鱼去》中璟对陆逸寒钟爱一生的描写似乎让人恍然重回“古典”情怀，只是主人公不食人间烟火的极端个性与偶露狰狞的暴力残酷书写体现出了另一种“后现代”气息。张悦然的“以病为美”到

---

① 《两个世界里的春树——春树访谈》，红袖俱乐部，http：//article. hongxiu. com/a2004－11－1/497151－2. shtml。

② 详见拙文《走过青春期的文学实验——论新世纪青春文学》，《文艺争鸣》2009年第4期。

了郭敬明那里则发展成了“以悲为美”，忧郁少年/女的顾影自怜、悲伤忿怨在他的笔下往往会无限放大开来，青春在他笔下再也不会像卫慧“面对生命的荒谬，我们唯一合理的姿态就是神采飞扬”那样“神采飞扬”地招摇着，而是潮湿、暧昧，氤氲着没完没了的忧伤，像他在《悲伤逆流成河》中这样形容青春的流逝“漫长的时光像是一条黑暗潮湿的闷热洞穴。青春如同悬在头顶上面的点滴瓶。一滴一滴地流逝干净”，痛苦、孤独、绝望、死亡轮番上场，在他的文本中上演了一幕幕的青春悲剧（乃至于有时被人认为“无病呻吟”）……

也可以说，在话语表达的多样化方面，尽管“70后”也并非一个同质化的存在，卫慧、棉棉、周洁茹的纵恣张扬式书写虽然在“70后”出场时是炒得最响的，但当然不能代表其全部创作风貌，而且卫慧、棉棉等人之间也有诸多或微妙或巨大的反差，不过抛开成名后的分化，这一切同“80后”各种青春基调“多管齐下”的情形相比，还是要相对集中一些，或者说同为依据创作主体的出生年代进行命名的文学现象，后者的“一盘散沙”性质似乎更明显一些。造成“70后”、“80后”这些明显代际更迭特征的原因是多方面的。比如作家个性气质的问题。比如成长年代的问题，20世纪七八十年代之交的意识形态变更横亘在了“70后”与“80后”之间，像卫慧《艾夏》、《像卫慧那样疯狂》、棉棉《告诉我通往下一个酒吧的路》、周洁茹《熄灯做伴》、丁天《葬》等“70后”文本都提到了与怯弱逃逸父亲相联系的不愉快的童年经验，这与“70后”可能还残存些许历史的动荡记忆不无关系（动荡的时代往往造就动荡的家庭结构），而一降生就遭遇改革开放的“80后”一代这种纠结于“父”的缺席及怨父、恋父情结的现象是很少的，即使有，也是像张悦然那样有某种故意“反向叙事”的意味。再比如“影响的焦虑”问题，按照黑洛德·布洛姆的说法，每一个（代）作家都害怕自己没有原创性、完全笼罩于前辈作家作品的阴影之中，为了确立自己的个性，在一定程度上吸取前人成果的基础上，都竭力避免走前人的老路，“80后”出道之时“70后”风头犹在，为避免受“前辈”的影响，“80后”也在自我个性上做足了文章，像被媒体册封为“玉女作家”的张悦然在文本风格上就与“70后”相去甚远，即使一定程度上仍沿袭着“70后”写作路数的春树也一出口就是与“美女作家”比狠斗勇的言辞，“像卫慧与九丹这样的作家根本就没有身体，只有硅胶”！当然，在这样一个批评、媒体、文化市场共同作用于文学的年代，某种创作个性的形成与其说主要来自创作者自身的艺术才气、艺术定力，倒不如说是一种“内外合力”的结果，尤其对于初出茅庐、急欲获得外界认可的这些文学青年来说，不管是“70后”还是“80后”，来自图书市场、批评界、文化圈的声音对他们的创作都有着重要的影响，甚至他们创作风貌的最后形成就是这几种影响因子权力争夺的结果，从出场方式、批评方式及与之相关的理论资源、精神维系等风貌入手，或许更能清晰地窥见“70后”与“80后”不同青春表述的由来：

“70后”是首先在文学圈里崭露头角，而后渐渐发展成一场辐射社会的“文学事件”的。1997年前后，《作家》、《钟山》、《大家》、《山花》四家在文学圈卓有影响的期刊在推出文学新人的“联网四重奏”栏目中先后推出了多名“70后”作家，1996—1999年，《小说界》开设“70年代以后”栏目，专门刊登“70后”作家作品，另外《芙蓉》和《山花》杂志自1997、1998起推介“70年代出生作家”，《人民文学》在1998年设立的“本期小说新人”栏目也推出了部分“70后”作品，《作家》则在1998年第8期推出的“70年代出生的女作家专号”，为女作家配备照片，“美女作家”的名号日渐响亮。此后图书市场才迅速跟进，1999年，珠海出版社出版了“文学新人类”丛书，2000年，天津人民出版社出版了“非常女孩”丛书，2000年中国对外翻译出版公司出版了“新新人类另类小说文库”，等等。而在“70后”上述出场过程中，批评界起了至关重要的作用，早在1997年吴亮就在《小说界》“70年代以后”栏目中撰写评论，从“个人化写作”角度为之鼓噪，认为他们“顺从经验，如实叙写个人生活历程”的写作方式，“哪怕疏离了大众”，也可以达到文学对生活的“对称性”，从而反拨前辈“对时代整体上的回避”。[①]《作家》杂志上的“70年代出生的女作家专号”更是缘于主编宗仁发与批评家李敬泽、施战军的一次带有某种“密谋氛围”的重要谈话，李敬泽等人也被媒体称为“美女作家”一词的创造者[②]，而“70年代出生作家”这种“先有名称、后有队伍”的作家群命名方式与此前的“60年代出生作家”亦几乎如出一辙。不但积极介入命名策划，具体的批评阐释工作也同步跟进，就在这几年，陈晓明、孟繁华、洪治纲、贺绍俊、葛红兵等当代知名批评者悉数为“70后”撰写重要评论，像陈晓明在权威批评刊物《文学评论》中将卫慧等人的写作放置于“从王尔德的后期浪漫主义，到整个现代主义（后现代主义）”都未曾间断的“颓废”话语序列中，并将其称之为一种“自虐性的，个人化的被延搁了快感高潮的美学”。[③] 除了“个人化写作”、“颓废美学”，批评家对于“70后”写作不管是支持还是反对，还大量援引有关女性

① 吴亮：《这一代的生活和写作》，《小说界》1997年第2期。

② 宗仁发、李敬泽、施占军：《关于“七十年代人”的对话》，《长城》1999年第1期。

③ 陈晓明：《“历史终结”之后：九十年代文学虚构的危机》，《文学评论》1999年第5期。

主义、身体写作、精神分析、虐恋文化等西方理论资源，这一切无形中都更加强化了“70 后”小说中的碎片化结构、回忆性视点、自传体方式、恋父弑父情结等写作特征，甚至包括其极端化、欲望化、奇观化表述都可以从新时期文坛普遍关注的先锋文学、私人化写作、新生代写作那里找到明确的渊源。可以说，“70 后”的关键词“另类”是从其创作出了不受社会主流规范的文学形象层面而言的，至于其创作路径在 20 世纪 90 年代文学叙事流程中却并不算改弦易辙的“另类”，或者充其量只能说是个人化写作潮流推向极端化的产物，有人甚至直言这一批 20 世纪 70 年代出生的人很大一部分仍沿袭了“新生代”作家的创作路数。

从文学渊源和出场方式上看，真正的“另类”是“80 后”。比“70 后”崛起并没有晚多久，以 1999 年《萌芽》杂志举办的“新概念作文”大赛的为契机，韩寒、郭敬明、张悦然等人开始脱颖而出，《三重门》、《幻城》、《北京娃娃》、《葵花走失在1980》等几部“80 后”作品在 2000 年及紧随其后的几年里出版，而且一经面世就备受读者热捧，据北京开卷图书研究所 2003、2004 两年的图书市场调查表明，以“80 后”为主体的青春文学在市场占有份额上与所有的现当代作家作品平分秋色，均为 10%，尤其是 2004 年，春树上了美国《时代》杂志封面，张悦然赢得传媒文学大奖“2004 年度最具潜力新人奖”，文学销售前 5 强中“80 后”占了 4 席，这些事件表明“80 后”似乎已迅速创造了包括“70 后”在内的既有文学新人难以企及的市场奇迹。只有批评界的沉默是个例外。也是在 2004 年，北京的白烨发出了“‘80 后’已进入市场，但未进入文坛”的感慨，上海的吴俊则说“如日东升的‘80 后’不仅在挑战而且也在讽刺当今的批评家们，文学批评不只是滞后，简直有迟暮和腐朽之态了”。[①] 不过，呼吁归呼吁，就是白、吴等人对“80后”也没有像面对传统文学一样在文本细读、理论溯源、风格阐释、形式分析等方面做出多少深入而细致的具体研究，截至2008年，尽管“80后”研究已陆续出现，但多是围绕其出场方式、运作方式、市场论争而来的跟踪式文化分析，像江冰瞩目于“80后”内部分化的《论80后文学的“实力派”写作》、《论80后文学的“偶像派”写作》、《论80后文学的“另类”写作》等系列文章。既不是由批评界扶持，又得不到批评界的正面阐释，这是与“80后”在精神特质上更多依赖青少年热衷的网络、动漫、武侠、言情等青年亚文化相关的，后者对于习惯于个人化、先锋、后现代，抑或人民性论争的主流批评界来说不但陌生，而且因为年龄原因有某种天然的隔膜。其实只要从“80后”文学场而非主流文坛所熟悉的那一套话语体系出发，就可以相对客观地解释其上述与“70后”书写不甚相同的创作风貌：“80后”是真正的创作主体、写作对象、阅读主体，甚至包括批评主体（如“80后”看“80后”、《十少年作家批判书》等）高度整合的文学现象，其相对于“70后”另类书写的“日常化”青春写作就是服务于这一“我手写我心”的目的，而对西方文学或某种理论的倚重则不像“70后”那么明显，像卫慧几乎言必称金斯堡、克鲁亚克、博罗斯等美国50、60年代“垮掉的一代”作家，而张悦然则自述更喜欢阅读能够增强生活体验的中国作家的作品；非自传体的“反向叙事”，则除了经验的匮乏及避免60后、70后自传体写作“影响的焦虑”外，包含了青少年“为赋新词强说愁”阶段的“生态逆补”心理（日常经验中没有或较少的东西以文学想象的方式得到满

① 吴俊：《“80后”的挑战或批评的迟暮》，《南方文坛》2004年第5期。

足）；超验性玄幻表述何其多更是缘于青少年“逃离现实”的文化冲动，一如青少年热衷的迷幻剂、电脑游戏，以一个主观的臆想世界的营造为青少年制造了某种逃离不尽如人意的现实秩序“进入一个广大的象征秩序”的场所；叛逆表述的自然化与平淡化则缘于这一代人成长环境的进一步宽松和开放（“70后”的放浪形骸在他们看来“稀松平常”，不值得大惊小怪）；欲望化、感官化身体书写的减少，则与还处于青春期的“80后”写作者在性需求、性心理、性感受等方面可能不及略年长的“70后”体验得那么深（比如一般而言，女性三四十岁才能达到性成熟）不无联系，同时也关乎新世纪文学语境，“70后”奇观化身体写作在“80后”出道之时某种程度上已呈“审美疲劳”与负面指涉之势……

应该说，因为分属文学场、批评场、意义场的不同，“70后”与“80后”之间的差异与流转，不像20世纪八九十年代“50后”与“60后”、“60后”与“70后”之间似的只是文学体制内“我方唱罢你登场”的普通代际更迭那么简单。对于“80后”的挑战与批评家的迟暮，吴俊说：“20世纪90年代以来批评还从未有过如此迟暮之态，这大概真正预示了文学‘换代’的开始。”这里的“换代”不是文学体制自然序列内的去旧迎新（否则不会直到“80后”才开始），而是文学构成、文学秩序、文学生产方式的根本改变，“80后”及其青春表述脱离了文学史的既有话语链及文学期刊、文学批评家的扶持推动，在出版商与网络、青少年写手与青少年读者之间近乎封闭地自由滑行。一直关注当代文坛最新动态的白烨将“包含了职场小说、时政小说、玄幻小说、悬疑小说、青春小说在内的类型化、通俗化文学”称之为与传统文学并立，并发展较快、影响甚众的“新兴文学版块”。[①] 在这其中，我觉得青春文学的归属最为意味深长，从20世纪50年代王蒙的《青春万岁》、《组织部新来的年轻人》，到20世纪70年代中期意识形态变更之际的“白洋淀诗派”，再到20世纪90年代末的“70后”，这些表征了某一时代青春思绪的激扬文字，每每都是传统文学抑或主流批评界关注的重要内容，只是到了“80后”一代这里成了映照出批评家“迟暮与腐朽”的新媒体文学了。所以，“70后”与“80后”的上述话语差异更像是一个“断裂”的信号，一个青春文学从传统的主流文学场中分化出来的信号，既是某种意义上写作观念、理论资源、表述方式上的“断裂”，也是“文本生产—媒体传播—文本消费”这一文学场结构功能的“断裂”。而且“80后”的过早出场尽管有其特有的文坛机缘（像“70后”的迅速退出给“80后”留下了巨大的发展空间，以及网络与新概念作为大赛的共同刺激等），但这种“青少年书写、并由青少年热衷的传播媒体/传播方式抵达青少年读者”的三位一体运作模式对于青春文学而言却有某种前瞻和预言性，随着青少年写作水平的提高与青少年读者市场的进一步稳固和扩大，此种运营方式将会一直持续下去。从这个意义上，我们说“70后”与“80后”对青春文学来说似乎更加意味深长，因为它们一个是“告别”，一个是“开启”。

当然，青春文学全部的复杂与暧昧在于，它既是成长中的文学新人表达有限人生体验时的近乎“天然”的文学选择，又是植根于青春期这一特定人生阶段、青年亚文化这一特定文化思潮的相对短期的文学行为。随着青春期的流逝与写作者社会及文学阅历的加深，作为个体的写作者一般不会永远停留在青春文学那

① 白烨：《新的异动与新的问题——由2008年文情再谈新世纪文学》，《文艺争鸣》2009年第4期。

里，抑或即使着意将青春文学“做大做强”也因为演变成成人的模仿秀而与出道时“我手写我心”的青春写作不甚相同。时值今日，“70后”原先的几个活跃分子早已主动或被动地淡出了文坛，继续在文学界发挥影响的魏微、朱文颖等人已呈现出与青春写作不甚相同的创作风貌。“80后”的分化也渐趋明朗，在有人欲求将这种“断裂”的青春表演进行到底（像致力于打造“青春影像小说”在大众文化路线上愈走愈远的郭敬明、饶雪漫等）的同时，另一些人则开始缝合与主流文坛的裂隙（像张悦然不仅积极加入中国作协，向《人民文学》这样的主流刊物迈进，其获中国小说学会奖的《誓鸟》向历史深处开掘的倾向亦明显增强，而青春元素则相应减弱）。青春文学有时只是作为文学新人登上文坛、完成文学入场式的某种“过渡”性方式而存在，在这一点上，“70后”与“80后”几乎殊途同归。

结　语

边缘与疲惫：女性文学批评的学术境遇

我个人从事当代女性文学批评与研究的时间并不是太长，但是，对于这一专业的学术难度和尴尬处境却是深有体会。这个代后记题目的缘由来自曹文轩教授《二十世纪末中国文学现象研究》一书代后记的启示。在那个名为“专业的难度”的代后记中，曹先生说中国当代文学研究的尴尬在于这个专业似乎“总是比其他任何一个专业搞出来的成果更容易黯然失色；而最要命的是圈子外的人还有一种普遍的误解：这是一个没有难度的专业”，但实际上久在这个行当里摸爬滚打的人就会觉得这个专业难度是很大的，并指出了四点理由：理由之一，它的研究对象之价值不甚如意；其二，本专业缺乏足够的学科尊严与自主权；其三，被研究对象正处在运动状态之中；其四，被研究对象不可避免地会陷于人际关系之中。[①] 这种剖析可谓一针见血，必须承认，当代文学研究的专业尴尬每个身处这个学科

① 曹文轩：《二十世纪末中国文学现象研究》，北京大学出版社 2002 年版，第366—371 页。

的人都能心知肚明。但是我在这要说当代文学研究中的女性文学研究与批评更是“难乎其难”、“尴尬更甚”，或者说相对于一般的当代文学研究，搞女性文学研究的人往往更容易感受到自身的边缘与疲惫：

一、女性文学批评最重要的理论依据——女性主义——往往成为被疏忽、排斥，甚至坚决反对的对象。有人经过系统研究发现，女性主义诗学在20世纪80年代初入中国时曾遭遇过“双重落差”的尴尬，其一是与欧美女性主义批评实践和理论建构在20世纪六七十年代的异常繁盛相比，中国内地曾滞后沉寂达15年之久，其二是与1985年前后中国文艺界“新方法”热潮流中所引进的各类西方思潮相比，女性主义仍处于被无意盲视或有意漠视之中。[①] 程麻在为《性与文本的政治——女权主义文学理论》一书做的序言中，开头有过这样一段意味深长的话，“和近些年来传进中国文学批评界，并招出文坛上的是是非非，惹得沸沸扬扬的诸多国外文学思潮相比，女权主义文学理论的命运似乎与众不同，有点特别。所谓特别或不同，说得俏皮些，便是至今它还没太被当成一回事——讲西方有种女权主义批评，大家都能姑妄听之，可如果认定它是一种比较有系统，而且有深度的文学理论，我们的文坛上会有不少人觉得是故弄玄虚，起码有些言过其实。”[②] 它指的便是20世纪80年代以男性知识分子为主体的学界对女性主义的相对无视与轻慢，即在不少学人眼里，女性主义文学理论是“异域”（西方）的、“他者”（女性）的，自己掺和进去多少有些暧昧的意味。而且这种尴尬在以后的岁月中并没

① 杨莉馨：《异域性与本土化：女性主义诗学在中国的流变与影响》，北京大学出版社2005年版，第17—26页。

② ［挪威］陶丽·莫依：《性于文本的政治——女权主义文学理论》，林建法、赵拓译，时代文艺出版社1992年版，第1页。

有得到根本改变。不少学者在一方面积极介入女性文学的发表、出版、阐释、批评以及女性问题的研讨论争活动的同时，却在其中公开或半公开地流露出对女性主义立场、方法以及在中国的适用性等命题的质疑与拒斥，像“西方血统”的女性主义在中国的合法化问题、它对性别问题过于敏感是否会衍生出“女性霸权”意识等，甚至“女性文学”、“女性文学批评”等概念本身也是不得不需要反复论证辨析的所在。

二、女性文学批评介入批评对象的具体批评标准、批评方法、批评策略也会时常成为诟病的对象。在批评标准的设置上，由于女性文学批评往往倚重性别政治性很强的女性主义理论，所以往往遭到以文学标准、美学标准为中心的主流批评界的反击。女性主义文学批评是一种以语言为根据反对权力压迫的政治话语，它对文学史的修改和阐释具有明确的政治意图，往往会不可避免地要突破语言层次而进入对女性地位和生活状况的讨论，所以它本质上是一种文学社会学批评，而不是一种文学理论，因为性别并不是文学的结构性因素。而这种与生俱来的政治胎记往往会在一定程度上忽视文本的审美价值，而这正是主流文学批评的核心要义；同样，把政治领域对平等的追求转化为艺术领域对平等的追求，在具体实践中也有问题，因为在这其中有些东西是无法进行“平面”转移的，比如有学者就指出，文本中女性的强悍甚至“女强男弱”性别关系设置并不能改变女性的现实地位，反而会由于过分的“自恋”想象掩盖了实际生活中的性别压迫。[①] 再加上中国学界曾经长期受到文学为政治服务观念的负面影响，一种排斥文学工具意识和为政治服务意识的逆反心态在当下非常普遍，而这种对文学政治化的

① 李美皆:《女性主义文学：疯狂的水仙花》,《粤海风》2005 年第 2 期。

反感自然也影响到了对“性别政治”的理解。从这个角度上说，女性主义文学批评在中国文学批评界只能在边缘处发展，又是有着某种内在依据的。

三、在具体批评实践中，尤其是面对20世纪90年代以来的女性写作热潮，以社会的、道德的、阶级的、人文关怀的视角相号召，针对商业语境、消费文化的诸种问题，质疑女性主义文学批评政治立场的“被‘利用和改写’性”，宣称其批评方式的无力与无效，一度成了一种极具文坛感召力的批评样式。在这一点上它又往往分成相互联系的两个方面：一是指陈女性主义文学批评与消费文化的暗度陈仓，用王岳川的话说就是：“……女性批评最大的弊端，我以为是怂恿世俗化和现实的非批判性”①；二是质疑女性主义文学批评无视阶层分野的“中产阶级”趣味，像上海学者薛毅曾颇为尖锐地指出：“从80年代到90年代发展的女性主义，基本上是用性别问题的讨论取代了对其他诸种问题的讨论。由于阶级问题抹杀了性别问题，所以阶级问题似乎不重要甚至不存在了”，被女性批评者所认为的20世纪90年代前中期的这次女性“解放”，“绝对不是面向所有的妇女……说得直截了当一点，是一部分提前进入‘小康’的女性，这样的女性才有时间与兴趣专门研究性别问题，才有可能把性别问题与其他有碍观瞻的事情区别开来”。② 这些声音十分响亮，并竞相占据了主流学术刊物的大小版面，而面对世纪之交主流视点不绝如缕地将女性文学指认为“写性文学”、“美女文学”的批评之辞，女性主义文学批评已做不出多少有说服力的辩解，相反，曾一度十分先锋的“身体写作”理论已沦为最致命的被批判靶子。甚至一种“说

① 王岳川：《女性批评的话语边界》，《文学自由谈》1999年第3期。

② 薛毅：《浮出历史地表之后》，《文学评论》1999年第5期。

'不'" 之风在文坛弥漫开来：对女性主义说"不"、对女性文学说"不"、对女性主义文学批评说"不"。

在近乎一致的放弃"躯体写作"、"走出自我，走向社会"呼声中，21世纪女性文学发生了很大改观，"个人化"写作的主将要么沉寂（如陈染），要么一定程度的"转型"（如林白、徐坤等），要么主动被动地离开文坛（如某些"70年代"女作家），而21世纪入场的作家（如"80后"）则并不太在意性别问题。至此，女性主义文学批评不仅遭受社会历史批评与形式主义美学批评的左右围攻，更面临"巧妇难为无米之炊"的尴尬。其实，不仅在文学批评界，就是在女性主义大行其事的女性学界，同社会学实践领域相比，女性主义文学批评也只能作为一种支流而存在。不仅理论译著上女性主义文学批评方面始终远远不如女性主义社会学政治学方面①，学术效果上，运用社会性别理论进行的社会学研究也似乎取得了更为远见卓识的成效，如李银河的系列成果有助于在法律上消除对同性恋的歧视，并直接促成了《婚姻法》的修改。提倡文学与性别政治分开的崔卫平就坚持认为，女性主义应该具体化为实践领域内的政治行为，而非性别化的文学批评，"既关心政治又关心文学并不矛盾，关键在于既给出足够的女性主义天地，也给出足够的文学天地"。② 女性文学批评、

① 在中国女性学界有一定影响的著述，如《女性的崛起》（王政著，当代中国出版社1995年版）、《妇女：最漫长的革命》（李银河主编，三联书店1997年版）、《社会性别研究选译》（王政、杜芳琴主编，三联书店1998年版）等，都和文学没有直接关系，鲍晓兰主编的《西方女性主义研究评介》（三联书店1995年版）涉及历史、文化、人类学、医学等的方方面面，集中介绍文学的只有一篇。相形之下，女性主义文学批评方面只有《女权主义文学理论》（玛丽·伊格尔顿编）、《当代女性主义文学批评》（张京媛主编）等有限的几种。

② 崔卫平：《我的种种自相矛盾的观点和不重要立场》，《看不见的声音》，浙江人民出版社2000年版。

女性主义文学批评路在何方，甚至文学批评还需要女性主义的理论资源吗？这一些疑问并不是没来由的杞人忧天，女性文学批评在21世纪以来的中国文坛的确出现了某种程度上的沉寂与徘徊。在2004年召开的“女性文学与文化”学科建设国际学术研讨会上，与会的女性学家除了重复学科起点上的一些问题之外，对男权文化的现实似乎已难再有20世纪90年代的挑战姿态，像有人提出“和解”策略，“女性文学的生存策略只能建立在与现实之间发展出合理的关系，尽可能地利用现实中的有利因素扩大自己的影响，而不是一味坚持与现实之间的对立。”还也有人重提20世纪80年代的“人”的解放话题，把“女性意识”概括为在反抗父权制文化的过程中“女性作为人的独立性和创造本质的确认与坚持”。时光倒流，一切似乎回到了女性主义文学批评在中国“着陆”不久的原初。

曹文轩教授在谈到当代文学研究这一有“难度”的专业时说：“但还是有很多人前赴后继地走进了这个专业。也许这个专业的魅力就正在于这些难度吧？这个专业与眼光、勇气、激情、介入、生命、人格、沉着、悲壮等单词似乎更紧密地联系在一起。”也许，当代女性文学研究所需要的还不止这些，还有在“命中注定”的边缘境地挣扎的隐忍与笃定、“知其不可为而为之”的耐性与执著，甚至那种不抛弃不放弃的一意孤行之态。我从硕士、博士论文到现在，一直从事女性文学研究，这期间我一方面十分清醒地认识到了这个专业的边缘与疲惫，另一方面又深深为这一专业的理论思维与批评方法着迷，准备继续从事下去，同予者何人？但愿我不会总是孤军奋战。

主要参考文献

[美] 罗斯玛丽·帕特南·童：《女性主义思潮导论》，艾晓明等译，华中师范大学出版社 2002 年版。

[美] 卡拉·亨德森等：《女性休闲——女性主义的视角》，刘洱等译，云南人民出版社 2000 年版。

[美] 佩吉·麦克拉肯主编：《女权主义理论读本》，广西师范大学出版社 2007 年版。

[美] 苏珊·S. 兰瑟：《虚构的权威——女性作家与叙述声音》，黄必康译，北京大学出版社 2002 年版。

[美] 朱迪斯·巴特勒：《性别麻烦——女性主义与身份的颠覆》，宋素凤译，上海三联书店 2009 年版。

[美] 戴卫·赫尔曼主编：《新叙事学》，马海良译，北京大学出版社 2002 版。

[德] 西美尔：《金钱、性别、现代生活风格》，顾仁明译，学林出版社 2005 版。

荒林主编：《中国女性主义》12 卷，广西师范大学出版社 2004—2007 年版。

苏红军、柏棣主编：《西方后学语境中的女权主义》，广西师范大学出版社 2005 年版。

陈惠芬、马元曦主编：《当代中国女性主义文学文化批评文选》，广西师范大学出版社 2007 年版。

骆晓戈主编：《沉默的含义》，湖南师范大学出版社 2000 年版。

骆晓戈主编：《从神话走进现实》，湖南师范大学出版社 2000 年版。

李小江等著：《文化、教育与性别——本土经验与学科建设》，江苏人民出版社 2000 年版。

孙康宜：《文学经典的挑战》，百花洲文艺出版社 2002 年版。

王丽华主编：《全球化语境中的异音——女性主义批判》，北京大学出版社 2008 年版。

［美］简·盖勒普：《通过身体思考》，杨莉馨译，江苏人民出版社 2004 年版。

［英］索菲亚·孚卡、贝卡·怀特·孚卡著：《后女权主义》，王丽译，2003 年版。

刘霓：《西方女性学——起源、内涵与发展》，社会科学文献出版社 2001 年版。

艾云：《用身体思考》，江苏人民出版社 2003 年版。

张岩冰：《女权主义文论》，山东教育出版社 1998 年版。

荒林、王光明：《两性对话——20 世纪中国女性与文学》，中国文联出版社 2001 年版。

陈志红：《反抗与困境——女性主义文学批评在中国》，中国美术学院出版社 2002 年版。

陈顺馨：《中国当代文学的叙事与性别》，北京东西出版社 2007 年版。

李银河：《中国女性的感情与性》，今日中国出版社 1998 年版。

陈晓兰：《女性主义文学批评与文学诠释》，敦煌文艺出版社

1999 年版。

林树明：《多维视野中的女性主义文学批评》，中国社会科学出版社 2004 年版。

周乐诗：《笔尖的舞蹈——女性文学和女性批评策略》，上海外语教育出版社 2006 年版。

王宇：《性别表述与现代认同——索解 20 世纪下半叶的叙事文本》，三联书店 2006 年版。

［英］安吉拉·默克罗比：《后现代主义与大众文化》，田晓菲译，中央编译出版社 2001 年版。

宋素凤：《多重主体策略的自我命名：女性主义文学理论研究》，山东大学出版社 2002 年版。

刘剑梅：《革命与爱情——二十世纪中国小说史中的女性身体与主题重述》，上海三联书店 2009 年版。

周蕾：《妇女与中国现代性：西方与东方之间的阅读政治》，上海三联书店 2008 年版。

杨莉馨：《异域性与本土化：女性主义诗学在中国的流变与影响》，北京大学出版社 2005 年版。

康正果：《身体与情欲》，上海文艺出版社 2001 年版。

［美］约翰·费斯克：《理解大众文化》，王晓珏、宋伟杰译，中央编译出版社 2001 年版。

［法］皮埃尔·布迪厄：《文化资本与社会炼金术——布迪厄访谈录》，包亚明译，上海人民出版社 1997 年版。

［英］迪克·赫布迪齐：《次文化——生活方式的意义》，张儒林译，（台湾）骆驼场出版社 1997 年版。

［英］西莉业·卢瑞：《消费文化》，南京大学出版社 2003 年版。

［美］戴安娜·克兰：《文化生产：媒体与都市艺术》，赵国

新译，译林出版社 2001 年版。

［英］多米尼可·斯特里纳蒂：《通俗文化理论导论》，闫嘉译，商务印书馆 2001 年版。

［英］迈克·费瑟斯通：《消费主义与后现代文化》，刘精明译，译林出版社 2000 年版。

［德］瓦尔特·本雅明：《机械复制时代的艺术品》，王才勇译，中国城市出版社 2002 年版。

［英］约翰·斯特兰：《畅销书》，何文安编译，上海文化出版社 1997 年版。

［美］莫里斯·迪克斯坦：《伊甸园之门·译本序言》，方晓光译，上海外语教育出版社 1985 年版。

［美］弗雷德里克·詹姆逊：《政治无意识》，王逢振、陈永国译，中国社会科学出版社 1999 年版。

陆扬、李毅主编：《大众文化研究》，上海三联书店 2001 年版。

罗钢、刘象禹主编：《文化研究读本》，中国社会科学出版社 2000 年版。

陶东风、金元浦主编：《文化研究》（3 卷），天津社会科学出版社 2002 年版。

陈晓明：《表意的焦虑——历史祛魅与当代文学变革》，中央编译出版社 2003 年版。

［美］张英进：《中国现代文学与电影中的城市——时间、空间与性别构形》，秦立彦译，江苏人民出版社 2007 年版。

张钧：《小说的立场——新生代作家访谈录》，广西师范大学出版社 2002 年版。

［美］詹姆逊：《晚期资本主义的文化逻辑》，张旭东编，陈清桥等译，三联书店、牛津大学出版社 1997 年版。

吴义勤：《长篇小说与艺术问题》，人民文学出版社 2005 年版。

乔以钢：《中国当代女性文学的文化探析》，北京大学出版社 2006 年版。

［法］米歇尔·福柯：《性史》，姬旭升译，青海人民出版社 1999 年版。

李扬：《50—70 年代中国文学经典再解读》，山东教育出版社 2003 年版。

王晓明主编：《在新意识形态的笼罩下——90 年代的文化和文学分析》，江苏人民出版社 2000 年版。

戴锦华：《隐形书写——90 年代中国文化研究》，江苏人民出版社 2000 年版。

黄发有：《准个体时代的写作——20 世纪 90 年代中国小说研究》，上海三联书店 2002 年版。

后　记

本书是在我的博士毕业论文《消费时代的女性小说与“后女权主义”》的基础上修正、补充而来的。面对消费时代的“理论旅行”现状，我当时信心满满，希望能够进行女性主义的学理创新——以一种不同于西方“原创”女性主义的全新理论解释中国消费时代的文学艺术，或者从中国消费时代的文学艺术中提炼、总结出一套适合消费时代中国女性主义的“本土”理论。几年过去了，承蒙学界同仁的厚爱，我的这一观点逐渐得到了认可，接纳它的学术刊物有《小说评论》、《东岳论丛》、《中国女性主义》、《山东社会科学》、《理论与创作》、《百花洲》等，我的这篇学位论文也获得了山东省优秀毕业论文。整理书稿的过程中在校读书的时光历历在目，它是一段人生历程的回顾，也是一种学术思想的展示，尽管今天看来这种思想的锋芒带着某种“初生牛犊不怕虎”精神的冲动和激进。当时我毕业论文的结语是这样写的：

> 这篇学位论文我做得很痛苦，这种痛苦可以说是由三个层面而来的：首先是知识层面。一般写学位论文的人可能遭遇的困难——资料积累、知识储备、能力欠缺、经验不足

等，对于刚开始在文学批评领域里长足跋涉的我来说都是极大的考验。如果说我的论文在文本分析、学理论证、价值判断上有什么问题的话，主要也是由此而来。第二是情感层面，这可以说与我个人、与这篇论文的具体研究对象有关。我在阅读时下女性小说的时候感觉到了“后女权主义”问题的存在，但将它梳理挖掘出来的过程却深深刺痛了我内心深处那根敏感的神经。作为一个女性，一个来自底层社会，而且外表不那么美的女性，在我的经验世界里曾经有一段时间，我发现我的挫折感几乎是与生俱来的。可以说在我踏入专业的文学研究领域之前，在我根本不知道什么叫学术意义上的“女性意识”、“女性主义”之类概念时，我是从自身的某些切肤之痛中来体验女性问题的。当我一度痴迷写作并很可能以文学批评为终生职业的时候，我便非常在意时下的文学艺术及理论资源中究竟透露出了一种怎样的女性话语气息。坦率地说，在这个问题上，我的生活发现、艺术阅读发现与理论阅读发现之间并非是那么吻合一致的，有些时候它们是留有话语缝隙，甚至决然相左的。这也是我下决心做这篇学位论文的原因。我原先准备的论文题目是研究当代小说的“现实性品格”问题，我想在文学表意系统与社会现实系统之间架设一道桥梁，并进而追问这究竟是一道什么桥梁？不过这番意图终究因为学识不足而搁浅。我这里所论述的“后女权主义”问题事实上追问的也是一种文学表述的现实性品格问题，只不过它将范围缩小到我力所能及的女性小说与女性伦理层面，当然它追问的不仅是女性小说的现实性问题，也是我们一般引以为据的女性理论（主要是西方现代女权主义理论）的现实性问题。第三是写作过程中的思维逻辑层面。我这篇论文总体上说应该是一篇文化研究，它要回答这样一个问题：为什么说在我们市场经济形态下的女性现实话语与女性文学艺术话语中会出现一股“后女权主义”思潮？它的现实依据与文学依据在哪里？这其实是包含两个相关问题的，一个在女性生活事实层面，一个在女性文学表意层面，我对这两个层面批判力度的不同——尽管我也用了“性质的不同”、“大众化的现实与精英化的批判”等对此做了说明——终究使我在写作过程中感到了一种来自逻辑论证上的困难：我做的是文学批评论文，也只能更多在这个层面发挥作用，但女性文学现实是与女性生活事实紧密相连的，而文学批评的最终目的还是要回到对现实的有效解释力量中去。“梦中走了许多路，醒来仍在床上。”女性解放及文学对这种解放的叙述，距离我们的期待还是太遥远了。

所以在我即将结束这篇毕业论文之际，我只想对它做如此总结：“后女权主义”性别伦理形态可以说既是在现行社会等级与性别等级的双重挤压下从女性主义的性别理想向现实回归的产物，又是消费时代的文学艺术在市场机制下文化“叙述”的需要。甚至可以说时代现场与个人欲望、男性期待与女性意愿、物质的政治经济现实与文化的社会性别想象，所有这些都在“后女权主义”这里构成了一个交叉点。当我们从女权主义经典论著所探讨的理论问题中抬起头来，去注目当下形形色色的女性现实与林林总总的女性文学艺术时，“后女权主义”或许能提供一个更为有效的研究视角。这对于女性批评，对于文学批评，应该说都是一个有益的尝试。

这是一篇带有“后记”特征的结语，它既是对我毕业论文内容的一种理论总结，又是对我当时思想与生活状态的一种形象化、个人化展示，而且那种透明、流畅，有着沉甸甸个人印记的语言，以后也很少再出现在我那些严谨、刻板的学术论文中。我现在已是一个标准的学院派了吗，或者已被学院派那一套规范"标准化"了？这些平日里不曾注意的问题随着此次书稿的整理过程不时涌上心态，我不禁哑然。就在前不久，我们文学院的学生刊物要刊发我搁笔已久的文学创作作品，推脱不掉，无奈我一一翻检我的旧作，希望从中激发文学创作灵感，不看则已，一看心意难平，似乎又回到了多年前的大学校园中，最后我交出的稿子是《回忆一个文学少女的时代》。某种意义上，此次对博士论文的整理、扩充、出版也是这样一个过程，只不过它所检视的主要不是我个人隐秘的情感、情绪世界，而是我的专业学术生涯，博士论文是一个学人的起点，但却往往会预示了其一生的学术方向、学术路径，乃至学术风格，对我来说，恐怕也是这样。

本书的出版我首先要感谢我的博士论文导师吴义勤教授。读书和我毕业后留校的几年，导师关注着我每一点的学术成长，我发表和没发表的每一篇文章他几乎都非常认真读过，并提出切中肯綮的意见。作为一个国内著名文学批评家，他要阅读大量文学作品并撰写评论，还要处理繁忙的公务，我的女性文学选题与他的研究专长并不是太切近，但他却总能提出非常有建设性的意见，鞭辟入里，给我深深的启迪。我在博士论文后记中曾写道"……他的真知灼见才促成了这篇论文的最后定稿"，本书的出版也是他的关怀、鼓励的结果。

在本书的写作过程中，我还得到不少女性学人的关心与支持，在此我要向对当代女性文学研究做出了巨大贡献的刘思谦老师、乔以钢老师、林丹娅老师、赵树勤老师、刘惠英老师、荒林老师等表示诚挚的感谢，她们开创这一研究领域的筚路蓝缕之功既让我获得了足够的前人研究资料，也给我树立了一个学术的标尺与交流的平台。本书的写作还得到了山东师范大学中国现当代文学学科老师们的大力指导和热情扶持，学科良好的学术氛围使我能更加从容地专注于学术研究，本书是山东省文化建设研究基地项目“消费时代的中国女性小说与女权主义走向”的结项成果，也是我的第四部学术著作。本书的出版得到了国家重点学科山东师范大学中国现当代文学学科的资助，同时也是中国现当代文学泰山学者的专项学术成果，对各方的鼎力相助我无以回报，唯有以加倍的努力投入到今后的学术研究中去。中国社会科学出版社的李炳青编辑，以认真、勤勉、高效的工作作风促成了本书的最终出版，在此深表谢意。在我成长的路上有那么多让我感动的人与事，愿与朋友们一一分享……

孙桂荣

2010 年 6 月 20 日